Mémoires d'un quartier

• TOME 10 •

Évangéline

la suite

LOUISE TREMBLAY-D'ESSIAMBRE

Mémoires d'un quartier

• TOME 10 •

Évangéline
la suite

1969 – 1970

www.quebecloisirs.com

UNE ÉDITION DU CLUB QUÉBEC LOISIRS INC
Avec l'autorisation de Guy Saint-Jean Éditeur
© Guy Saint-Jean Éditeur inc. 2011

Dépôt Légal --- Bibliothèque et Archives nationales du Québec, 2012
ISBN Q.L. 978-2-89666-157-2
Publié précédemment sous ISBN 978-2-89455-479-1

Imprimé au Canada

À Paule, avec toute mon amitié

NOTE DE L'AUTEUR

Évangéline!

Si quelqu'un m'avait dit, quand je l'ai rencontrée en 1954, qu'un jour j'aimerais cette femme désagréable, je lui aurais répondu qu'il mentait. Jamais je n'aurais pu imaginer qu'un cœur aussi généreux se cachait derrière cette mauvaise humeur chronique.

Pourtant, c'était bien le cas: encore aujourd'hui, Évangéline, c'est un cœur d'or bien camouflé sous un dehors bourru.

Je le sais que cette vieille dame a des idées bien arrêtées sur une foule de sujets, qu'elle a la langue bien pendue et un vocabulaire passablement imagé au service de son franc-parler. Mais je m'en accommode. Tout le monde a le droit d'exprimer ses opinions à sa façon et si Évangéline le fait aussi directement, aussi brusquement parfois, ça lui appartient. Cependant, au-delà de ce trait de caractère on ne peut plus personnel, Évangéline a surtout le cœur à la bonne place et un sens peu commun de l'observation. Vous me direz que quarante ans passés à la fenêtre de son salon à scruter son voisinage, ça aide à forger un bon sens de l'observation, c'est vrai. N'empêche que d'être capable de s'en servir, par la suite, pour améliorer le quotidien des gens, c'est une belle qualité. C'est peut-être le bon côté de la médaille de cette curieuse, pour ne pas dire de cette fouineuse patentée!

De toute façon, avec une famille comme la sienne, d'Adrien à Charles, en passant par la petite Michelle, ce n'est peut-être pas si mauvais d'être curieuse.

De prime abord, les Lacaille ressemblent à de nombreuses

familles de chez nous. À cette époque du moins. Parents, enfants et grands-parents, sous un même toit, tentent, tant bien que mal, de vivre en harmonie les uns avec les autres. Pour préserver un semblant d'intimité, il faut parfois mentir, parfois se taire.

C'est le cas d'Antoine qui n'espère qu'une chose : arriver à oublier un grand pan de son passé pour pouvoir aller de l'avant. Sur le plan professionnel, pas de problème. Son talent est bien réel, reconnu, et sans vouloir s'en vanter, Antoine en est conscient. C'est tout le reste, pour le jeune homme qu'il est devenu, qui va à vau-l'eau. Arrivera-t-il à contrôler ses pulsions, à annihiler ses peurs ?

Laura, en apparence, n'a pas vraiment de problèmes, sinon, selon Bernadette, qu'elle est toujours célibataire. Par contre, après de nombreuses années d'études, Laura est enfin psychologue. Sans déborder d'enthousiasme, elle aime son travail. Ne reste plus, selon elle, qu'à le compléter par autre chose. Une autre chose qui ressemblerait à un petit emploi à l'épicerie familiale. Le « dossier » est présentement entre les mains d'Évangéline. Malheureusement, jusqu'à maintenant, Bernadette s'entête à dire qu'elle n'a pas le temps de former de nouveaux employés, excuse sans fondement, si vous voulez mon avis, sachant qu'en réalité, elle n'a pas l'argent pour les payer. Mais ça, personne ne le sait encore, bien que Marcel commence à s'en douter. Par contre, je crois que pour l'instant, il n'a pas envie de se le faire confirmer.

Au milieu de tout cela, il y a Charles. Bientôt treize ans, grand comme un homme, laissé trop souvent à lui-même, il déteste l'école et adore le sport. Rien de bien surprenant ! Avec Marcel qui l'initie depuis son plus jeune âge à tous les jeux de balle possibles, Charles ne voit que le sport comme alternative acceptable à la perte de temps qu'est l'école. Malheureusement pour ce jeune homme, ni Bernadette ni Évangéline ne voient la chose du même œil que lui. D'où, depuis quelque temps, des disputes et des tensions qui vont croissant.

De sa fenêtre, en plus de surveiller les allées et venues des siens, Évangéline ne se gêne pas pour épier aussi celles de ses voisins.

En premier lieu, il y a madame Anne qu'elle observe de près parce que la pauvre femme vit toujours seule. En effet, plus d'un an après l'attaque qui l'a foudroyé, son mari, Robert Canuel, est toujours hospitalisé. La rumeur veut qu'il ne sorte jamais du milieu hospitalier. Même de loin, malgré une vue qui s'en va baissant, Évangéline s'est aperçue que la jeune femme avait beaucoup maigri et cela l'inquiète.

De biais avec la maison des Canuel, il y a celle des Gariépy. Ces derniers lui donnent toujours autant de démangeaisons, aucun doute là-dessus, d'autant plus que Laura a repris la très mauvaise habitude de se rendre régulièrement à Québec en compagnie de Bébert. Aux yeux d'Évangéline, ces longues heures de route où les deux jeunes gens sont seuls en tête-à-tête n'augurent rien de bon.

Puis il y a les Veilleux, à quelques maisons de chez elle, de l'autre côté de la rue. Gérard et Marie Veilleux, respectivement le frère et la belle-sœur de Cécile la docteure. Eux, par contre, Évangéline les aime bien. Quand Charles joue avec le jeune Daniel, elle le sait en sécurité et à ses yeux, cela n'a pas de prix. Avec ses jambes percluses d'arthrite, Évangéline n'est plus capable d'arpenter le quartier pour rapatrier son petit-fils à la maison, comme elle le faisait quand ses deux garçons, Adrien et Marcel, étaient plus jeunes et avaient besoin de se faire rappeler à l'ordre. À l'âge où Évangéline est rendue, une petite marche journalière au parc voisin lui suffit amplement.

Et bien qu'elle ne puisse le faire *de visu*, Évangéline continue de voir à sa chère petite Michelle, en pensée et dans son cœur. Même si les visites se font rares et brèves, la grand-mère a vite compris que sa petite-fille n'est pas pleinement heureuse au Texas. Mais comment intervenir, avec toute cette distance entre elles ? Ce n'est pas par téléphone qu'elle peut y voir comme elle aimerait le faire.

C'est pourquoi, alors qu'elle est devant sa fenêtre ce matin, c'est encore à Michelle qu'elle pense. Tous les jours, Évangéline a une petite pensée pour Michelle. Viendra-t-elle la voir cet été ? Sa grand-mère maternelle, Elizabeth Prescott, est atteinte d'un cancer. Mais alors que l'été dernier, les médecins lui donnaient à peine quelques mois à vivre, un an plus tard, Eli est toujours là. De plus en plus faible, de plus en plus souffrante, mais toujours vivante. Cela suffira-t-il pour qu'Adrien lui annonce qu'il annule son voyage annuel à Montréal ? Déjà que l'an dernier, celui-ci avait été passablement écourté…

Et c'est à cela qu'elle pense, Évangéline, le nez entre les pans de ses rideaux. Je le sais, elle me l'a dit quand je suis entrée dans son salon, tout à l'heure.

— Tu vas voir, viarge ! m'a-t-elle lancé par-dessus son épaule, au moment où je la rejoignais pour notre rencontre quotidienne. Adrien va finir par me téléphôner pour m'annoncer que lui pis Michelle, y' viendront pas pantoute cet été ! Déjà que le mois de juillet achève…

Encore de mauvaise humeur ! Ça arrive de plus en plus souvent, depuis quelque temps. Par contre, aujourd'hui, je sais que sa maussaderie ne durera pas. Un miracle est en train de se produire et Évangéline s'est bien promis d'y assister.

PREMIÈRE PARTIE

Été – automne 1969

CHAPITRE 1

Marie-Hélène vient juste d'avoir vingt ans
Ça fait six mois qu'est en appartement
Sur les murs blancs d'un p'tit troisième étage
Rue Saint-Denis, est partie en voyage.
C'est pas facile d'avoir vingt ans
C'est plus mêlant qu'avant
C'est pas facile d'avoir vingt ans
Elle a le temps, tout le temps.

Marie-Hélène
SYLVAIN LELIÈVRE

Montréal, dimanche 20 juillet 1969

Un doigt retenant le rideau, Évangéline jetait un dernier coup d'œil sur la rue, un regard plutôt évasif car elle avait hâte de s'installer devant la télévision. Pourtant, quand elle survola la maison de madame Anne, elle s'arrêta en fronçant les sourcils.

— Encore ! Veux-tu ben me dire que c'est qu'y' fait là, lui ? Ça fait combien de fois, c'te semaine, que je le vois sortir de c'te maison-là, coudon ?

Évangéline soupira d'impatience et de curiosité entremêlées, puis elle claqua la langue contre son palais, ce qui témoignait, chez elle, d'une grande indécision.

Rester à la fenêtre ou se préparer pour le grand événement ?

Un dernier regard, un second soupir qui gonfla son opulente poitrine, puis la vieille dame laissa retomber le rideau.

— Tant pis ! Y' viendra toujours ben pas me gâcher mon fun icitte, lui là, grommela-t-elle en plaçant son fauteuil préféré directement devant la télévision. Des affaires de même, ça arrive juste une fois dans une vie, pis encore ! J'ai pas l'intention de manquer c'te programme-là pour tout l'or du monde !

Depuis le matin qu'elle se préparait fébrilement et à son grand désespoir, il semblait bien qu'elle soit la seule, dans cette fichue famille, à attacher autant d'importance à cet événement que le monde entier qualifiait d'historique.

— Même toé, Bernadette ? avait-elle sourcillé. Je te comprends pas ! Fallait à tout prix prendre le métro quand c'est qu'y' a été inauguré, y a maintenant quasiment trois ans. Tu disais que c'était ben important, mais voir en direct un homme marcher sur la Lune, ça te dit rien ? Je comprends pas !

— Je regarderai ça aux nouvelles à soir, avait déclaré Bernadette, déclinant ainsi l'invitation d'Évangéline à se joindre à elle au salon pour regarder le grand événement. Ça va faire pareil. Pis vous saurez, la belle-mère, qu'entre regarder de quoi dans une tivi pis le faire soi-même en personne, c'est pas pantoute la même affaire. Le métro, j'étais assise dedans, tandis que la Lune... Astheure, vous allez devoir m'excuser, mais faut que j'aille travailler.

Évangéline avait froncé les sourcils, étonnée.

— Un dimanche ?

— Eh oui ! Un dimanche.

Bernadette était déjà debout en train d'empiler la vaisselle de son déjeuner pour la porter dans l'évier.

— Les affaires, ça arrête pas pasque c'est dimanche. Pas

pour moé, entécas. J'ai ben des commandes à préparer pour l'épicerie, puis je voudrais que ça soye faite avant demain pasque demain, j'ai mes produits Avon à travailler. J'aimerais ça faire une bonne tournée de mes clientes, leur montrer mes nouveaux parfums, mes nouveaux rouges à lèvres… Bon ben, je m'en vas.

En prononçant ces derniers mots, elle s'était retournée vivement. Puis dans la foulée de ce dernier geste, Bernadette avait pointé un index autoritaire vers son plus jeune fils.

— Pis toé, pas de niaiserie comme l'autre jour. Tu rappliques icitte à midi tapant quand les cloches vont sonner.

— Ben oui… Mais laisse-moé te dire que je commence à en avoir assez d'être traité comme un bébé.

— M'en vas ben te traiter comme je le veux, Charles Lacaille. Pis parle-moé pas sur c'te ton-là, j'haïs ça. Jusqu'à nouvel ordre, c'est moé le boss, icitte, pis t'as pas un mot à répliquer quand c'est que je te parle. De toute façon, m'en vas te traiter comme un adulte le jour ousque tu vas agir comme un adulte. Un point c'est toute. Pis laisse-moé te dire qu'à première vue, de même, c'te jour-là est pas encore arrivé. Bon ! astheure que c'est dit, je m'en vas… Si jamais c'te grand escogriffe-là vous faisait du trouble, la belle-mère, avait-elle ajouté en se tournant maintenant vers Évangéline, tout en pointant Charles avec le pouce, gênez-vous pas pour m'appeler à l'épicerie. Si le téléphone sonne, j'vas savoir que c'est vous pis j'vas répondre même si c'est dimanche.

— Pas de trouble, Bernadette. En cas de besoin, je t'appelle. Mais Marcel, lui ? Me semble que je l'ai pas vu ni entendu, à matin ?

— Marcel y'est parti aux aurores pour Boston, avec ses chums Lionel pis Bertrand. Vous vous rappelez pas, la belle-mère? Y' en a parlé, la semaine passée. Y'est allé voir une partie des Expos.

Depuis que Montréal s'était dotée d'une équipe de baseball de calibre international, le cœur de Marcel oscillait entre le hockey et le baseball.

— Pis moé?

À l'autre bout de la table, Charles ne comprenait pas que son père ait pu entreprendre une telle aventure sans lui. Bernadette, qui était déjà à côté de la porte pour prendre son sac à main accroché au mur, était revenue sur ses pas. Une main appuyée sur la table, elle s'était penchée vers son fils.

— Toé? Tu sauras, mon gars, que ton père pis moé, on a décidé, ensemble, que tu méritais pas de faire c'te voyage-là. Pas avec les inquiétudes que t'as données à ta grand-mère, l'autre jour, pis pas avec les notes de ton bulletin de fin d'année. C'est tout juste si t'as passé ta huitième année, bâtard! De toute façon, je viens de te le dire: c'est un voyage entre hommes pis toé, t'es pas encore rendu là.

Bernadette n'avait pas fini de donner son explication que Charles la bousculait pour sortir de table et l'instant d'après, la porte de la cuisine s'était refermée avec fracas sur un jeune garçon visiblement en colère et frustré.

— Maudit verrat! Lui, là... Y' va finir par me donner de l'urticaire. Pis c'est pas en agissant de même qu'y' va se mériter mes grâces... Bon, là, c'est vrai, chus partie! On se revoit t'à l'heure, la belle-mère.

En moins de temps qu'il n'en faut pour le dire, sur un second claquement de porte, la cuisine avait été plongée dans un silence tout léger, soutenu par le piaillement des moineaux qui entraient par la fenêtre grande ouverte, au-dessus de l'évier.

— Si Antoine est pas monté dans dix menutes, je descends

le voir en bas, avait marmonné Évangéline, en prenant sa tasse de thé à deux mains. J'ai besoin de son kodak spécial qui donne les photos tusuite. C'est pas pasque j'vas me retrouver tout fin seule devant la tivi que j'vas rater ça.

C'est ainsi qu'en milieu d'après-midi, l'appareil d'Antoine posé bien en évidence sur la table à café, Évangéline était en train de s'installer dans le salon, face à la vieille télévision noir et blanc.

Cinq minutes plus tard, tentures fermées pour éviter tout reflet, fauteuil bien en face de la télévision et appareil photo en mains, Évangéline attendait le début du reportage.

— C'est pas des maudites farces, y a quèqu'un qui va marcher sur la Lune. Comme dans le livre que Laura a dû lire cent fois quand a' l'était p'tite... Ça avait pas d'allure comment c'est qu'a' l'aimait ça, c'te livre-là. J'sais ben pas si a' va écouter c'te programme-là depuis Québec, ma Laura ? Ça doit ben ! Est curieuse de nature, comme moé !

Lorsque l'indicatif musical annonçant une émission spéciale se fit entendre, Évangéline cessa aussitôt de marmonner et se calant dans son fauteuil, les deux coudes bien appuyés sur le velours élimé des accoudoirs, le Polaroid d'Antoine appuyé sur sa panse débordante, Évangéline attendit l'instant magique où l'astronaute américain mettrait le pied sur la Lune.

— J'sais ben pas si leur terre ressemble à la nôtre, avec des cailloux dedans ? se demanda-t-elle sans quitter la télévision des yeux. Dire que Marcel ose prétendre que ça va être juste un décor de cinéma, que c'est juste de la frime, toute ça ! Maudit Marcel ! Y a pas plusse saint Thomas que lui, viarge ! Pis comment c'est que tu veux qu'y' inventent ça, un décor de Lune, si personne l'a jamais vue de proche, hein ? Ça tient pas deboutte, son histoire. Pas pantoute. Pauvre Marcel ! Y' changera ben jamais… Oh ! Ça commence…

Pour illustrer certains propos scientifiques qu'elle ne comprenait pas, Évangéline vit ce qu'ils appelaient le module lunaire. Une espèce de boule avec des pattes et des hublots venait d'atterrir tout en douceur. Une image de dessins animés, qui aurait fait s'esclaffer Marcel, sans aucun doute.

— Hein la mère !

C'était aussi sûr que deux et deux font quatre que Marcel aurait saisi l'occasion au vol pour narguer sa mère. Même s'il était présentement à des centaines de milles de Montréal, Évangéline n'avait aucun effort à faire pour l'entendre lui rétorquer :

— Que c'est que je vous avais dit ? C'est toute arrangé avec le gars des vues ! Votre astronaute, ça va être pareil !

— Bonne affaire qu'y' soye pas là, finalement, murmura Évangéline, déçue.

N'empêche qu'à la reprise, la vieille dame prit une photo, question de vérifier la qualité de l'image.

— Chus quand même pas folle, viarge ! Y' ont dit, l'autre jour dans le radio, qu'on verrait quèqu'un marcher sur la Lune en direct. J'ai toujours ben pas inventé ça ! En direct de la Lune. C'est de même qu'y' ont dit ça.

Quand Bernadette revint de l'épicerie, en fin d'après-midi, Évangéline était toujours vissée devant la télévision.

— Pis ? Avez-vous vu quèqu'un sur la Lune, la belle-mère ? Moé, c'est drôle, j'ai regardé dans le ciel pis je vois même pas la Lune encore !

— C'est ça, moque-toé don ! Rira ben qui rira le dernier, Bernadette. Pis demande-moé pas de venir t'aider à faire le souper, je reste icitte à surveiller.

— Pas de trouble. J'vas même venir vous porter votre assiette.

Finalement, ce fut Charles qui vint lui porter son repas. Mais quand Évangéline lui demanda s'il avait envie de rester avec elle, le jeune garçon refusa sans hésitation. Ses amis l'attendaient pour jouer au football.

Puis, épuisée, Bernadette se retira tôt dans sa chambre.

— Faites pas le saut quand la porte de la cuisine va s'ouvrir, plus tard dans la soirée, c'est Charles qui va rentrer. Y' fait assez beau, à soir, pour qu'y' reste plus longtemps que d'habitude au parc. J'y ai donné la permission de dix heures. Pis vous ? Pensez-vous que vous allez voir de quoi avant minuit ?

D'une main impatiente, Évangéline intima à Bernadette de se taire.

— Laisse-moé écouter. Ça devrait pus être trop long, astheure.

Effectivement, ce ne fut plus très long. Quand Évangéline vit la porte du module s'ouvrir, ce n'était plus une image animée que la télévision présentait, une image comme pour les émissions enfantines. C'était vraiment en direct. La vieille femme, émue, porta la main à son cœur.

— Jamais j'aurais pensé que je verrais ça dans ma vie. J'en reviens pas... J'en reviens juste pas... Pis Marcel peut ben aller se rhabiller !

Émerveillée, Évangéline en oubliait ses photos. Quand Neil Armstrong se mit à sauter comme un enfant, rebondissant sur le sol qui semblait sablonneux, Évangéline l'envia avant de sursauter violemment.

— Viarge ! Mes photos...

La vieille dame était tout énervée !

— Comment c'est qu'Antoine m'a dit de faire ça, encore ?
Ah oui, peser sur le gros piton noir en regardant dans c'te p'tit
carré-là…

Clic ! Clic ! Clic !

D'une photo à l'autre, Évangéline déposait délicatement le
carton blanc sur la table devant elle, attendant que la photo se
développe.

— Ça avec, c'est une autre affaire que je comprends pas,
murmura-t-elle, tentée d'enlever sans attendre la pellicule
collante qui recouvrait les photos, pour vérifier la prise de vue
et la qualité de l'image. Y a pas si longtemps, ça prenait toute
un laboratoire pour avoir des photos. Astheure, ça se fait en
cachette en arrière d'une feuille de papier. Où c'est que ça va
s'arrêter, toute ça ? Si ça continue de même, y aura pus de job
pour les hommes, pasque ça va être des machines qui vont
toute faire !

Évangéline dévorait les images présentées à la télévision,
avec la sensation déconcertante de vivre un rêve éveillé.

« Un petit pas pour l'homme, mais un grand pas pour l'hu-
manité. »

L'animateur à la télévision venait de traduire les propos de
l'astronaute.

— C'est ben dit, ça… approuva-t-elle d'une voix forte, en
opinant vigoureusement, comme si monsieur Armstrong lui-
même pouvait l'entendre. C'est fou comment c'est que d'aucuns savent toujours trouver le bon mot au bon moment…
Sont ben chanceux ! Bon, mes photos, astheure !

Avec une délicatesse et une précision de chirurgien,
malgré ses doigts un peu tordus et malhabiles, Évangéline
retira le papier protecteur qui cachait chaque photo. Un
grand sourire illumina ses traits.

Sans être parfaits, ses clichés montraient bien ce qu'ils devaient montrer.

Bien sûr, le lendemain matin dans le journal, les images étaient de qualité nettement supérieure à celles prises par Évangéline et le drapeau américain se reflétait jusque sur le casque de l'astronaute. Mais peu lui importait. Elle garderait ses photos bien à l'abri dans son sac à main et elle se ferait un grand plaisir de les montrer à tous ceux qui sembleraient intéressés.

— C'est comme si j'avais été là en personne, Bernadette! C'est pas des farces que je te dis là. T'aurais dû rester avec moé dans le salon, aussi. Ça ressemblait à un rêve, mais en même temps, c'était vrai. Tu vois-tu ce que je veux dire? Pis regarde mes portraits! Ça vaut pas mal plusse qu'une découpure de journal! Regarde Bernadette! Viens voir comment c'est beau pis impressionnant!

Et d'étaler, sur le stratifié égratigné de la table de cuisine, quelques photographies un peu floues où l'on apercevait l'ombre d'un astronaute debout sur une parcelle de Lune, coincée dans le cadre d'une vieille télévision qui ne diffusait qu'en noir et blanc.

*   *   *

Évangéline n'avait pas tort quand elle prétendait que Laura lui ressemblait. La jeune fille n'aurait jamais raté un tel événement et elle aussi, elle avait supplié Bébert de retarder leur départ pour pouvoir regarder ce moment unique, à partir d'une belle télévision couleur dans le salon de Cécile, à Québec. Pour l'occasion, on avait même aidé l'oncle Napoléon à descendre l'interminable escalier de sa maison, véritable casse-cou, qui menait au rez-de-chaussée.

— Vous allez toujours ben pas regarder ça en noir et blanc, monsieur Napoléon, avait plaidé Francine, pis moé non plus, je vous en passe un papier ! À soir, on va chez Cécile avec le p'tit, pis on va toute voir ça en couleurs ! Pis Laura va être là, a' me l'a promis ! Ça va juste vous faire du bien de sortir un peu, c'est Cécile en personne qui l'a dit. Même qu'on devrait faire ça plusse souvent. Vous pensez pas, vous ?

— C'est que je suis pas aussi solide qu'avant, ma pauvre fille !

Francine écarta l'objection d'un petit geste de la main et d'un sourire.

— Pis ça ? Vous avez juste à vous accoter sur moé. Vous allez voir ! Chus solide pour deux, craignez pas !

C'est ainsi que le salon de Cécile s'était rempli peu à peu et qu'avec des oh ! et des ah !, ils avaient suivi avec attention les premiers pas de l'Homme sur la Lune.

Quand l'émission se termina, Napoléon hochait toujours la tête, impressionné par ce qu'il venait de voir.

— J'aurais ben aimé que ma Gisèle puisse voir ça, murmura-t-il avec un brin de nostalgie dans la voix. A' l'aimait ça, toutes ces affaires-là, les affaires modernes.

— Mais a' l'a toute vu, matante Gisèle, répliqua joyeusement Francine. Y a pas de doute là-dessus ! Pis de ben plusse proche que nous autres…

La remarque de Francine suscita quelques rires, tandis que le vieil homme posait un regard affectueux sur la jeune femme.

— Peut-être, oui, peut-être bien que t'as raison… Astheure, ma belle fille, j'aimerais ça rentrer chez nous. Je commence à être fatigué.

Francine était déjà debout.

— C'est vrai qu'y' commence à être pas mal tard… Envoye, Steve, ramasse tes affaires, on s'en va.

— Pis nous autres, faudrait penser à faire un boutte, enchaîna Bébert. On travaille demain, pis Montréal, c'est pas précisément la porte d'à côté.

Le jeune homme s'étira un long moment, en bâillant sans vergogne, la bouche grande ouverte, avant de tourner les yeux vers Laura.

— Es-tu prête Laura ? On pourrait laisser Francine pis monsieur Napoléon en passant. Que c'est t'en dis ?

— Bonne idée. Comme ça, Cécile, tu n'auras pas à ressortir.

Une heure plus tard, le pont était traversé et Bébert prenait la route vers Montréal au volant de sa Chevrolet Impala toute neuve. Blanche avec des ailes marquées de noir et du chrome un peu partout.

— À croire que t'as demandé un supplément de chrome pour c'te char-là, avait plaisanté Antoine, de toute évidence envieux du sort de son ami. Comme un supplément de piment pour la pizza !

— T'es rien qu'un jaloux !

— Ouais… T'as pas tort de dire ça, Bébert ! Est belle en mautadine, ton auto !

Et, au grand plaisir de Laura, depuis l'achat de cette nouvelle auto, Bébert ne se faisait plus jamais tirer l'oreille pour se rendre à Québec. C'est pourquoi, aujourd'hui, ils avaient fait la route pour visiter Cécile et sa famille ainsi que Francine, Steve et monsieur Napoléon. C'était sur l'insistance de Laura qu'ils avaient prolongé la visite pour pouvoir regarder les premiers pas de l'Homme sur la Lune, parce que, bien sûr, Bébert, lui, c'est la Lune au grand complet qu'il irait chercher pour Laura !

Malgré l'heure tardive, il ne semblait pas fatigué.

— Y a pas à dire, la route est ben moins longue dans mon nouveau char, apprécia-t-il en se redressant, fier de lui, fier de son auto.

Cependant, apercevant du coin de l'œil le sourire narquois de Laura, Bébert s'empressa d'ajouter :

— Ça porte mieux que ma vieille minoune, en tout cas !

— Ça, c'est sûr ! Et elle fait moins de bruit ! As-tu remarqué ? On n'a plus besoin de crier pour s'entendre parler !

— Arrête de te moquer de moé !

— Je ne me moque pas du tout, Bébert. Je constate. Admets avec moi que ta vieille auto était usée à la corde.

Bébert fit mine de réfléchir même s'il savait que Laura avait raison.

— OK, t'as raison. Mon ancien char était rendu à bout de souffle. Mais y' nous a rendu pas mal de services, par exemple.

— C'est certain. Sans ta vieille auto, on n'aurait jamais pu aller voir Francine et Steve aussi souvent... Pis faut surtout pas que j'oublie que c'est avec cette antiquité-là que j'ai appris à conduire.

À ces mots, Laura égrena un petit rire.

— Te souviens-tu quand on se rendait à Québec en autobus ?

— Et comment ! Pis après, on y est allés avec le char de monsieur Morin. C'était ben *blood* de sa part de nous passer son char comme il l'a faite. Pendant un boutte, c'était quasiment toutes les fins de semaine qu'on partait dans l'auto de monsieur Morin.

— C'est vrai. C'était pas mal gentil et pas mal moins compliqué pour nous autres... Te rends-tu compte, Bébert ? Ça fait déjà six ans qu'on s'amuse à faire la navette entre Montréal et Québec, toi et moi.

— Je sais. J'y pensais justement l'autre jour. Six ans, c'est long en s'y' vous plaît! Pourtant, me semble que ça a passé vite.

Dans l'ombre qui régnait dans l'auto, à la lueur des multiples lumières du tableau de bord, Bébert vit que Laura hochait la tête en signe d'assentiment.

— C'est drôle, mais moi aussi je trouve que ça a passé vite. J'avais pas vingt ans quand j'ai commencé à aller voir Francine à Québec. Si je tiens compte des vacances que j'avais déjà passées chez Cécile, ça fait plus de dix ans que je me promène entre Montréal et Québec, assez régulièrement! Me semble que ça se peut pas… Dans quelques semaines, je vais avoir vingt-six ans, maudite marde! Vingt-six ans, c'est pas des farces!

Bébert haussa les épaules avec résignation.

— On vieillit toutes, Laura.

— Je le sais bien…

Laura poussa un long soupir.

— Je le sais trop bien qu'on vieillit, répéta-t-elle sur un ton fataliste. Le pire, dans tout ça, et c'est ma grand-mère qui m'en parlait justement la semaine dernière, c'est que plus on vieillit, plus le temps passe vite.

— Ma mère m'a dit la même chose, y a pas longtemps. Pis je dirais que moé avec, je commence à m'en rendre compte.

— Voyez-vous ça! Monsieur Robert Gariépy qui se sent vieillir!

Encore une fois, le ton était moqueur.

— Ben quoi? s'offusqua Bébert. C'est vrai que chus pus une p'tite jeunesse, Laura. Rendu dans les trente ans, on peut commencer à dire qu'on vieillit. C'est un peu comme si j'étais rendu à la moitié de ma vie, tu sais !

— Trente ans ! La moitié de ta vie ! Qu'est-ce que t'attends, d'abord, pour te marier ? répliqua alors Laura, du tac au tac.

Elle se voulait drôle et la question lui avait échappé. Aussitôt, elle se sentit mal à l'aise de l'avoir posée et le silence qui envahit l'habitacle de l'auto lui donna raison. C'était vraiment malhabile de sa part d'avoir parlé ainsi, comme si elle narguait Bébert.

— Je m'excuse, murmura-t-elle dans la foulée de ses mots maladroits, sans attendre que Bébert réagisse. C'est pas très gentil ce que je viens de dire là et de toute façon, ça ne me regarde pas.

— Ben justement... Peut-être que ça te regarde plusse que tu le penses, Laura.

Bébert aussi avait échappé ces quelques mots. Depuis le temps qu'il y pensait, depuis le temps qu'il se faisait mille et un scénarios, les mots s'étaient imposés à lui, comme ceux d'un rôle appris par cœur. Sa répartie était presque un réflexe !

Puisque Bébert avait murmuré, Laura se demanda si elle avait bien entendu et surtout si elle avait bien compris. L'erreur était permise.

Elle retint son souffle, le regard fixé sur le ruban de la route devant elle, sur les lignes blanches hachurées qui se précipitaient sous la belle auto neuve de Bébert, pour disparaître dans la noirceur derrière eux.

Elle avait sûrement mal entendu, n'est-ce pas ?

Elle, Laura Lacaille, n'avait rien à voir dans l'avenir de Bébert. Rien du tout, à part le fait qu'elle était une bonne amie et qu'elle espérait qu'il en soit ainsi pour de nombreuses années encore.

Gênée, elle détourna son regard vers la fenêtre de la portière. Elle ne voulait surtout pas croiser celui de Bébert.

Bébert…

Laura tressaillit imperceptiblement. Comment lui avait-il déjà dit ça, encore? Qu'il aimait bien quand elle l'appelait Robert? Cela faisait des années que Robert Gariépy lui répétait cette demande, sur tous les tons. Y avait-il un sens particulier à donner à cette requête réitérée? Un sens qu'elle aurait dû comprendre depuis fort longtemps mais qu'elle n'avait toujours pas saisi?

Laura avala péniblement sa salive. Subitement, elle avait la gorge sèche, râpeuse comme du papier sablé, et l'esprit désespérément vide de toute répartie.

Ce silence qui allait s'alourdissant fut mis à contribution par Bébert qui espérait un moment comme celui-ci depuis des années. Un moment où les choses s'imposeraient d'elles-mêmes et où il n'aurait plus le choix de foncer. Les mots à dire, il avait eu des nuits et des nuits d'insomnie pour les préparer. Il les connaissait par cœur. Les sentiments à dévoiler, il les cultivait depuis si longtemps déjà qu'ils ne pouvaient faire autrement que d'avoir l'air sincères.

Ne manquait peut-être, encore et toujours, qu'un tout petit peu de courage pour se tirer à l'eau.

Comment dit-on à une fille qu'on l'aime?

Bébert ne savait pas, ne l'avait jamais su.

L'image de lui-même, debout sur le bord d'une falaise dominant une mer déchaînée, lui fit fermer les yeux durant une fraction de seconde. Il avait le vertige.

Néanmoins, allait-il laisser passer une chance comme celle qui s'offrait présentement et continuer de tergiverser pour le reste de ses jours?

À la lueur de cette dernière réflexion, la décision se prenait d'elle-même.

Se cramponnant au volant, dans un réel réflexe de protection, de soutien, Bébert renifla et toussota.

— T'as pas à t'excuser, Laura, commença-t-il enfin, d'une voix hésitante. T'as ben raison quand tu dis que je devrais penser à me marier. À mon âge, ça serait juste normal de faire comme toutes mes chums. Inquiète-toé pas, je me dis la même affaire, pis depuis un sapré bout de temps, à part ça. C'est juste que…

Bébert poussa un long soupir et s'enfonça dans un autre silence. Le nez à la fenêtre, Laura n'osait se retourner. Elle n'était pas dans son cabinet de consultation où d'un mot, d'une intonation de voix ou d'un sourire, elle pouvait inciter quelqu'un à parler. Ici, avec un vieil ami qui s'appelait Bébert, roulant au milieu de nulle part dans la noirceur de la nuit, elle ne se sentait pas le droit d'insister. Mais curieusement, elle poussa un soupir de soulagement très discret quand Bébert reprit son monologue. Elle avait sincèrement envie, sans trop savoir pourquoi, qu'il aille au bout de tout ce qu'il avait à dire.

— C'est juste que c'est pas de même que je voyais ma vie, lança brusquement Bébert. Pas tusuite. Tu vas voir, ça part de loin mon affaire. En fait, ça part depuis le temps où j'étais p'tit gars. J'sais pas si tu te rappelles comment c'était chez nous ? Ça doit ben, rapport que tu venais voir Francine à tout bout de champ. J'sais pas comment c'est que ma sœur était faite, mais moé, j'aimais pas ça que mes chums viennent à maison. C'était toujours en désordre, chez nous. Je dirais pas que c'était sale, même si des fois…

Bébert échappa un soupir de contrariété.

— Ma mère, c'est une bonne personne, reprit-il aussitôt,

avec fougue. Je dirai jamais le contraire, mais a' l'a jamais été ben forte sur le ménage. Dans le temps, a' disait que c'était à cause de nous autres, les enfants. Pourtant, Francine pis moé, on se ramassait... Toute ça pour te dire que j'avais pas encore quinze ans, pis je savais déjà que je voudrais pas que ma maison ressemble à celle des parents. Ça pour moé, c'était comme qui dirait coulé dans le béton. Je me disais que si j'avais une bonne job, tout le reste suivrait. Pis c'est là que j'ai mis toute mon énergie. Je voulais me trouver une bonne job. Une job que j'aurais pas besoin d'apprendre sur des bancs d'école pasque j'haïssais ça, l'école. Pas pasque j'avais des mauvaises notes ! Non ! C'est juste que je trouvais ça long pis ennuyeux de rester assis sans bouger durant des heures.

À nouveau, Bébert fit une pause. Pourtant, il n'avait pas vraiment besoin de réfléchir pour mettre ses idées en ordre.

— C'est là, poursuivit-il au bout de quelques secondes, voyant que Laura n'avait rien à exprimer ou qu'elle n'arrivait pas à parler, c'est là que monsieur Morin est arrivé dans ma vie. Pis c'est à c'te moment-là que toute a changé pour moé. J'avais un but ben précis en face de moé. Je savais ce que je voulais faire de ma vie: j'allais être mécanicien. J'avais toujours aimé ça, les chars, mais je me disais que c'était comme une bébelle que je recevais quand j'étais p'tit. Je me disais que je pouvais pas aimer ça autant pis que ça soye sérieux. Quand j'ai rencontré monsieur Morin, qui était un homme sérieux pis qui aimait les chars autant que moé, j'ai compris qu'on pouvait aimer sa job pis qu'on pouvait trouver de l'agrément à se lever de bonne heure le matin pour partir travailler. À partir de là, pus rien a été pareil pour moé. Pas longtemps après, monsieur Morin m'a fait comprendre que si je le voulais, ben son garage, un jour, y' pourrait être à moé, rapport qu'y' avait pas de famille directe. Ça a été comme un coup de fouet, pis pendant ben des années, y a eu juste ça d'important pour moé. Même si y' fallait que je travaille comme un malade pour arriver à mettre de l'argent de côté, un jour, le garage serait à moé. Monsieur Morin avait été ben clair là-dessus.

Tout ce que Bébert était en train de lui raconter, Laura en avait été le témoin. Parfois à travers les propos de son frère Antoine, parfois directement. Elle esquissa un sourire dans le noir. Si aujourd'hui elle était l'amie de Bébert, c'était finalement, et surtout, à cause des gaffes de Francine. N'était-ce pas à cause de Francine, partie cacher sa grossesse à Québec, si, un soir d'hiver, Bébert l'avait abordée dans la rue, afin d'avoir des nouvelles de sa sœur ? Laura retint un soupir.

Que d'eau coulée sous les ponts depuis ce soir-là !

La jeune femme reporta son attention sur Bébert qui continuait son histoire.

— Dans un sens, c'est un peu à cause du garage si j'ai pas pensé à me marier avant ça, était-il en train d'expliquer. J'avais pas le temps. Pis j'avais pas d'argent non plus ! Toute ce que je gagnais, à part la pension que je donnais à mon père pis un peu d'argent de poche que je me gardais, je le mettais de côté à la banque pour le jour ousque monsieur Morin aurait envie de prendre sa retraite. Pis c'te jour-là est arrivé. Aujourd'hui, chus propriétaire du garage, je fais même assez de profits pour me payer un char neuf pis je vis enfin chez nous, dans un appartement qui reste propre pis à l'ordre. Dans un sens, ce que j'espérais de la vie, je l'ai eu. J'ai travaillé fort pour y arriver, mais c'est faite. C'est petête pas correct de penser de même, mais chus fier de moé, pis en sacrifice, à part de ça !

Habituellement conducteur prudent, ce soir, Bébert se contentait de tenir son auto entre les lignes blanches et jaune. Il avait tellement plus important à faire que de surveiller la route, déserte de toute façon. À voix haute, il disait enfin ce qu'il avait préparé au fil du temps, il vivait le moment tant espéré, et maintenant qu'il était lancé, les mots coulaient avec facilité, abondants, précis, sans la moindre hésitation. Ils avaient été son mantra durant tellement d'années! Ils avaient pavé la route de son succès: un jour, il serait fier de lui et pourrait offrir à Laura de partager toute cette fierté car, sans le savoir, elle avait toujours été sa muse, son but et son inspiration.

Bébert prit une profonde inspiration avant de poursuivre. Son cœur battait comme un fou et il avait les mains moites.

— Mais faut pas croire, pour autant, que chus faite en bois pis que je pensais pas à vivre toute ça avec une femme. Je voyais mes chums avec leur famille pis je les enviais, crains pas. Pis le p'tit Steve est né. Je le regardais grandir pis je me disais qu'un jour, j'en aurais un, moé avec, un p'tit gars comme lui. Mais pas avec n'importe qui. Pas avec la première venue. On se lance pas dans le mariage sur un coup de tête, que je me disais… Je me disais aussi que je finirais ben par rencontrer quèqu'un qui serait petête pas de notre quartier, mais qui aurait envie comme moé d'une bonne vie avec une bande d'enfants. Pasque je veux des enfants, ça c'est sûr. Mais comme le garage prenait toute mon temps, je me disais que c'était pour plus tard. J'étais pas pressé pasque pour moé, y' était pas question de marier une femme pour la mettre dans la misère… Mais on décide pas toujours de toute dans sa vie, hein? Ça m'est tombé sur la tête pis le cœur comme une tonne de briques. Celle que j'imaginais venir d'ailleurs, était juste là, à côté de moé. Pis je la connaissais depuis toujours, en plusse. Comment j'aurais pu deviner que ça serait aussi facile à trouver, une femme à aimer ? Malheureusement, celle qui faisait battre mon cœur était bien que trop une grande dame pour moé. On rit pus, a' suivait des cours à l'université.

À ces mots, Laura sentit une vague de chaleur lui monter au visage et son cœur à elle aussi se mit à battre comme le pas d'un cheval lancé au grand galop.

— C'était pas mal mieux que moé, ça, l'université ! J'ai même pas fini mon secondaire, sacrifice ! C'est à ce moment-là que j'ai essayé de me mettre à lire toutes sortes de livres, juste pour elle. Pour que je soye intéressant, moé avec. Pour que j'aye de quoi y dire quand on monterait ensemble à Québec. Mais c'était pas moé, ça, de lire des livres. Alors je me suis dit que si je réussissais avec mon garage, que si je pouvais y offrir une bonne vie, petête que ça ferait pareil. Petête que pour elle aussi, ça pourrait avoir de l'importance. Ça fait que j'ai travaillé autant pour elle que pour moé. C'est un peu pour elle avec que j'ai acheté le garage pis qu'ensuite je l'ai faite rouler dans le sens du monde. Dans ma tête, c'était ben clair : je pouvais pas y dire que je l'aimais tant que j'aurais pas réussi. Pis c'est de même que les années ont passé. Je l'invitais au cinéma ou ben au restaurant en me disant que ça suffirait petête pour qu'a' comprenne, mais ça a ben l'air que ça a pas été le cas… Chaque fois que je me disais que le temps était venu d'y parler, y avait toujours de quoi pour m'en empêcher. Ou ben les mots me venaient pas pasque j'étais trop gêné, ou ben c'est elle qui filait pas, qu'y' était toute mélangée à cause de ses études. Ça fait que je me taisais. Sacrifice ! Je pouvais toujours ben pas venir la mélanger encore plusse avec toutes mes histoires de mariage !

Laura en avait les larmes aux yeux. Elle savait que Bébert était un ami sincère, sur qui elle pourrait toujours compter mais jamais, au grand jamais, elle n'aurait pu imaginer que durant toutes ces années, il cachait de si grands sentiments.

Pourtant, au souvenir de certaines circonstances, à se rappeler certains mots, certaines attitudes... Fallait-il qu'elle soit aveugle... ou préoccupée par quelqu'un d'autre...

— C'est comme ça que, d'une fois à l'autre, je remettais ça. Pis un bon jour, a' m'a parlé de son envie de travailler à l'Expo. Laisse-moé te dire que je l'ai encouragée dans c'te sens-là. Je l'avais toujours vue travailler dans le public. De la manière qu'a' parlait de l'épicerie de son père, ça pouvait pas mentir! Malheureusement pour moé, c'est à partir de c'te moment-là qu'a' s'est faite plusse rare. C'est ben juste si a' passait de temps en temps pour me voir au garage, comme trop pressée pour rester longtemps, tandis qu'avant, je la voyais quasiment toutes les semaines pis on avait le temps de se jaser ça tant qu'on voulait! J'ai vite compris que la femme que j'aimais s'était faite de nouveaux amis pis que moé, j'étais pu aussi important pour elle. Ça m'a faite de la peine, c'est sûr. Mais d'un autre côté, je me disais que j'avais petête un peu couru après mon malheur. J'avais juste à parler quand c'était le temps de le faire pis petête ben que les choses se seraient passées autrement.

Bébert reprit son souffle. Jamais de toute sa vie, il n'avait autant parlé de lui. Parler d'autos et de mécanique, pas de problème, il pouvait le faire durant des heures! Mais de lui, de ses émotions...

Il entendait les reniflements de Laura, assise tout contre la portière sans trop savoir ce qui les provoquait. Ses révélations? Ou tout simplement le fait qu'elle ne l'aimait pas et ne savait comment le montrer ? Nul doute que Laura avait compris, depuis un bon moment déjà, de qui il parlait. Mais pourquoi pleurer ? Ça, Bébert l'ignorait. Ce qu'il savait, par contre, c'était que s'il n'allait pas jusqu'au bout de ses confidences, là, tout de suite, il n'y reviendrait jamais.

Comme Laura ne disait toujours rien, Bébert recommença à parler.

— Ouais, tant qu'à dire la vérité, faut que j'avoue que durant un boutte, j'ai regretté de t'avoir encouragée à travailler à l'Expo, Laura.

Pour la première fois depuis le début de ce long monologue, Bébert s'adressait directement à Laura. Les mots et la manière de les dire s'étaient imposés à lui sans la moindre équivoque.

— Sans même t'avoir dit que je tenais à toé, sans même savoir si toé tu pouvais petête ressentir de quoi pour moé, j'avais l'impression de te perdre. Quand tu m'as annoncé, l'été dernier, que tu partais pour l'Italie, ça a été encore pire. Une chance que Francine était là, chez nous, avec son p'tit. Ça m'a aidé à trouver les soirées moins longues... Je le sais pas ce qui s'est passé durant ton voyage. Pis je veux pas le savoir, ça me regarde pas. Toute ce que je sais, par exemple, c'est que t'es revenue pis que t'as pus jamais parlé de l'Italie. Jamais. Ça fait que moé, j'ai recommencé à espérer... Pis j'espère encore qu'un jour, toé pis moé...

Laura ne cachait plus les larmes qui coulaient sans retenue sur son visage.

— Je veux pas que tu pleures, Laura. C'est pas triste, ce que je viens de te dire. C'est... c'est juste ce que je ressens, moé, Robert Gariépy. Je demande même pas que tu me répondes. Pas à soir, pas maintenant. Je veux juste que tu penses à toute ce que je viens de te dire. Je veux juste que tu saches que je tiens à toé. Ben ben gros. C'est toute. Pour le reste, on peut se donner du temps. C'est pas pasque j'ai trente ans qu'y a quoi que ce soit qui presse, Laura.

Hésitant, embarrassé, Bébert tendit maladroitement la main pour saisir celle de Laura, abandonnée sur la banquette.

Il y eut un moment d'indécision, de malaise.

Mais quand, au lieu de se dérober comme il s'y attendait, les doigts de Laura s'emmêlèrent aux siens, le cœur de Bébert fit un bond presque douloureux. Il augmenta la pression de sa main et c'est ainsi, dans un silence absolu, qu'ils firent la route jusqu'à Montréal.

CHAPITRE 2

When I find myself in times of trouble
Mother Mary comes to me
Speaking words of wisdom, let it be.
Let it be, let it be.
Whisper words of wisdom, let it be.

Let it be
THE BEATLES
(J. LENNON / P. McCARTNEY)

Texas, lundi 21 juillet 1969

Le dernier sourire qu'aura fait Elizabeth Prescott, après soixante-quinze ans de vie bien remplie, aura été celui qu'elle esquissa pour Neil Armstrong quand il posa le pied sur la Lune. Depuis quelques semaines, elle en avait fait son but : elle ne lâcherait prise qu'après avoir vu un homme fouler le sol lunaire. Fidèle patriote, elle était fière de savoir que les Américains avaient gagné la course aux étoiles.

Assise dans son fauteuil roulant, emmitouflée dans d'épaisses couvertures alors que le mercure frôlait les trente degrés, même après le coucher du soleil, Eli avait passé la soirée entourée de sa famille, installée au salon devant la télévision, un immense appareil couleur que son mari lui avait offert l'an dernier quand il avait appris, désemparé, que son épouse était malade.

Elizabeth Prescott venait de vivre un dimanche soir comme elle les aimait, avec les siens, ce qu'elle n'avait pas fait depuis fort longtemps. Un dimanche soir comme elle en avait été si souvent l'instigatrice.

Puis, avant même la fin de l'émission, elle s'était excusée et aidée par Chuck, elle avait regagné sa chambre.

À minuit, elle avait demandé d'être soulagée de sa douleur. À minuit et demi, elle avait déclaré, d'une voix tourmentée, que la médication n'avait rien donné. Chuck avait allumé la veilleuse et l'avait regardée droit dans les yeux. Il n'y avait lu que douleur et résignation. Et peut-être aussi beaucoup d'amour à son égard, mais un amour transcendé par une détermination inébranlable. Alors, respectueux et profondément amoureux de sa femme, il s'était relevé et avait repris un comprimé de morphine dans la bouteille posée sur le rebord du lavabo de leur salle de bain personnelle.

Leur médecin de famille, le docteur Holt, n'avait-il pas dit qu'Eli était la seule à savoir quand elle aurait besoin d'être soulagée ?

Vers une heure du matin, puis ensuite vers une heure trente, le scénario s'était répété et Chuck s'était relevé à chaque fois.

Eli s'était enfin endormie, d'un sommeil lourd, profond. Mais Chuck, lui, ne dormait pas et curieusement, il s'était demandé si Eli rêvait et dans l'affirmative, à quoi.

Quand il entendit un long soupir, comme un ballon qui se dégonfle, il comprit que tout était fini. Il s'y attendait. Autant de médicaments en si peu de temps…

Il eut le réflexe de regarder le cadran lumineux du réveille-matin.

Trois heures dix.

À trois heures dix du matin, en ce 21 juillet 1969, sa femme était morte.

Charles Prescott, que tout le monde sans exception appelait Chuck depuis toujours, écrasa un poing contre sa bouche pour retenir le cri qui monta spontanément en lui. Eli n'avait pas toujours été parfaite, loin de là, mais elle avait été sa femme, la mère de ses enfants et il avait toujours pu compter sur elle.

Il n'avait pas le droit d'avoir de regrets. Depuis un an, Eli avait suffisamment souffert pour mériter ce repos. À partir de maintenant, ce serait à son tour d'avoir mal. Très mal. Mais il se tiendrait debout pour ses enfants. Pour leurs enfants.

Chuck se tourna alors sur le dos et prenant la main de sa femme dans la sienne, il resta dans le noir sans bouger. Il ne voulait partager avec personne les ultimes instants où il sentait la chaleur de son corps contre le sien. Après plus de cinquante ans de vie commune, il avait ce droit. Ce privilège. Avec la main d'Elizabeth dans la sienne, il apprendrait à contrôler sa peine. Seul, il n'y arriverait pas.

Chuck attendit les premières lueurs de l'aube pour se lever. En homme qui avait mené sa vie et son monde d'une poigne de fer, il sortit du lit calmement et enfila sa robe de chambre avec des gestes posés. D'un pas lourd, il tourna un moment autour du lit, ajustant les couvertures, replaçant une mèche de cheveux. C'est ici qu'il voulait que les enfants voient leur mère pour une dernière fois. Après son passage chez Elliot Duncan, le directeur du salon funéraire, Eli ne se ressemblerait plus. Chuck avait vu suffisamment de morts dans sa vie pour savoir cela.

Puis il se dirigea vers la cuisine. Il se ferait un café très noir avant d'appeler les enfants.

Mark, Brandon et Maureen…

Curieusement, comme un flash lumineux traversant son esprit, Chuck revit la naissance de chacun d'eux.

La vie avait passé trop vite.

Après avoir parlé aux enfants, il appellerait le médecin. Si jamais ce dernier s'apercevait qu'Eli était morte depuis un bon moment déjà, et il s'en apercevrait, Chuck en était convaincu, et si jamais il demandait pourquoi on ne l'avait pas fait venir plus tôt, Chuck répondrait qu'il dormait profondément et qu'il n'avait rien entendu. Jeremy Holt, médecin et ami d'enfance, devrait se contenter de cette réponse.

Quand il entra dans la cuisine, Maria, la servante qui vivait avec eux depuis toujours ou presque, nouait les cordons de son tablier. Elle avait dû l'entendre se lever et tourner dans sa chambre comme un ours en cage.

Chuck se demanda quel âge pouvait avoir cette femme qui vivait sous son toit. Eli devait sûrement le savoir. Elizabeth Prescott savait tout ce qui touchait sa famille, de près ou de loin. Lui, c'est à peine s'il se rappelait la vie avant Maria.

Pour une des rares fois de leur existence commune, le maître et la servante échangèrent un long regard, d'égal à égal. Maria comprit alors ce qui venait de se passer.

— Madame va me manquer.

Ce seraient là les seuls mots de condoléances qui sortiraient de sa bouche. Chez les Prescott, les serviteurs avaient appris à garder leur place et savaient que ce que l'on attendait d'eux, c'était d'abord et avant tout l'efficacité. L'empathie ne faisait pas partie de leurs charges, sauf peut-être pour les tout jeunes enfants.

Maria avait déjà détourné la tête et s'affairait à préparer le café. Chuck se réfugia donc dans son bureau où il prit le téléphone.

D'abord les enfants, ensuite le médecin…

Quand le téléphone sonna chez Maureen et Adrien, le réveil ne marquait pas encore sept heures. Adrien sursauta à la première sonnerie. Il pressentait ce qu'on allait lui annoncer au bout de la ligne. Depuis quelques nuits, il dormait d'un sommeil tout léger. Se dépêchant de sortir du lit, il referma soigneusement la porte de la chambre derrière lui, pour ménager le sommeil de Maureen, et il se précipita vers la cuisine où se trouvait le téléphone.

L'appel ne dura que quelques instants. Adrien ne fut pas surpris par la fermeté de la voix de son beau-père. Comme toujours, Chuck avait la situation bien en mains. Adrien promit que Maureen serait là dans moins d'une heure.

— Après, quand les enfants auront vu leur mère, vous pourrez venir, Michelle et toi. J'ai demandé la même chose chez Mark et Brandon. Pour une dernière fois, je veux réunir la famille.

La famille…

Le clan Prescott avait toujours été solide. Le noyau du clan était solide… En ce qui concernait les autres, les belles-sœurs, les petits-enfants et lui-même, Adrien avait toujours eu l'impression qu'ils n'étaient que des satellites gravitant autour du noyau…

« Des électrons libres », pensa-t-il curieusement en raccrochant sans faire de bruit.

S'il lui fallait réveiller Maureen dans les plus brefs délais, et Dieu sait qu'il prévoyait que la nouvelle serait difficile à annoncer même si tout le monde s'y attendait, il espérait que Michelle, de son côté, pourrait dormir encore un bon moment. Tant mieux, cela lui donnerait le temps de trouver la bonne manière, les bons mots pour lui annoncer que sa grand-mère venait de mourir.

Comment dit-on à une petite fille qui va avoir sept ans dans un mois qu'un proche vient de mourir ? Adrien ne savait pas.

Il poussa un long soupir de fatigue, de lassitude. Maintenant, il devait réveiller Maureen. Mais quand il se retourna, Michelle, son ours préféré sous son unique bras et le visage bouffi de sommeil, le regardait intensément.

— C'était qui, papa, le téléphone ?

— C'était grand-père.

— Ah bon… À cause de grand-mère, n'est-ce pas ?

— Oui, à cause de grand-mère.

— Elle est morte ?

Adrien, décontenancé, avala sa salive avant de répondre.

— Oui, Michelle, tu as raison, ta grand-mère vient de mourir. Tu sais combien elle avait mal, n'est-ce pas ? Maintenant, c'est fini. Elle n'aura plus jamais mal.

— Ah bon…

Depuis quelque temps, comme si elle prévoyait les réponses à venir, ou analysait tout ce qu'on lui disait, Michelle avait la manie de commencer ses phrases de cette manière. « Ah bon… »

— Comment tu le sais, que grand-mère n'aura plus jamais mal ? demanda-t-elle après un court moment de réflexion. Est-ce que c'est elle qui te l'a dit avant de mourir ?

— Non. Grand-mère ne m'a pas parlé de ça.

— Comment tu le sais, d'abord ?

— C'est comme ça. Toutes les grandes personnes le savent. Quand quelqu'un meurt, il n'a plus faim, ni soif, ni froid, ni chaud. Il n'a plus mal non plus.

— Comme ça, grand-mère va être bien. Est-ce que c'est ça que tu veux me dire ?

— Oui. D'une certaine façon, c'est exactement ça.

— Ah bon…

Michelle hochait la tête, sans quitter son père des yeux. Avec elle, maintenant, tout se jouait dans le regard. Autant, quand elle était petite, Michelle avait souvent réclamé, à grand renfort de rires et de cris, le privilège d'être dans les bras de son père, autant, depuis qu'elle vivait ici, elle évitait tout contact avec les gens. Comme si d'être touchée par quelqu'un lui rappelait son infirmité.

Au fil des semaines, Adrien avait vu le changement s'opérer. Il était persuadé que ce réflexe, cette espèce de recul face à l'autre lui venait justement d'Eli qui n'avait jamais voulu lui prendre la main, comme elle le faisait spontanément avec ses autres petits-enfants. La main de Michelle était peut-être différente, un peu tordue, mais elle était aussi chaleureuse que n'importe quelle autre main d'enfant. Alors, peut-être pour éviter de s'écorcher le cœur, depuis qu'elle vivait ici et quand elle voulait entrer en communication intime avec quelqu'un, Michelle se contentait de le fixer intensément. Ce qu'elle faisait en ce moment avec son père, qui lui, bien au contraire, aurait aimé la serrer très fort tout contre sa poitrine.

— Pourquoi, d'abord, on pleure quand une personne meurt, si on sait qu'elle est bien ? continua Michelle.

— Parce qu'on sait aussi qu'on ne verra plus jamais cette personne et qu'on va probablement s'ennuyer. Un peu comme toi quand tu quittes Montréal et que tu sais que grand-maman Vangéline va te manquer. Ça t'arrive, des fois, de pleurer.

Michelle hocha la tête, pensive.

— Je comprends…

Puis elle ramena son attention sur Adrien.

— Est-ce qu'on est obligé de s'ennuyer, papa ?

— Non, Michelle. Personne n'est obligé de s'ennuyer de quelqu'un.

— Ah bon… Alors je ne serai pas obligée de pleurer si je ne m'ennuie pas de grand-mère, n'est-ce pas ?

Adrien savait que le courant n'avait jamais passé entre Michelle et sa grand-mère. Sa réponse fut donc d'un naturel désarmant. Jamais il n'avait menti à sa fille et ce n'était pas ce matin qu'il allait commencer.

— Non, tu ne seras pas obligée de pleurer, la rassura-t-il.

Michelle eut l'air soulagée.

— Alors, c'est correct…

Puis, elle détourna la tête et regarda par la fenêtre. Sur l'horizon, posés au-dessus de la cime des arbres, de longs filaments de brume rosée donnaient déjà le ton à la journée. Encore une fois, sans l'ombre d'un doute, il ferait beau. Au Texas, le temps était souvent magnifique.

— C'est où, le ciel ? demanda alors Michelle sans se retourner vers son père.

Adrien comprit fort bien que sa fille ne faisait pas allusion au firmament qui s'étendait au-dessus de leurs têtes.

— Personne ne le sait. Comme souvent, quand on ne comprend pas quelque chose, on s'imagine que c'est plus haut que nous. De là, probablement, l'idée qu'à notre mort, on va au ciel. Comme s'il y avait un pays de l'autre côté du bleu du ciel.

— C'est bien… À l'école, on nous a dit que le ciel, c'est comme un beau grand jardin. Je trouve que c'est une bonne idée, de voir le ciel comme ça.

— Je suis d'accord avec toi. Moi aussi, j'aime bien cette idée-là.

Michelle esquissa un sourire, heureuse de sentir l'approbation de son père.

— Grand-mère aussi doit aimer ça, ajouta-t-elle d'une voix plus légère. Avant d'être malade, elle s'occupait toujours de ses fleurs. Maintenant, elle va pouvoir s'occuper des fleurs du ciel. Surtout si elle n'a plus mal, comme tu l'as dit. N'est-ce pas, papa, qu'elle va pouvoir s'occuper des fleurs ?

— Sûrement.

— Tant mieux.

Sur cette certitude, Michelle délaissa la fenêtre pour revenir à son père.

— Maintenant, parce que grand-mère est morte, nous, on va pouvoir aller à Montréal, n'est-ce pas ?

Même si ces quelques mots pouvaient sembler déplacés, Adrien savait qu'ils ne faisaient que refléter l'espèce d'indifférence qui avait toujours existé entre Eli et Michelle. Entre lui et sa belle-mère.

— Peut-être, oui, approuva-t-il prudemment. Mais pas tout de suite. Il y a maman qui va probablement avoir besoin de toi. Il ne faudrait pas l'oublier. Elle va sûrement avoir beaucoup de peine. Après tout, c'est sa maman à elle qui vient de mourir.

Une vague de déception traversa le visage de la petite fille.

— Et elle va pleurer, maman ?

— Sans doute.

— Ah bon…

Michelle resta un long moment silencieuse, plongée dans une profonde réflexion. Puis elle leva les yeux. Étrangement, une lueur d'espoir faisait briller le regard de la petite fille.

— Si c'est vrai, ce que tu dis, et que maman va pleurer, alors on n'aura pas besoin de rester ici, affirma-t-elle avec détermination. Tu vas voir ! C'est sûr qu'on va pouvoir aller à Montréal.

— Pourquoi dis-tu ça ?

Cette fois-ci la réponse fusa sans la moindre hésitation.

— Parce que maman, quand elle a de la peine ou qu'elle a envie de pleurer, c'est toujours dans la maison de grand-père qu'elle va. Elle ne reste jamais ici. Jamais. Alors tu te trompes quand tu dis qu'elle va avoir besoin de moi. C'est de grand-père que maman va avoir besoin, pas de moi… Maintenant, je vais aller lire dans ma chambre. Quand tu sauras ce qu'on va faire aujourd'hui, tu viendras me le dire.

*　*　*

Antoine ne se cachait pas, mais n'en parlait pas non plus. Par choix, par timidité naturelle, par crainte peut-être d'être jugé. Que sa grand-mère ne l'ait pas encore questionné sur le sujet faisait donc grandement son affaire. Il n'aurait su quoi répondre si la vieille dame avait voulu en savoir plus long. À tout le moins, Antoine aurait bafouillé, horriblement gêné, car il détestait ce genre de situation, tout comme il détestait se sentir gêné, paralysé devant les gens. Cela faisait remonter trop de mauvais souvenirs à la surface.

Par réflexe, le jeune homme jeta un rapide coup d'œil vers le bout de la rue avant d'ouvrir complètement mais silencieusement la porte de chez madame Anne, comme l'appelait toujours Évangéline. Lui, depuis janvier, il avait laissé tomber le « madame » et depuis le mois de mars, il tutoyait même sa voisine.

Antoine étira le cou.

La voie semblait libre puisque les rideaux du salon de sa grand-mère étaient en place, immobiles, selon ce qu'il pouvait en voir à travers les feuilles de l'immense chêne qui ombrageait la façade de la maison d'Évangéline Lacaille.

Antoine poussa un soupir de soulagement.

Pourtant, ce n'était que pur réflexe, cette manie de jeter un regard à l'autre bout de l'impasse, chaque fois qu'il quittait la maison d'Anne Deblois, car même si sa grand-mère était à la fenêtre, surveillant ce qu'elle s'entêtait à appeler SA rue, et qu'Antoine l'apercevait, il sortait quand même. C'était souvent arrivé.

Il n'était plus un gamin pour se cacher et il ne faisait rien de mal à aider leur voisine, bien au contraire.

Savoir aider faisait partie des valeurs enseignées à la maison. Si Antoine n'en parlait pas, c'était pour une tout autre raison…

Le manège durait depuis des mois, maintenant.

Une panne de moteur, en plein mois de janvier, avait été une bénédiction pour Antoine. Par un samedi matin, alors que le camion de la procure refusait de démarrer, il s'était arrêté chez madame Anne. Après une brève discussion, il y avait eu une main tendue, bien à l'abri sous de chaudes mitaines, qui offrait un billet de deux dollars. Ainsi Anne pourrait prendre un taxi pour se rendre à la procure. De toute évidence, la jeune femme était accablée par la situation.

Ce fut à ce moment précis, alors que le billet de deux dollars passait d'une main à l'autre, que la vie d'Antoine avait pris un virage à 180 degrés.

Le lendemain, Anne l'avait interpellé pour lui remettre l'argent et l'avait invité à entrer pour prendre un café.

Leur relation d'entraide venait véritablement de commencer.

Pourtant, Dieu sait qu'Antoine, dans un premier temps, avait accepté l'invitation d'Anne à reculons. Il s'était tenu loin d'elle, avait rapidement bu son café, s'était trouvé un prétexte pour partir le plus vite possible.

— Je m'excuse, madame Anne, mais faut que je parte. Bébert m'attend !

C'était la première idée qui lui était passée par la tête, la seule en fait, même si en réalité il se dirigeait vers le casse-croûte quand Anne l'avait intercepté. Mais comme il ne voulait pas que sa voisine lui offre de l'accompagner, sait-on jamais, il avait sorti le nom de Bébert à sa rescousse. Afin de rendre la justification encore plus plausible, il avait même ajouté :

— Comme Bébert pis Laura sont arrivés ben tard hier soir, j'ai pas pu y parler comme je vous l'avais promis. Mais là, comme je m'en vas au garage, si vous voulez, madame Anne, je peux y glisser un mot à propos de votre camion qui veut pas démarrer.

— Et comment, que je veux que tu parles à Bébert pour moi ! Mais d'abord, tu vas me promettre quelque chose !

— Quoi ?

— Tu vas arrêter de me donner du « madame » aux deux minutes ! Ça me fait grincer des dents ! S'il te plaît.

Le ton d'Anne s'était fait suppliant. Antoine avait alors levé les yeux, visiblement embarrassé. Ce n'était pas la première fois qu'Anne lui faisait cette requête, mais compte tenu de ce qu'il ressentait pour elle, Antoine n'arrivait pas à lui donner suite. Dans le secret de son cœur, bien sûr qu'il l'appelait Anne, mais ça s'arrêtait là. De toujours lui dire « madame » permettait de garder une certaine distance entre eux, et Antoine jugeait que c'était nécessaire.

Son opinion était encore la même, ce matin-là aussi. Dans le contexte de cette rencontre inopinée par une calme matinée d'hiver, alors qu'affamé il se dirigeait vers le casse-croûte pour manger des œufs au bacon, la demande de madame Anne était toujours aussi déstabilisante.

Par contre...

Il y avait dans l'air, ce matin-là, un petit quelque chose de différent. C'était comme si Anne et Antoine étaient sur un pied d'égalité. Comme si Anne et Antoine n'étaient que deux bons voisins discutant autour d'une tasse de café. Anne, la musicienne, venait de régler sa dette envers Antoine, le peintre.

Anne et Antoine...

Dans ses rêves les plus fous, Antoine n'avait jamais osé imaginer un moment comme celui qu'il était en train de vivre.

Il n'aurait jamais imaginé qu'il pourrait, un jour, associer son nom à celui d'Anne Deblois. Pourtant, c'était ce qu'il avait fait à ce moment-là.

À d'autres égards, par contre, la situation présente lui avait fait l'effet d'un cauchemar. S'il fallait qu'Anne, dans l'espoir d'une réponse, s'approche de lui, pose la main sur son bras, le regarde dans les yeux d'un peu trop près, comme elle l'avait fait l'été dernier... S'il fallait que lui, en contrepartie, il perde le contrôle. Ça lui était déjà arrivé de perdre le contrôle, pour des peccadilles parfois, et il avait eu peur que cela se reproduise là, tout de suite.

Elle avait un si beau sourire, madame Anne...

Et Antoine avait décidé depuis longtemps que le sourire de madame Anne pouvait être dangereux.

Le cœur battant la chamade, Antoine avait alors fermé les yeux durant une fraction de seconde, comme si ce geste pouvait à lui seul contenir la situation... ou tout effacer. Ce n'était peut-être qu'un rêve, après tout !

Pourtant, à l'instant où il avait relevé les paupières, voyant Anne installée en face de lui sans manifester la moindre intention de se lever pour venir vers lui, Antoine avait éprouvé un grand soulagement et son cœur s'était assagi. Oui, en ce moment, il était juste bien. Il s'était senti presque à l'aise. Comme en sécurité. Pourquoi ne pas en profiter ? Pourquoi toujours anticiper le pire ?

Sa réponse avait coulé avec une pointe de soulagement dans la voix, lui donnant une crédibilité indiscutable.

— Ben... Ouais, j'vas essayer. Mais c'est quand même pas évident. Ça fait des années que je vous appelle madame Anne !

— Je le sais, mais ça ne change pas le fait que je me sens vieille comme c'est pas possible quand tu m'appelles comme ça. Laisse ce nom-là à ta grand-mère. Avec elle, c'est tout autre chose. Le « madame » me fait sentir importante.

Antoine ne voyait pas en quoi l'appellation avait un sens quand elle était prononcée par sa grand-mère et un autre quand elle était prononcée par lui, mais il avait finalement accepté sans autre forme de discussion.

De toute façon, ne l'appelait-il pas déjà Anne dans le secret de son cœur ?

— Ouais... Si ça peut vous faire plaisir, j'vas essayer, avait-il finalement acquiescé avec plus de vigueur, sans prendre conscience qu'il se répétait. Promis... Astheure, j'vas y aller ! C'est ben certain que Bébert doit se demander ce que je fais.

Antoine était parti au pas de course en direction du garage, là où il savait trouver Bébert. Et si jamais il n'y était pas, Antoine poursuivrait sa course jusqu'à son appartement.

Tant pis pour les œufs au bacon, de toute façon, il n'avait plus tellement faim.

Antoine avait une commission à faire pour Anne Deblois !

Il avait accéléré l'allure en allongeant ses enjambées. Pourtant, ce jour-là, il ne faisait pas froid du tout et la douceur de l'air invitait plutôt à entreprendre une longue promenade faite à pas lents.

Une heure plus tard, Antoine était revenu chez Anne Deblois en compagnie de Bébert, qui était au volant de sa remorqueuse. Il avait réussi à convaincre son ami que la réparation ne pouvait attendre au lendemain.

— Madame Anne a besoin de son camion pour se déplacer, voyons don ! C'est ben important pour elle, tu sauras ! Surtout avec son mari malade.

Cette fois-ci, le « madame » lui avait paru essentiel.

Bébert, béatement installé dans le confort douillet de son appartement, un café à la main, avait commencé par grimacer.

— Envoye don, Bébert ! Je le sais que c'est dimanche, mais pour une fois !

À l'heure du souper, fier comme s'il avait lui-même effectué la réparation, Antoine avait ramené le camion à sa place.

— Comme ça, vous aurez pas besoin de vous casser la tête, demain matin, pour aller travailler... Ah oui ! Bébert fait dire de le rappeler pour parler de la facture, mais qu'y a pas de presse.

Et c'est ainsi que tout avait commencé entre Anne Deblois et Antoine Lacaille.

Une porte qui grince, un robinet qui fuit, un coin du prélart de la cuisine qui retrousse, un escalier à pelleter...

— Coudonc, Antoine Lacaille ! Tu sais tout faire !

— Toute, non ! Mais ben des choses, par exemple. Chez nous, ma mère dit toujours qu'y' faut savoir se débrouiller si on veut pas que ça coûte une fortune à faire venir des experts. Pis comme mon père est souvent parti à son travail pis que chus le plus vieux des garçons, c'est moé qui a dû apprendre à rafistoler un peu de toute ! C'est souvent ma grand-mère qui m'a montré comment faire, vous saurez. Elle avec, a' l'a dû apprendre à se débrouiller tuseule. Veuve avec deux enfants...

— J'aurais bien aimé que Robert soit aussi habile.

La réplique avait été spontanée et sans malice, mais ce jour-là, il y avait eu un moment de gêne entre eux. Comme une tristesse aussi. L'instant d'après, Antoine avait trouvé un nouveau prétexte pour s'éclipser. Heureusement, il était passé maître dans l'art de l'esquive...

Puis le printemps était arrivé.

Robert Canuel avait quitté l'hôpital pour trouver refuge dans un foyer pour personnes âgées. Malade comme il l'était, Robert Canuel était devenu un vieil homme en l'espace d'un an à peine et il demandait trop de soins pour qu'Anne puisse penser le ramener à la maison. Ce fut à peu près à la même époque que le « vous » qu'Antoine utilisait pour s'adresser à Anne avait cédé la place au « tu ». Au lendemain de cette nouvelle familiarité entre eux, ou à peu près, durant la répa-ration d'une marche d'escalier, Antoine avait promis de donner un coup de main à la procure pour le samedi suivant.

C'est ainsi que d'un samedi à l'autre, l'habitude s'était créée d'elle-même. Le matin, Antoine faisait les livraisons pour l'épicerie de son père, et l'après-midi, il se rendait à la procure pour seconder Anne auprès de la clientèle qui, heu-reusement, lui était restée fidèle.

Antoine se tenait surtout à la caisse puisqu'il ne connaissait à peu près rien à la musique, mais cela permettait à Anne de mieux servir les clients. En un mois à peine, la jeune femme avait constaté une légère différence dans les chiffres. Elle n'avait peut-être pas pu se joindre à sa famille réunie au Connecticut pour souligner le centenaire de sa grand-mère paternelle, mais au moins pouvait-elle, maintenant, s'endormir sans penser au lendemain.

Quelques semaines plus tard, l'été avait enfin montré le bout de son nez.

Au grand plaisir d'Antoine, il y avait donc eu la pelouse à couper, la haie à tailler, le trottoir à réparer…

Maintenant, le dimanche matin quand il faisait beau, il y avait des rires dans la cour des Canuel. Il y avait des rires parce qu'Anne avait compris que si elle gardait ses distances, Antoine était plus détendu et il restait plus longtemps. Ses intuitions à l'égard du jeune garçon qu'elle avait connu étaient probablement bonnes.

Quelqu'un lui avait fait mal. Très mal.

Elle se rappelait la réaction du jeune homme quand, l'été dernier, elle avait posé la main sur son bras, alors qu'elle avait osé l'embrasser sur la joue.

C'est pourquoi, jamais elle ne se permettait de le frôler, ni même de s'approcher de lui, mais elle profitait de sa présence avec gourmandise, assoiffée de contact humain.

Quand Antoine avait fini les petits travaux nécessaires à l'entretien d'une vieille maison comme celle des Canuel, ils partageaient à deux une montagne de croissants encore chauds et un gros pot de café.

En toute amitié.

C'est ce que se répétait Anne quand, heureuse d'avoir

Antoine auprès d'elle, elle avait l'impression parfois que son cœur partait au galop.

En toute amitié.

Antoine était distant et Anne était mariée.

C'est ainsi, tout bonnement, que la vie avait érigé toute seule les frontières qu'il fallait bien poser, car Anne ne devait surtout pas l'oublier : même si ses visites à Robert se faisaient plus rares et que ce dernier ne lui avait rien dit depuis maintenant un an et demi, il était toujours son mari.

Pour sa part, quand Antoine entendait le rire d'Anne monter pur et léger dans la chaleur d'un beau dimanche d'été, il était heureux.

Quand le désir de cette femme qu'il voyait plus grande que nature se faisait trop fort, Antoine écourtait sa visite et il se réfugiait dans le petit logement que sa grand-mère lui louait comme atelier. Parfois, il y restait pour dormir.

Pour lui, être capable de se contrôler devant Anne avait été une grande victoire. Ce qui l'unissait à la jeune femme n'était pas platonique, loin de là. Il était un homme comme tous les autres et il aimait Anne Deblois. Mais il avait accepté de vivre cet amour en solitaire. Alors, quand l'envie était trop envahissante, il satisfaisait les exigences de son corps dans le secret de son petit logement. Seul. À ses yeux, c'était la seule solution acceptable et ainsi, il ne faisait de mal à personne.

Cela, néanmoins, ne l'empêchait pas d'espérer les dimanches, alors qu'ils passaient un long moment ensemble, à travailler sur la maison ou à parler de la semaine qui s'en venait en partageant les croissants chauds que monsieur Albert avait mis récemment à son menu.

La routine entre eux avait des allures de rituel.

Pourtant, ce matin quand il ouvrit la porte d'entrée, ce fut le son du vieux piano poussiéreux qui l'accueillit.

Antoine resta immobile à écouter les notes les plus chantantes, les plus merveilleuses qu'il n'ait jamais entendues.

Anne, Anne Deblois, la pianiste silencieuse depuis la maladie de son mari, avait recommencé à jouer!

Antoine esquissa un sourire.

Tant pis pour la pelouse qui avait besoin d'être tondue.

Voir Anne assise bien droite devant le clavier, c'était, et de loin, la chose la plus sensationnelle qui soit arrivée depuis fort longtemps sous le toit de la vieille maison à lucarnes.

Un profond soupir de contentement gonfla la poitrine d'Antoine.

Sa voisine devait être une femme heureuse en ce moment. Une musicienne dans l'âme comme elle ne pouvait éprouver que du bonheur d'être à nouveau devant son piano. Tout comme lui était heureux sans condition devant son chevalet.

Et le bien-être d'Anne, par ricochet, c'était aussi son bien-être à lui.

Retenant son souffle, Antoine écouta les notes joyeuses de ce qui ressemblait à une mélodie faite pour danser. Il n'aurait su dire ce que c'était, il n'y connaissait rien en musique, mais ça lui plaisait. C'était un rythme de fête, un rythme tout joyeux.

Alors, parce qu'il était un homme sensible, d'une belle sensibilité d'artiste, comme l'aurait dit Évangéline, Antoine écrasa une larme au coin de sa paupière et il ressortit de la maison sans faire de bruit. Pour l'instant, Anne n'avait pas besoin de lui. Et si jamais elle jouait pour tromper l'attente parce qu'elle savait qu'il allait venir, hé bien!, il la laisserait attendre encore un long moment. Il s'inventerait, un peu plus tard, un prétexte ou une excuse pour justifier son retard.

N'était-il pas passé maître dans l'art des esquives?

Antoine referma tout doucement la porte, vérifiant, une seconde fois, s'il y avait quelqu'un à la fenêtre du salon chez sa grand-mère. Ce matin, contrairement à tous les autres jours où il s'en fichait un peu, il préférait que personne ne le voie.

CHAPITRE 3

Pour avoir si souvent dormi
Avec ma solitude
Je m'en suis fait presque une amie
Une douce habitude
Elle ne me quitte pas d'un pas
Fidèle comme une ombre
Elle m'a suivi çà et là
Aux quatre coins du monde
Non, je ne suis jamais seul
Avec ma solitude

Ma solitude
SERGE REGGIANI

Montréal, lundi 4 août 1969

Comme elle l'avait toujours fait, Évangéline avait proba-blement déposé le courrier de Laura sur un coin de son pupitre de travail.

Si Roberto ne lui écrivait plus, la jeune femme n'en espé-rait pas moins les deux lettres qui lui arrivaient bien réguliè-rement au début de chaque mois.

C'est pourquoi, en ce premier lundi du mois d'août, elle s'était dépêchée de revenir du travail dans l'espoir d'avoir du courrier. Les lettres d'Alicia étaient toujours un pur bonheur à lire et celles que Francine s'entêtait à gribouiller la faisaient rire.

— Ma pauvre Laura ! Avec mon p'tit à l'école, j'ai pas le choix de m'y remettre moé avec, avait expliqué une Francine on ne peut plus déterminée quand les deux jeunes femmes s'étaient rencontrées à Pâques. Faut que je sois capable de l'aider, c't' enfant-là, quand c'est qui comprendra pas ce que la maîtresse va y montrer. On rit pus ! Mon Steve est rendu à l'école, sainte bénite ! Dans pas longtemps, y' va commencer sa deuxième année. C'est pus des farces, ça là !

Inutile de dire que Francine prenait ce nouveau rôle très au sérieux, de là les lettres qu'elle faisait parvenir à Laura de façon régulière. Par la suite, cette dernière les corrigeait et quand les deux jeunes femmes se rencontraient, elles en discutaient ensemble, la vieille grammaire Grevisse de Laura ayant repris du service.

— Comme ça, j'vas petête finir par écrire dans le sens du monde, jubilait Francine. Pis j'vas être capable d'expliquer les fautes que mon Steve pourrait faire, pasque si y' est comme moé, ça sera pas vargeux en français.

Aujourd'hui, en ce beau lundi d'été, Laura ne s'était pas hâtée en vain : bien en évidence sur le vieux buvard de son pupitre, deux lettres l'attendaient. Lançant son sac à main sur le lit, Laura s'en empara aussitôt. Après une rapide incursion dans la cuisine pour attraper une pomme dans le gros bol que sa grand-mère remplissait au fur et à mesure qu'il se vidait, elle s'installa sur le balcon avant de la maison en poussant un soupir de contentement. Elle aimait toujours autant recevoir des nouvelles d'Alicia et elle était heureuse de voir que Francine persistait dans ses bonnes résolutions. Si elle continuait à s'améliorer, peut-être bien que Laura allait pouvoir ressortir son vieux Lagarde et Michard tout écorné afin de potasser quelques beaux textes français avec son amie. Sans se faire trop d'illusions, elle y pensait quand même à l'occasion et cette perspective la remplissait de joie.

De plus, vendredi prochain, elle serait en vacances pour deux longues semaines. Que demander de mieux, sinon que Bébert avait promis qu'il prendrait, lui aussi, quelques jours de congé. Un petit voyage en direction de Québec était même prévu.

Le regard de Laura fila jusqu'au bout de la rue, sans s'attarder sur rien de précis. La jeune femme se laissait tout simplement porter par la sensation de bien-être qu'elle ressentait.

Depuis qu'elle avait fait une place différente à Bébert dans sa vie, tout lui semblait plus facile, plus simple.

Était-ce cela, l'amour ?

Suffisait-il d'éprouver de la confiance face à l'autre pour se dire amoureux ? Croire qu'il serait toujours là en cas de besoin était-il une base suffisante pour ériger une vie, pour ériger toute sa vie ?

Laura hésitait encore. Ce qu'elle ressentait à l'égard de Bébert ne ressemblait pas du tout à ce qu'elle pouvait lire dans les romans. Il n'y avait pas de cœur palpitant ni de mains moites et encore moins de jambes molles comme elle l'avait vécu avec Roberto.

Laura poussa un long soupir d'indécision.

Comment savoir ?

À ce point de sa réflexion, Laura finissait toujours par se dire qu'un roman, ça ne serait toujours qu'un roman alors que la vie, c'était tout autre chose. Son histoire avec Roberto ressemblait peut-être aux romans à l'eau de rose qu'elle avait lus adolescente, mais bien peu avec la vraie vie, celle au quotidien qui allait parfois en dents de scie. Tandis qu'avec Bébert...

Le jeune homme était gentil avec elle et Laura se sentait

bien avec lui. Elle le savait déjà, depuis le temps qu'ils se côtoyaient! Mais à partir du soir où Bébert avait osé parler de ses sentiments envers elle, une certaine émotion modulait le contour des choses et plus rien n'était exactement comme avant.

Il y avait des fous rires partagés et de longs silences qu'elle n'avait plus du tout envie de briser.

Et quand Laura pensait à l'avenir, c'était peut-être un peu fou, mais maintenant, ça ne lui faisait plus peur. Alors…

Alors, quand la jeune femme en arrivait à cette conclusion, osant même faire certaines projections devant elle, l'éternel pan d'ombre de son enfance s'élevait entre le moment présent et cet avenir possible qu'elle commençait à entrevoir.

Bébert était un Gariépy.

Robert Gariépy, comme il aimait tant que Laura l'appelle.

Cela aurait dû être banal, mais ça ne l'était pas. Ce simple fait dressait une muraille quasiment infranchissable entre eux et leur bonheur.

Alors oui, Laura hésitait. Allait-elle mettre sa grand-mère en furie pour un simple feu de paille qui s'éteindrait peut-être de lui-même dans peu de temps?

En effet, ce n'était peut-être qu'une passade, un attachement passager, cette histoire entre Bébert et elle. Laura ne le savait pas. Par contre, elle savait sans l'ombre d'un doute que la colère d'Évangéline Lacaille serait titanesque si elle venait à apprendre que Laura fréquentait Bébert. On ne parlait plus de simple amitié, ici, d'un compagnon de route en direction de Québec. Non. On parlait d'un amour possible et de fréquentations sérieuses.

Mais avec qui en discuter? Pas plus sa mère que Francine ne semblaient être la personne idéale à qui se confier. Les deux femmes se sentiraient interpellées de façon trop personnelle, chacune à sa manière, et le secret risquait fort d'être éventé. S'en remettre à Antoine, on n'y pensait même pas et jaser avec son père était une idée complètement ridicule. Marcel n'avait rien d'un romantique ! Quant à Elena, depuis que Roberto avait annoncé ses fiançailles avec une jeune Italienne, elle se faisait de plus en plus rare. Ne restait plus qu'Alicia. Malheureusement, celle-ci habitait au bout du monde. Laura n'avait pas envie de s'épancher sur une feuille de papier pour que les mots rejoignent son amie. Il y a de ces confidences qui se font directement dans le creux d'une oreille. Parler de Bébert en faisait partie.

Laura poussa un second soupir, nettement plus long et plus bruyant que le premier, tout bien-être envolé. Elle croqua dans sa pomme plus par dépit que par appétit.

Puis elle baissa les yeux sur les lettres qu'elle avait posées sur ses genoux. Elle commencerait par lire celle de Francine. Avec un peu de chance, sa vieille amie arriverait à lui arracher un sourire, à lui faire oublier une partie de son inconfort. Elle plongerait ensuite l'esprit ouvert dans la prose magnifique d'Alicia. Si après cela, elle était toujours aussi mélancolique, ce serait qu'elle était un cas désespéré et à défaut de pouvoir en parler, Laura irait faire un tour au garage. À tous les coups, la présence de Bébert la stimulait, la ragaillardissait. Et ce, depuis bien avant la grande déclaration !

À ses côtés, quand il y avait un problème, Laura avait toujours l'impression qu'ils finiraient par trouver une solution ensemble, à force d'en discuter.

Laura prit une seconde croquée dans sa pomme et attrapa la première lettre dont elle déchira un coin de l'enveloppe.

Francine n'ayant jamais été une fille à l'imagination

fertile, sa lettre ressemblait davantage à une liste d'épicerie. Laura commença par sourire devant une description rigoureuse de la température des derniers jours, comme si elle habitait à l'autre bout du monde. Puis un rire lui échappa quand Francine se mit à raconter, par le menu détail, l'essentiel des repas qu'elle avait préparés durant la semaine compte tenu, justement, de ladite température, plutôt chaude et humide. Elle terminait en soulignant qu'elle espérait ne pas avoir fait de fautes, sans avoir mis de « s », et en l'invitant à venir la voir bientôt, sans accent circonflexe. Là encore, rien de bien nouveau, Francine employait toujours la même formule pour terminer ses lettres et elle oubliait invariablement le « s » et l'accent circonflexe. Laura prit mentalement note qu'elle devrait lui en parler, encore une fois, à leur prochaine rencontre. Mais dans l'essentiel, l'écriture de Francine était nettement plus agréable à lire que ce qu'elle lui avait envoyé le mois dernier et Laura en fut agréablement surprise.

Déposant son cœur de pomme sur le plancher du balcon, la jeune femme décacheta la seconde enveloppe, sachant à l'avance tout le plaisir qu'elle aurait à lire quelque chose qu'elle n'avait pas besoin de corriger, d'autant plus qu'Alicia avait une plume colorée et vivante, ce qui rendait la lecture agréable.

Malheureusement, quelques mots à peine et Laura comprit, le cœur serré, que cette fois-ci, le plaisir ne serait pas au rendez-vous.

Grand-ma était décédée dans son sommeil, tout simplement. Elle était partie comme elle avait vécu, sans faire de bruit, trois semaines auparavant. Alicia s'excusait de ne pas avoir annoncé la triste nouvelle plus rapidement, elle avait été débordée.

« Organiser les funérailles toute seule, avait-elle écrit, a été un vrai cauchemar. Surtout que j'avais le cœur gros et que le décès de grand-ma a été si subit. Rien ne laissait présager que la fin était aussi proche. Si tu savais à quel point elle me manque. La petite maison me semble tellement grande, tellement vide. Même le jardin débordant de plantes me semble flétri. »

Laura laissa tomber la lettre sur ses genoux. Il lui était aussi difficile d'imaginer la chaumière sans la présence de grand-ma. La douceur et l'écoute de la vieille dame devaient sûrement manquer à Alicia. Terriblement, même.

Laura reprit lentement la lecture d'une lettre un peu moins élaborée que ce que son amie avait l'habitude de lui envoyer. Les mots « tristesse et désarroi » revenaient à quelques reprises et Laura n'avait aucune difficulté à imaginer à quel point Alicia devait être malheureuse. Même si la maison des Winslow était assez petite, Alicia s'y sentait perdue. Le silence a souvent cette particularité de déformer les choses autour de soi. La solitude aussi et à la lumière de ce que Laura venait de lire, Alicia était seule.

Son amie terminait en disant : « J'aimerais tellement que tu puisses venir pour être ici, à mes côtés. Je sais bien que tu travailles et que pour toi, le voyage ne sera pas possible. C'est dommage. Il n'y a qu'avec toi que je pourrais en parler à satiété et savoir que mes larmes auraient un écho, qu'elles seraient comprises. La douleur est étouffante, tu sais. J'ai l'impression d'avoir perdu à la fois ma mère et ma grand-mère. »

Les derniers mots de la lettre dansèrent devant le regard embrouillé de Laura. Même si elle n'avait pas eu la chance de la côtoyer longuement, grand-ma lui laisserait toujours un souvenir impérissable. Le cœur gros, elle était déçue de ne pouvoir donner suite au désir d'Alicia.

Cette année, malheureusement, Laura n'avait ni l'argent ni le temps de faire un voyage en Angleterre.

Mais il y avait plus.

Laura essuya ses yeux et reprit la lettre pour la relire au complet. À la fin d'une lecture attentive, elle arriva à la même conclusion. Si elle savait lire entre les lignes, Charlotte, la mère d'Alicia, n'avait pas été prévenue du décès de madame Winslow. Et si elle avait raison, malgré toutes les rancunes entretenues depuis des années, Alicia n'avait pas le droit d'agir comme elle l'avait fait.

Et cela voulait peut-être dire aussi que Charlotte n'avait rien compris de ce qu'elle lui avait raconté l'hiver dernier quand elle l'avait rencontrée.

En effet, Laura s'était enfin décidée à rendre visite à la mère de son amie. Charlotte et Laura étaient assises à la cuisine devant un chocolat chaud quand la jeune femme avait osé parler d'Alicia.

— Je suis allée en Angleterre, vous savez.

À ces mots, Charlotte avait blêmi.

— Je crois qu'Alicia a besoin de vous. Il serait peut-être temps de faire la paix.

Jamais Laura n'avait osé parler ainsi à quelqu'un qu'elle considérait comme sa supérieure. Donner des conseils à une femme de la stature de Charlotte, c'était autre chose que d'amener Francine à réfléchir. Mais Laura avait l'intime conviction que si elle ne le faisait pas, personne ne le ferait, tout comme elle était persuadée qu'Alicia, finalement, n'espérait que cela.

Charlotte l'avait longuement regardée avant d'esquisser un petit sourire marqué par la lassitude. Dans un soupir, elle avait répondu:

— Je ne sais ce que ma fille t'a raconté, mais ce n'est pas si simple qu'il y paraît à première vue. Je ne suis pas seule à décider de ce que je peux dévoiler ou non et je sais qu'Alicia ne voudra jamais faire la paix, si je ne lui dis pas toute la vérité.

Laura, qui se doutait de la réponse qui lui serait servie, avait une réplique déjà prête.

— Respecter une vieille promesse est peut-être important, j'en conviens, avait-elle acquiescé calmement. Mais je ne suis pas certaine que ça vaille la peine de perdre sa fille pour ça. Je… Je m'excuse de parler comme je le fais, et vous auriez raison de me rétorquer que ça ne me regarde pas, mais c'est ce que je pense. Quand je l'ai vue l'été dernier, malgré tout ce qu'elle peut en dire, j'ai senti qu'Alicia était malheureuse et je trouvais important de vous en aviser. Voilà. Maintenant vous en ferez bien ce que vous voulez.

C'était en janvier dernier. Depuis, comme Laura n'avait pas entendu parler de Charlotte, pas plus un coup de téléphone qu'une mention dans une des lettres d'Alicia, elle se doutait bien que sa démarche avait été inutile. La dernière lettre d'Alicia semblait confirmer que rien n'avait évolué entre son amie et sa mère.

— Et maintenant, qu'est-ce que je fais ? demanda-t-elle à mi-voix. Est-ce que je préviens Charlotte ou pas ? Au risque de me faire dire de me mêler de mes affaires, il me semble que ça serait important que Charlotte sache que madame Winslow est décédée.

— Te v'là rendue à parler tuseule, ma belle fille ?

Perdue dans ses pensées, Laura n'avait pas entendu sa grand-mère qui montait lentement l'escalier. Elle tourna les yeux vers elle.

— Oui… Je viens d'apprendre une triste nouvelle. La grand-mère d'Alicia est décédée il y a trois semaines.

— La vieille madame chez qui t'as été en visite l'an dernier ?

— En plein ça ! Ça me fait de la peine, tu sais. Elle était très gentille.

Évangéline se laissa lourdement tomber dans sa chaise berçante en osier.

— Une autre de plusse, viarge ! soupira-t-elle. La semaine dernière, c'est la belle-mère d'Adrien qui est morte, l'an dernier ça a été la tante de Cécile la docteure pis là, c'est la grand-mère de ton amie. Veux-tu que je te dise de quoi, Laura ? Ben, ça me fait peur. J'ai beau me dire que c'est du monde que je connais pour ainsi dire pas pantoute, ça me fait peur pareil. Pis y a le mari de madame Anne qui reviendra pus jamais par icitte, rapport qu'y' est trop malade. Ça avec, j'aime pas ça. J'aime don pas ça. Te rends-tu compte, Laura ? Robert Canuel est pas plusse vieux que moé, au contraire, pis sa vie est comme qui dirait finie. C'est pas des farces.

— Oui, d'accord. Mais toi, grand-moman, tu es en santé, non ?

Évangéline leva les bras en secouant les mains, tapa des pieds sur le bois du balcon et tourna un sourire fripon vers Laura.

— On dirait ben que chus en santé, conclut-elle en haussant les épaules. N'empêche que ça peut arriver ben vite des affaires de même. Regarde mon attaque, quand j'étais à Québec ! Y a rien qui annonçait que j'allais m'écraser de même sur le plancher du salon de ma sœur Estelle. Pourtant, c'est en plein ça qui est arrivé.

— C'est juste un trop-plein d'émotions qui a causé ton attaque.

— Tu penses?

— J'en suis certaine. La preuve, c'est que tu t'en es remise complètement. Ça prouve que tu étais et que tu es en bonne santé.

— Ouais… C'est pas fou ce que tu dis là, ma fille. Pas fou pantoute. Pis je dirais que ça me rassure un brin… Comme ça, la grand-mère de ton amie Alicia est morte… Comment ça s'est passé?

— Le plus doucement possible, dans son sommeil.

— Ça c'est une belle mort, approuva Évangéline en hochant vigoureusement la tête. C'est ça que je me souhaite. Un bon soir, j'vas m'endormir comme si de rien n'était pis le lendemain matin, j'vas être avec mon Alphonse… Ouais, c'est de même que je voudrais que ça se passe. Mais veux-tu que je te dise de quoi, Laura? C'est petête bête de penser de même, rapport que j'ai passé ma vie à m'ennuyer de mon mari parti trop vite pis je me suis jamais gênée pour le dire, mais chus pas pressée d'aller le retrouver.

— Pis moi non plus, je ne suis pas pressée de te voir partir!

— Ben ça, c'est gentil.

Les deux femmes échangèrent un sourire de connivence tandis que Laura se disait, pince-sans-rire, qu'hormis sa rancune viscérale envers les Gariépy, sa grand-mère avait finalement bien peu de défauts. Puis, sa main froissant le papier de la lettre d'Alicia, Laura repensa à Charlotte.

— Grand-moman, fit-elle hésitante, j'aurais quelque chose à te demander. C'est peut-être un peu long à expliquer, mais j'aimerais quand même savoir ce que tu en penses.

Rien ne pouvait faire plus plaisir à Évangéline que quelqu'un qui lui demandait son avis. Sourire en coin, elle se cala confortablement contre le dossier de sa chaise, d'un coup de talon, elle mit la chaise berçante en branle et le regard portant tout au bout de la rue, elle répliqua :

— Vas-y, ma belle ! J'ai toute mon temps devant moé, pis si je peux t'aider, ben ça va me faire plaisir de le faire. C'est à propos de quoi que tu veux me parler ?

— C'est à propos d'Alicia et de sa mère… Si j'en ai pas parlé avant, c'est que je me disais que ça ne m'appartenait pas de le faire. Après tout, l'histoire de la vie de mon amie ne me regarde pas vraiment. Mais là…

En quelques phrases qu'elle s'efforça de rendre le plus claires possible, Laura expliqua les tensions qui existaient entre Alicia et sa mère, Charlotte. Elle parla de la naissance illégitime de son amie et de madame Winslow qui s'en était occupée durant sa tendre enfance. Elle parla aussi du décès d'Andrew, le fils de madame Winslow et premier mari de Charlotte, celui qu'Alicia avait toujours considéré comme son père puisque c'était là ce qu'on lui avait laissé croire. Elle raconta leur arrivée à Montréal où Charlotte avait retrouvé sa famille. Il y avait eu le second mariage de Charlotte avec le docteur Leclerc, qui avait adopté Alicia, puis la naissance de Clara, la petite sœur d'Alicia.

Les yeux mi-clos fixant les feuilles du gros chêne qui tournoyaient mollement dans la brise, Évangéline écoutait attentivement.

— C'est sûr, Alicia parlait souvent de l'Angleterre avec un peu de nostalgie dans la voix, expliqua alors Laura. Et je pouvais très bien comprendre qu'elle s'ennuyait du pays où elle avait vécu enfant. Mais tout au long des années où nous étions jeunes, Alicia et moi, ça n'allait jamais plus loin que ça. C'est au moment où son grand-père Winslow est décédé, il y a trois ans, que tout a basculé.

Laura expliqua alors que c'est en aidant grand-ma à ranger les papiers de son grand-père qu'Alicia était tombée sur un certificat d'adoption. Le sien… Interdite, désabusée, Alicia avait alors appris que non seulement Andrew n'était pas son père naturel, mais qu'elle était plus âgée qu'elle ne le croyait. Tout ce qu'on lui avait raconté sur ses premières années n'était que fabulation. Une histoire montée de toutes pièces par sa mère pour cacher une grossesse illégitime et la justifier face à sa famille par la suite.

— C'est comme ça, poursuivit Laura en guise de conclusion, qu'Alicia a appris que son père avait vécu à Montréal. Devant la réaction de sa mère, démesurée selon Alicia, elle a vite compris que son père était toujours vivant. Mais inutile d'espérer le rencontrer, la mère d'Alicia est inflexible sur le sujet: elle a promis de garder le secret sur l'identité de cet homme et rien, jusqu'à maintenant, n'est arrivé à la faire changer d'avis. D'où la rupture entre Alicia et sa mère puis son départ pour l'Angleterre où elle vit depuis deux ans. Voilà, tu sais tout. Inutile de te dire que je préférerais que tu n'en parles à personne.

Le regard noir, chargé d'impatience, qu'Évangéline renvoya à sa petite-fille fut la plus éloquente des réponses.

— Voir que je sais pas garder un secret, grommela-t-elle avant de pousser un profond soupir. Mais une fois que je t'ai dit ça, ma pauvre Laura, je vois pas en quoi je pourrais t'aider. Où c'est que tu veux en venir avec toute ton histoire?

— J'en viens au décès de madame Winslow. Cette femme-là était quand même la belle-mère de Charlotte et je sais qu'elle l'aimait beaucoup. Mais d'après ce que j'ai lu dans la lettre d'Alicia, j'ai bien l'impression que personne ne l'a mise au courant de son décès. D'où mon interrogation. Est-ce que tu crois que je devrais annoncer à Charlotte que madame Winslow est décédée ?

— Pasque tu l'appelles Charlotte, astheure ?

— Oui, fit Laura avec une pointe d'agacement dans la voix. C'est elle-même qui me l'a demandé, ne t'en fais pas. Pis ? Qu'est-ce que je devrais faire, selon toi ?

Évangéline dodelina la tête tout en grimaçant.

— Je sais pas trop, ma pauvre enfant. C'est ben délicat des affaires de même rapport qu'on sait jamais comment c'est que le monde va prendre notre entremise. Après toute, c'est pas vraiment de tes affaires, cette histoire-là. Petête ben que la mère d'Alicia va être contente de voir que t'as pensé à elle, mais petête, avec, que ça va juste faire rempirer la chicane qu'y' a entre Alicia pis elle quand c'est qu'a' va comprendre que sa propre fille a pas voulu l'avertir. D'un autre côté…

Évangéline fit une pause que Laura se garda bien d'interrompre.

— D'un autre côté, répéta Évangéline d'une voix hésitante après ces quelques instants de réflexion, je trouve ça ben triste de voir comment ça se passe entre Alicia pis sa mère. Ouais, ben triste… Plus encore que la mort de la grand-mère de ton amie, je pense ben. Moé avec, j'ai connu ça. C'était pas pour les mêmes raisons pis y a jamais eu de chicane entre Adrien pis moé, c'est ben certain, on s'est toujours ben entendus, lui pis moé. Mais ça m'a pas empêchée d'avoir ben gros de la peine pis de l'inquiétude durant les dix ans où c'est que j'avais pas vraiment de ses nouvelles, après la guerre, quand c'est qu'y' avait pris la décision d'aller vivre au Texas. Ça fait que j'essaye de me mettre à la place de Charlotte, comme tu l'appelles, pis ça doit être un vrai calvaire pour elle. Non seulement a' l'a pas de nouvelles de sa fille mais en plusse, sont en chicane. Ça a pas d'allure, ça. Pis comme si c'était pas assez, ben là, tu m'apprends qu'une femme pour qui a' l'avait de l'estime vient de mourir pis on a pas pensé à l'en avertir. Ça avec, ça a pas une miette de bon sens.

À nouveau, Évangéline fit une pause dans son long monologue. Elle secoua la tête, soupira puis elle se tourna vers Laura.

— Veux-tu que je te dise une chose, Laura ? J'ai pour mon dire qu'y' faudrait que la mort de c'te femme-là, ta madame Winslow, ben faudrait qu'a' serve à quèque chose. Pis pour ça, je pense que ça serait une bonne affaire que tu parles à la mère de ton amie. Ouais... C'est de même que je vois les choses, moé, Évangéline Lacaille.

Tout en parlant, la vieille dame avait pris un petit ton doctoral, ce qui dénotait chez elle une assurance à toute épreuve.

— À partir de là, ma belle Laura, tu pourras pus faire grand-chose, mais au moins t'auras faite toute ce qui est en ton pouvoir pour améliorer les relations entre Charlotte pis sa fille. Pasque si c'était moé la mère à Alicia, c'est sûr que j'apprécierais qu'on m'aye parlé pis c'est sûr, avec, que j'irais retrouver ma fille. Savoir qu'a' l'a du chagrin, même si on est en chicane elle pis moé, je serais pas capable de tolérer ça. Tu sauras m'en reparler dans quèques années: on met pas un enfant au monde pour le voir malheureux. Surtout quand on peut petête faire quèque chose pour lui. Tu voulais savoir ce que je pensais de ton histoire, ben, c'est ça que j'en pense. Astheure, pour ce qui est de trouver la manière de dire pour annoncer ça, je pense que t'es ben mieux placée que moé. Après toute, avec les grandes études que t'as faites, c'est toé la psychologue de la famille.

Cette dernière constatation arracha un sourire à Laura.

— Inquiète-toi pas, grand-moman, je devrais arriver à trouver les bons mots, crains pas, la rassura-t-elle.

Tout comme sa grand-mère l'avait fait avant elle, Laura secoua la tête pour donner plus de poids à sa réponse. Au bout d'un bref silence, elle ajouta :

— Et en parlant de bons mots… As-tu réussi à reparler à moman ?

Évangéline leva les yeux au ciel.

— Parle-moé-s'en pas, ma pauvre enfant ! Chaque fois que je m'essaye, c'est la même maudite affaire. Ou ben a' l'a pas le temps, ou ben est fatiguée, ou ben est occupée avec ses produits Avon. « Chus occupée sans bon sens, la belle-mère, parodia alors Évangéline d'une voix nasillarde. Si vous le voulez ben, sans vouloir vous offenser, on reparlera de ça une autre fois ! » Pauvre Bernadette ! Comme si je voyais pas clair dans son jeu ! C'est comme rien qu'a' veut pas en parler. Pis si tu veux mon avis, son excuse, a' tient pas debout ! Voir que ça prend autant de temps qu'a le dit pour nous montrer quoi faire ! Pis c'est pas toute ! As-tu vu comment c'est qu'a' travaille depuis le début de l'été à cause des vacances des employés ? Voir qu'on pourrait pas, toé pis moé, y rendre la vie plusse facile ! Je le sais pas trop pourquoi a' s'entête de même à pas vouloir qu'on donne un coup de main à l'épicerie, mais je te jure que j'vas finir par le savoir, viarge ! En attendant, moé, j'ai une bonne nouvelle à t'apprendre ! Adrien a téléphôné, à matin ! Lui pis Michelle, y' s'en viennent faire un tour. Pour trois semaines ! C'est-tu pas agréable, ça ? Trois belles semaines avec la p'tite Michelle ! Sont supposés arriver jeudi en fin d'après-midi.

Laura étira un grand sourire. Elle adorait la petite Michelle et avait toujours eu beaucoup d'affection pour son oncle Adrien.

— Jeudi, je travaille. Mais c'est certain que je vais revenir le plus vite possible. J'ai tellement hâte de voir Michelle! L'an dernier, j'étais en Europe quand elle est venue.

— C'est ben que trop vrai! Ben jeudi, je m'en vas nous préparer toute un souper! Un souper de gala, comme y' disent des fois dans la tivi. Pis si ma mémoire est bonne, c'est vers le quinze de c'te mois-citte que Michelle va avoir sept ans. Ça aussi, va falloir fêter ça en grand. Sept ans, c'est important, c'est l'âge de raison, comme disaient mes parents. Toute ça pour te dire que si ça te fait rien, on va remettre nos projets de travailler à l'épicerie au mois de septembre. Mais là, promis, je prends le taureau par les cornes pis va falloir que Bernadette me donne une maudite bonne raison pour refuser qu'on travaille avec elle pis Marcel. Que c'est t'en penses?

— Bien d'accord avec toi. D'autant plus que je tombe en vacances vendredi. J'ai envie d'en profiter un peu. Mais si tu n'y vois pas d'inconvénient, j'aimerais ça essayer de parler à moman, à mon tour. On ne sait jamais, peut-être que ses excuses ne seront pas les mêmes avec moi!

— T'as ben beau t'essayer, ma fille! concéda Évangéline en haussant les épaules. C'est pas moé qui vas t'en empêcher, surtout si c'est pour donner le résultat qu'on espère. T'auras juste à me tenir au courant. Moé, pour astheure, j'vas aller dire à ton frère que ça serait ben *blood* de sa part si y' nous prêtait l'appartement du bas pour notre visite. Me semble que ça serait pas trop y demander. Que c'est t'en penses, toé?

— Comme je connais Antoine, je suis certaine qu'il va dire oui. Même si ça le dérange dans ses projets de peinture.

— Justement, sa peinture…

Tout en parlant, appuyée sur les accoudoirs de sa chaise berçante, Évangéline était en train de se lever en grimaçant. De toute évidence, elle avait mal aux genoux à cause de son arthrite. La douleur s'entendait même dans le timbre de sa voix.

— Je me suis dit que pour une fois, si c'est urgent comme
de raison, chus prête à endurer l'odeur de sa térébenthine. Le
temps qu'Adrien pis Michelle vont être là, Antoine pourra
s'installer dans sa chambre pour faire ses peintures. Comme
c'est l'été, on ouvrira les fenêtres. Bon, je descends en bas pour
parler à Antoine. Pis toé, ma belle fille, ça serait ben fin de
commencer à peler des patates, pour le souper. M'en vas faire
des patates routies. Comme t'aimes. Avec les restes de
jambon pis de poulet, ça va être bon pis comme ça, on sera pas
obligés de partir le fourneau. Avec la chaleur qui fait dans la
cuisine, ça me tente pas de suer comme un oignon.

— Pas de problème, grand-moman, je m'occupe des
patates. Et si je nous faisais une bonne soupe aux fèves ? Le
jardin est rempli de petites fèves jaunes. Si ça continue, on va
finir par en perdre.

À cette suggestion, tout en descendant l'escalier prudemment, une main agrippant solidement la rampe, Évangéline
égrena son petit rire rocailleux. Arrivée au bas des marches,
elle leva la tête vers Laura.

— Une soupe aux fèves ! Ça, ma belle, c'est la meilleure
idée de la journée ! C'est la soupe préférée de ta mère. Une
façon comme une autre de la mettre dans notre manche, hein ?
Astheure, ton frère !

Laura entendit sa grand-mère ouvrir la porte du logement
du bas en disputant contre la poignée qui était difficile à
tourner, puis lancer :

— Antoine ? C'est moé, ta grand-mère. Faudrait que je te
parle, mon garçon ! Juste une menute…

Un marmonnement, venu de loin, suggéra qu'Antoine

devait être à la cuisine, puis la porte claqua et le silence revint.

Laura poussa un long soupir de contentement. À travers ces petites choses simples, une visite attendue, une discussion avec sa grand-mère, un souper à préparer, Laura venait de toucher à l'essentiel de sa vie. C'était son monde depuis toujours et elle y tenait.

Laura regarda autour d'elle.

Sur le carré de pelouse devant la maison, le gros chêne avait pris de l'ampleur. Le trottoir qui faisait le tour de l'Impasse, comme on avait toujours appelé cette rue sans issue, était un peu plus fissuré qu'avant. Par contre, aujourd'hui, les perrons étaient garnis de jardinières. C'était joli, coloré. Et, comme dans ses plus lointains souvenirs, les rayons du soleil de cinq heures se faufilaient par les ruelles et venaient éclabousser de lumière l'asphalte de la rue.

Depuis qu'elle était petite, c'était son horizon et à ses yeux, rien n'avait changé ou si peu. Bien sûr, maintenant il y avait des autos stationnées le long du trottoir. Les odeurs et les bruits étaient différents mais dans l'ensemble, pour l'essentiel, tout avait été préservé.

Serait-elle prête à sacrifier tout cela pour suivre Bébert ?

Malgré la chaleur humide qui dominait en cette fin de journée, un long frisson secoua les épaules de Laura.

Elle n'avait pas envie de répondre à cette question. Pas tout de suite.

La jeune femme secoua la tête pour effacer l'image de Robert Gariépy qui s'était imposée à elle.

— Le souper, maintenant, murmura-t-elle en se penchant pour attraper son cœur de pomme. D'abord les patates et ensuite les p'tites fèves. Si je veux arriver à tout faire, je n'ai pas de temps à perdre.

Pourtant, malgré ces derniers mots, arrivée devant la porte, Laura se retourna et machinalement son regard buta sur la maison des Gariépy. Pierre-Paul et Gaétane Gariépy, les parents de Bébert, l'avaient accueillie à bras ouverts quand elle s'était présentée avec leur fils pour quelques soupers dominicaux.

Dommage qu'il n'en soit pas ainsi chez elle.

Une grimace de dépit déforma la bouche de Laura et un pli disgracieux apparut entre ses sourcils à l'instant où elle eut la présence d'esprit de se dire qu'il suffirait de si peu pour que tout soit plus facile dans sa vie.

Et ce « si peu », c'était sa grand-mère qui en disposait à sa guise.

Si Évangéline Lacaille n'en voulait pas autant à ses voisins, si elle n'entretenait pas cette rancune viscérale, pour ne pas dire cette haine incoercible, depuis maintenant plus de quarante ans, peut-être bien que Laura ne trouverait pas que l'appartement de Bébert était aussi loin de chez elle et peut-être bien, aussi, qu'elle y serait déjà installée.

Peut-être.

Sans réponse probante à offrir à ses indécisions, Laura entra pour préparer le souper.

* * *

— C'est fou comme la petite Michelle a grandi !

Assise bien droite sur une petite chaise de métal, Laura avait les yeux brillants de joie.

— C'est pas mêlant, c'est à peine si je l'ai reconnue quand elle est arrivée chez nous, hier soir, et je n'exagère même pas en disant cela. Par contre, mononcle Adrien, lui, a pas mal vieilli. C'est drôle mais je dirais qu'il ressemble de plus en plus à grand-moman.

À défaut de pouvoir côtoyer la famille Lacaille, Bébert avait demandé à Laura de lui en parler régulièrement. Il voulait tout savoir sur eux, tout connaître de ce qui se passait sous leur toit. Assis tous les deux dans le bureau du garage qui ne fermait ses pompes à essence qu'à neuf heures, le vendredi soir, ils sirotaient un Coke glacé. Sur un coin du pupitre de métal, véritable antiquité, un ventilateur tout aussi archaïque brassait l'air tiède chargé d'humidité.

— Comprends-moi bien, Laura !

Depuis qu'il courtisait Laura, Robert Gariépy faisait de gros efforts pour mieux parler. Il ne voulait surtout pas que SA Laura soit gênée d'être en sa compagnie.

— C'est juste pour apprendre à mieux les connaître que je te demande de m'en parler comme ça. C'est pas de la curiosité, mon affaire, je te le jure. Je veux seulement être d'aplomb le jour où j'vas pouvoir enfin aller chez vous. Comme ça, je me sentirai pas trop perdu. J'ai beau connaître Antoine depuis des années, c'est pas par lui que j'vas savoir ce qui se passe chez vous. Y' dit jamais rien de sa famille, ton frère !

— Et il ne dit pas grand-chose à sa famille non plus ! rétorqua vivement Laura. Depuis proche un an, c'est à peine si on le voit aux repas. Et encore, pas tous les jours ! Mais avec mononcle Adrien pis Michelle à Montréal, vu qu'ils habitent le petit logement du bas, on devrait voir Antoine plus souvent, à moins qu'il reste enfermé dans sa chambre à faire ses peintures. Tout ce détour-là pour te dire que je suis heureuse d'avoir de la visite du Texas. Je ne sais pas pourquoi, mais quand mononcle Adrien et Michelle sont là, tout le monde est plus agréable, dans la maison, même mon père. Ça, par contre, c'est un peu plus surprenant…

Laura resta songeuse durant un moment, revoyant les premières visites d'Adrien chez elle. De toute évidence, à cette époque, Marcel ne prisait pas la présence de son frère. Lors d'un réveillon, ils en étaient même venus aux coups pour une histoire de cadeaux de Noël ! Un épisode de sa vie que Laura aurait préféré oublier.

Elle secoua la tête en soupirant.

— Faut dire qu'ils sont toujours de bonne humeur, ces deux-là, enchaîna-t-elle rapidement, faisant ainsi référence à Michelle et Adrien, sans donner d'explications sur son bref moment de silence. Ça aide un peu…

Sur ce, la jeune femme échappa un long bâillement puis, en pouffant de rire, elle s'étira comme un chat qui se réveille.

— Si tu savais comme je suis contente d'être en vacances, Bébert. Deux longues semaines à moi, rien qu'à moi ou à nous !

Les deux jeunes gens échangèrent un grand sourire, de ceux qui disent la joie de vivre, qui parlent de complicité. Sur ce point Laura n'avait aucun doute : Bébert et elle s'entendaient à merveille sur une foule de sujets, et ce, depuis les tout premiers voyages en direction de Québec pour rendre visite à Francine qui vivait sa grossesse, à l'abri des commérages, chez Cécile la docteure.

— Pis dans une semaine, ça va être à mon tour, compléta Bébert, sur un ton qui faisait écho à la joie que Laura affichait depuis l'instant où elle était venue le rejoindre au garage. Je pense que ça va être la première fois en dix ans que j'vas prendre toute une semaine de congé. Ça va me faire du bien.

— On va toujours à Québec ?

La question de Laura n'était que pure formalité pour occuper le temps. Comme l'aurait dit Évangéline, elle parlait pour parler. Pourtant, et fort curieusement d'ailleurs, une ombre traversa le regard de Bébert.

— Justement Québec…

Laura se redressa sur son siège, l'œil chargé d'interrogations et d'étonnement. Non qu'elle détestât les imprévus, bien au contraire, elle disait qu'ils pimentaient le quotidien. Mais voir un projet attendu avec impatience remis en question, c'était autre chose.

— C'est quoi ce ton-là, Bébert ? On dirait que ça ne te tente plus d'aller passer quelques jours chez Cécile ? Si c'est le cas, Robert Gariépy, t'auras juste à rester ici pis je vais y aller toute seule. Tu sais à quel point j'y tiens, à ces jours de congé à Québec ! Ça fait des années que j'y vais tous les étés et ce n'est pas cette année que je…

Bébert éclata de rire. Les joues rougies par la colère et le regard enflammé, Laura lui paraissait particulièrement jolie.

— Wow ! Deux menutes, toi là ! J'ai jamais dit qu'on n'allait pas à Québec, se hâta-t-il de préciser pour remettre les choses dans une juste perspective. Donne-moi le temps de m'expliquer avant de prendre le mors aux dents !

Prenant conscience qu'elle s'était peut-être emportée un peu vite, penaude, Laura baissa les yeux durant une fraction de seconde. Bébert la trouva encore plus jolie. S'il n'en tenait qu'à lui, il aurait probablement défoncé la porte des Lacaille pour faire entendre raison à Évangéline et accélérer le cours des choses. Quand Laura leva la tête et plongea son regard dans le sien, Bébert dut faire un gros effort pour revenir à leur discussion.

— T'as raison, Bébert. J'ai la fâcheuse manie de me choquer un peu vite. Je suis une vraie soupe au lait, comme dit ma mère. Pourtant, ce n'est pas ce que je conseille de faire à mes patients ! Bon… Qu'est-ce que tu essaies de m'expliquer en parlant de Québec ?

— Je dis tout simplement qu'on pourrait faire un détour par New York avant d'aller voir notre monde à Québec.

New York ? Laura accusa le coup.

— Méchant détour, constata-t-elle en fronçant les sourcils parce qu'elle n'y comprenait rien. Pourquoi New York ? Ça te tente d'aller voir les peintures d'Antoine ?

— Pantoute ! Si je veux voir les peintures d'Antoine, j'ai juste à passer par son appartement. Non, ce que j'aimerais faire, c'est aller à l'espèce de concert qu'on va présenter à…

Bébert s'arrêta brusquement et chercha dans sa mémoire.

— Sacrifice ! J'ai encore oublié le nom de la ville. Me semble que ça ressemble à Bethléem, comme on a déjà appris à l'école… C'est pas grave. J'ai gardé *La Patrie* de samedi dernier. C'est là que j'ai vu l'article qui parlait d'un gigantesque concert. C'est le mot que le journaliste a employé. Gigantesque. Comme toi pis moi c'est ben plusse la musique que les vues qui nous intéresse, j'ai pensé que ça serait le fun d'y aller. Que c'est t'en penses ?

— Pis Québec ? Tu le sais à quel point je…

— Je le sais, coupa Bébert, avec un brin d'impatience. De toute façon, Francine m'arracherait la tête si je lui disais qu'on a changé d'avis pis qu'on va pus la voir. Non, non, c'est promis, on va à Québec. Mais vendredi prochain, quand je vas finir de travailler à trois heures, comme convenu, on pourrait filer tout de suite à… À la ville que je me rappelle pus le nom. On reste là une couple de jours, question de voir quelques spectacles, pis après on s'en va à Québec comme prévu. Mettons qu'on serait chez Cécile pour le lundi. Que c'est t'en penses ?

— Ouais…

La perspective de voir des spectacles était tentante, c'était indéniable. Laura n'avait aucune difficulté à l'admettre. Elle adorait la musique et avait toujours pris grand plaisir à assister à des spectacles, ce qu'elle avait fait régulièrement avec Alicia quand elles étaient étudiantes. C'était les conditions qui l'embêtaient. Autant l'an dernier partir pour l'Italie ne lui causait aucun problème, autant cette année, cette petite escapade la tarabustait.

Pourquoi ?

Laura leva subrepticement les yeux. De toute évidence, Bébert attendait une réponse, un large sourire barrant sa figure. Il semblait très fier de son idée !

Au même moment, la sonnerie signalant qu'une auto venait de se stationner devant les pompes à essence se fit entendre. Laura retint un soupir de soulagement tandis que Bébert bondissait sur ses pieds.

— Pense à ma proposition pendant que je sers mon client. On va en reparler quand j'vas revenir.

Laura leva les yeux au ciel. Comme si elle avait la tête à penser à autre chose !

Elle profita de l'absence de Bébert pour soupirer bruyamment, tout à fait décontenancée par la proposition inattendue.

New York avec Bébert.

Si elle avait bien compté, ce serait deux jours entiers qu'elle passerait à New York avec Bébert.

Deux jours et trois nuits.

Laura tenta d'imaginer la réaction de sa mère et celle de sa grand-mère et elle préféra passer tout de suite à autre chose.

C'était évident ! Si elle partait pour New York avec Bébert, et Laura se disait bien « si », ce serait en toute clandestinité.

Une chose de réglée.

De loin, Laura entendait la voix de Bébert qui parlait au client. Cette manière d'agir faisait partie de la marque de commerce de la maison. Avoir un petit mot gentil pour tous les gens qui se présentaient au garage était une règle à suivre.

— C'est de même que le monde va avoir envie de revenir, expliquait Bébert, chaque fois qu'il engageait un jeune apprenti.

Laura avait toujours été d'accord avec cette façon de faire, mais jamais avec autant de conviction qu'en ce moment.

Que Bébert prenne tout son temps! Laura en avait besoin pour réfléchir, pour se faire à l'idée qu'elle serait seule avec lui durant deux longues journées.

Trois longues nuits.

Quelques secondes après, Bébert n'était pas encore revenu que la sonnerie retentissait une seconde fois, au grand soulagement de la jeune femme. Elle jeta un coup d'œil par la grande vitrine que Bébert venait de faire installer pour remplacer la fenêtre carrée qui permettait bien difficilement d'observer le stationnement du garage.

Laura ébaucha un sourire.

— Y a pas à dire, murmura-t-elle, Bébert est en train de tout améliorer, ici. Je ne sais pas ce que monsieur Morin en pense. Sûrement qu'il doit être fier de lui!

Puis Laura ramena les yeux sur Bébert qui était reparti pour une petite jasette avec son client, l'avant-bras appuyé sur le toit de l'auto.

Quant à elle, il pouvait y avoir des clients jusqu'à l'heure de fermeture, ça lui donnerait la chance de réfléchir. Car, comme elle connaissait Bébert, il voudrait une réponse immédiate et sans ambiguïté.

Laura prit une longue inspiration pour calmer son cœur en émoi.

Et pourquoi, d'ailleurs, battait-il si fort, ce cœur ?

Parce qu'elle était fière, elle aussi, et très heureuse de voir à quel point son ami Bébert avait bien réussi ?

Laura leva encore une fois les yeux au plafond devant l'idiotie de sa réponse. La réussite de Bébert n'avait rien à voir avec ses palpitations cardiaques !

Il n'y avait que la perspective du voyage pour la mettre ainsi dans tous ses états !

Laura ferma les yeux pour tenter de se calmer. Après une seconde inspiration profonde, elle soupira longuement.

Comme elle le disait si bien à ses patients, dans la vie, il faut apprendre à se poser les bonnes questions.

Et dans le cas présent, il n'y avait en fait qu'une seule question à se poser, maintenant qu'elle avait admis que le voyage se ferait dans la discrétion la plus absolue. S'il se faisait, bien entendu.

Avait-elle, oui ou non, envie de partir avec Robert Gariépy dans une semaine bien exactement, pour la ville dont le nom ressemblait à Bethléem ?

Et aurait-elle l'honnêteté d'y répondre franchement ?

Laura détourna la tête.

Un second regard sur Bébert qui jasait toujours, visiblement détendu, et la réponse s'imposa d'elle-même.

— Oui, murmura-t-elle. Oui, j'ai envie de partir avec lui. Pas de la même façon que j'avais envie de retrouver Roberto l'an dernier, c'est certain, mais oui, j'ai envie de partir avec Bébert, répéta-t-elle. Rien de mieux que d'être seuls, loin de tout, pour apprendre à mieux se connaître… Même si on se connaît déjà pas mal, ajouta-t-elle après une très légère hésitation.

Puis, comme c'était dans sa nature de le faire, les préoccupations pratiques inhérentes à un tel voyage lui vinrent à l'esprit.

Y avait-il des hôtels, des restaurants ? Fallait-il faire des réservations ?

Laura esquissa un petit sourire. Pour une fois, elle devait admettre que cela n'avait pas la moindre importance. Pour une fois, elle avait envie de s'en remettre à un autre pour décider. Elle avait envie de s'en remettre à Bébert pour tout planifier.

Elle aurait bien assez de gérer la peur qui lui donnait des crampes dans le ventre. En effet, répondre honnêtement à la question qu'elle s'était elle-même posée, c'était aussi admettre qu'elle avait peur. Peur de passer la nuit seule avec Bébert, même s'il avait toujours été très respectueux envers elle. Peur de s'apercevoir finalement qu'ils ne s'entendaient peut-être pas si bien que ça.

Comme une adolescente à un premier rendez-vous, Laura ressentait un grand vertige devant ce qu'elle s'apprêtait à faire.

Brusquement, elle se rappela le soir où elle avait bravé tous les interdits pour se rendre au Chat noir, avec Alicia. Dire qu'elle était inquiète serait un euphémisme. Elle tremblait d'appréhension, celle d'être vue par quelqu'un qui irait tout répéter à sa mère. Malgré cela, Claude Léveillée l'avait si bien envoûtée qu'elle avait oublié les refus de sa mère et ses mensonges à elle. Tant et si bien que cette soirée avait été la première d'une longue série de moments inoubliables en compagnie des Pierre Létourneau, Claude Gauthier, Clémence Desrochers et tous les autres, soirées précieuses et privilégiées, toutes vécues dans un secret absolu.

Robert Gariépy réussirait-il, lui aussi, à l'envoûter pour qu'elle puisse oublier la peur qu'elle ressentait? Réussirait-il à l'ensorceler, à la séduire suffisamment pour lui donner le courage d'affronter sa grand-mère?

Laura savait que toutes ses craintes et ses hésitations découlaient finalement de la réaction probable d'Évangéline Lacaille, ennemie jurée de tous les Gariépy, de père en fils.

Quand Bébert revint enfin dans le bureau, Laura le suivit des yeux sans dire un mot, croisant puérilement les doigts au fond de la poche de son pantalon.

Lorsque Bébert eut déposé l'argent dans l'antique caisse enregistreuse qui trônait sur une tablette, le long du mur derrière son pupitre, et qu'il se retourna face à Laura, il était tout sourire.

Laura répondit à ce sourire sans la moindre hésitation. Et le prenant de court, elle lança avant qu'il ait pu dire quoi que ce soit:

— Votre proposition me plaît, monsieur Robert Gariépy. Oui, ça me plaît beaucoup cette idée de concert.

Un grand sourire, des lèvres et des yeux, appuyait ces quelques mots venus du fond du cœur, du fond d'un espoir qui englobait toute sa vie.

Oui, Laura avait envie de ce voyage pour constater que tout allait pour le mieux entre eux. Elle espérait, aussi, qu'il lui restait encore des tas de choses à découvrir sur cet homme qu'elle appréciait de plus en plus.

— Ben là, tu me fais plaisir, Laura! Ben gros.

Bébert contourna le pupitre et tendit la main à Laura pour l'aider à se lever. Puis, maintenant que la chose était acceptée entre eux, il la prit dans ses bras et la serra très fort tout contre lui.

— Merci Laura ! Tu vas voir ! On va faire un sapré beau voyage. Pis en passant, ben... Je t'aime.

Enfin, il pouvait le dire et il avait l'impression, en ce moment, que toute une vie ne suffirait pas à se rassasier de répéter ces quelques mots.

CHAPITRE 4

On laisse tous un jour
Un peu de notre vie
Sur une table
Dans le fond d'un café
Sur une table
Que l'on n'oublie jamais

On laisse tous un jour
MICHEL FUGAIN

Montréal, mardi 14 octobre 1969

Assise sur un banc du parc près de chez elle, Évangéline goûtait la chaleur des rayons d'un franc soleil d'automne. Elle savait que le compte à rebours de ses promenades quotidiennes était commencé et elle entendait bien en profiter jusqu'à l'extrême limite. D'ici un mois, probablement serait-elle condamnée à vivre à l'intérieur de son logement plus souvent qu'autrement, car ses jambes n'étaient plus assez solides pour s'aventurer sur la neige ou la glace.

Le ciel d'un bleu limpide était parsemé de petits nuages blancs qui filaient au rythme imposé par la brise. Durant quelques instants, Évangéline s'amusa à en suivre la course puis elle reporta les yeux sur le parc.

Il y avait bien peu de gens autour d'elle. L'époque où presque toutes les mères du quartier se rejoignaient ici avec leurs bambins, entre une commission et une brassée de lavage, entre un gâteau au chocolat et une montagne de linge à repasser, hiver comme été, était bien révolue.

— Pis les cordes à linge servent quasiment pus, constata la vieille dame en inspectant l'arrière des quelques maisons qui donnaient sur le parc. Bernadette est une des rares à étendre encore son linge dehors. Pourtant ça sent tellement bon… Le monde d'astheure prend pus le temps de vivre, viarge! Ça court partout comme des poules pas de tête pis après, ça se plaint d'être tout le temps fatigué. Ça doit être pour c'te raison-là qu'y a pus de grosses familles de nos jours. Les jeunes d'aujourd'hui, y' veulent pus d'enfants, rapport qu'y' auraient pas le temps de s'en occuper. Ouais, ça doit être ça, l'explication. Ça se peut-tu! C'est quoi la vie, si c'est pas avoir une famille pis s'en occuper? Moé, si mon Alphonse avait vécu, j'en aurais eu toute une trâlée de p'tits… Ouais, toute une trâlée. Dans mon temps, tout le monde avait une grosse famille pis on était ben fiers de ça. C'est la guerre, je pense ben, qui a amené une autre sorte de manière de vivre. Bernadette, elle, a' l'a eu trois p'tits pis a' l'a décidé que c'était ben assez. Ça fait une quinzaine d'années de ça, mais y' avait déjà du changement par rapport à nous autres. Pis Laura, elle, à vingt-cinq ans passés, est même pas mariée. Voir que ça a de l'allure, une affaire de même. Le pire, c'est qu'a' l'a même pas de chum. À part les deux Gariépy, a' voit personne. Je peux-tu dire que ça me fait enrager! Pis Antoine, c'est pas diable mieux! Pas d'amis, pas de blonde, pas personne lui non plus, à part nous autres pis madame Anne. Pis là encore, chus pas sûre pantoute que c'est une bonne affaire, qu'y' traîne autant que ça chez la musicienne. À son âge, dans la jeune vingtaine, y' devrait se tenir avec des jeunes de son âge, pas avec une quasi veuve, viarge ! J'ai beau me dire qu'y' l'a pas eue facile quand y' était p'tit, me semble que ça doit être passé, toute ça. Me semble qu'y' a ben dû finir par oublier c'te vieux vicieux de...

Évangéline pinça les lèvres pour retenir les mots disgracieux qui lui étaient spontanément venus à l'esprit. L'image de monsieur Romain était encore tellement claire et précise dans ses souvenirs qu'elle dut fermer les yeux et secouer la tête pour la faire disparaître. Elle comprit alors que si elle avait gardé un souvenir aussi vif de l'ancien professeur de dessin d'Antoine, son petit-fils avait peut-être lui aussi quelques relents dans le cœur et dans l'âme qui l'empêchaient de vivre normalement.

— Le vieux dégoûtant, lança-t-elle bien malgré elle. Pauvre Antoine !

Inquiète, Évangéline ouvrit précipitamment les yeux pour vérifier autour d'elle si quelqu'un l'avait entendue.

Heureusement, il n'y avait personne à vingt pieds !

Rassurée, elle croisa les bras sous son opulente poitrine et reprit son observation tout autour du parc, poursuivant son monologue à voix basse.

— Je me demande ben ce qu'on leur a faite, à ces deux-là, pour qu'y' soyent de même, se demanda-t-elle, revenant machinalement à Laura et Antoine... Même jeunes, y' avaient pas ben ben d'amis, constata-t-elle, sans prendre conscience qu'elle était peut-être au cœur du problème de ses petits-enfants. Me semble que c'est pas de même que ça se passait dans mon temps ! Me semble qu'on savait s'amuser avec nos voisins quand j'étais plusse jeune. Pis on avait pas besoin de grand-chose pour jouer ! Un boutte de carton pour glisser, des vieilles lames en dessous de nos bottes pour patiner sur l'étang à canards, pis on était partis pour l'après-midi. Pis dans mon temps, on apprenait à travailler. Ça oui ! Pas de lambinage à rien faire quand j'étais encore chez les parents tandis qu'astheure, si jamais je viens faire un tour icitte, le soir, sont toutes affalés dans le gazon à rien faire d'autre que de fumer pis de jouer de la musique. Quand c'est qu'y' boivent pas de la bière en plusse. Voir que ça se fait, prendre de la boisson forte dans un parc où c'est qu'y a des enfants ! Mais cherche pas la police quand t'en as besoin, est jamais là ! C'est fou comment c'est que le monde a changé. Pis si on veut mon avis, c'est pas nécessairement pour le mieux… Non, vraiment pas pour le mieux. C'est comme pour la messe, quins ! À matin, on était rien qu'une poignée dans l'église. Même si c'est la semaine, c'était pas comme ça avant. Chus sûre que c'est à cause de leurs maudites messes en français. Astheure qu'on comprend toute ce que le curé dit dans ses prières, me semble que c'est moins intéressant… Je me demande ben ce qu'y' est devenu, notre bon curé Ferland. Une chose est sûre, y' est pas mort, rapport que le jeune blanc-bec qui l'a remplacé nous l'aurait dit. Je l'aime pas ben ben, lui, avec ses messes pis ses sermons modernes. Encore une chance que les visites paroissiales sont pus à mode. Ça me tenterait pas de l'avoir dans mon salon… Non, pas une miette.

Sur cette constatation navrante, celle de voir le nouveau curé profiter du confort de son salon, image qu'elle trouvait passablement déprimante, Évangéline poussa un long et bruyant soupir.

Un peu plus loin, sur le petit sentier récemment asphalté, une jeune mère promenait un carrosse. Question de se changer les idées, Évangéline la suivit des yeux jusqu'au moment où elle disparut de son champ de vision.

Dire qu'il fut une époque où c'était elle qui venait promener ses bébés ici. Oh! Ce n'était pas vraiment un parc et le petit sentier qui partait d'ici pour se rendre dans le quartier voisin était encore sablonneux et bien raboteux. Mais ce terrain vague, partiellement couvert de verdure sauvage qui poussait dru entre les butons de terre battue avait été le plus merveilleux des terrains de jeux pour ses deux garçons. Ils y avaient passé des heures et des heures de plaisir, tantôt cowboys, tantôt indiens, tantôt bandits, tantôt polices…

— Viarge que ça a passé vite, constata Évangéline, toujours à mi-voix. J'en reviens juste pas. Me semble que c'est la semaine dernière que j'avais dix-huit ans pis que je venais de me marier avec mon Alphonse… Pis après quand on est venus s'installer dans le quartier… C'était le bon temps. Sauf que…

— Évangéline! Youhou, Évangéline!

S'arrêtant brusquement de marmonner, la vieille dame retroussa son habituel sourire un peu croche. Cette voix familière, elle l'aurait reconnue entre mille. Elle se retourna aussitôt, toute déprime envolée.

Au bout du petit sentier, une main brassant l'air au-dessus de sa tête, son amie Noëlla s'en venait d'un bon pas. Le temps d'envier cette facilité juvénile à se déplacer et Évangéline leva la main à son tour.

— Icitte, Noëlla! Chus icitte sur le banc.

À deux pas derrière son amie suivait un homme de haute taille qu'Évangéline ne connaissait ni d'Ève ni d'Adam. Bien mis, portant une casquette marine agencée à une veste courte, il suivait son amie Noëlla d'un pas alerte. Il avait de beaux cheveux blancs, les plus blancs qu'Évangéline n'eût jamais vus.

Elle fronça ses épais sourcils qui dessinèrent illico une broussaille d'interrogations au-dessus de son regard perçant.

Mais qui donc était cet homme élancé, relativement bien de sa personne, qui marchait à grandes enjambées pour suivre le rythme saccadé de Noëlla qui se dandinait à petits pas devant lui ?

Évangéline n'avait jamais entendu parler d'une quelconque famille du côté de Noëlla, à l'exception de ses enfants et petits-enfants. Quant à la probabilité qu'elle se soit fait un ami, elle était quasiment inexistante. Au décès de son mari, quelque vingt ans plus tôt, Noëlla avait juré devant ses amies, et sur la tête de son premier petit-fils, qu'il n'y aurait plus jamais d'homme dans sa vie.

— Ça m'a pris trente ans pour en mettre un à ma main, gériboire, c'est pas à cinquante ans que j'vas recommencer. Ça non ! Si le Bon Dieu avait voulu que je vieillisse avec un mari à mes côtés, Y' m'aurait laissé mon Victor.

Alors qui donc était cet homme ?

— Petête ben un cousin des États comme Laura pis Antoine ont un mononcle des États dans la personne d'Adrien, murmura-t-elle en appuyant fermement une main sur le dossier du banc pour réussir à se relever sans trop grimacer.

Puis elle afficha ce qu'elle considérait comme son plus beau sourire, un peu croche mais sincère, pour accueillir son amie et l'étranger.

— Enfin te v'là ! lâcha Noëlla, sans tambour ni trompette, en arrivant à sa hauteur.

Essoufflée, elle se laissa tomber sur le banc, pour aussitôt se relever comme un pantin saute hors de sa boîte.

— Où c'est que j'ai la tête, coudon ! Faut que je fasse les présentations, moé là... Monsieur Roméo Blanchet, mon voisin de biais. Évangéline Lacaille, une amie de longue date... Voilà, c'est faite. Je peux m'assire, astheure !

Et de se rasseoir lourdement une seconde fois. Le temps d'une profonde inspiration puis Noëlla leva les yeux vers Évangéline, toujours debout, qui tendait maladroitement la main avec l'espoir que l'inconnu ne la serrerait pas trop fort. Avec son arthrite, c'était toujours avec une certaine appréhension qu'elle tendait la main à quelqu'un.

L'homme commença par enlever sa casquette, ce qui lui assura immédiatement une place de choix dans l'estime d'Évangéline. Sa poignée de main était ferme, mais pas trop, ce qui n'était pas pour nuire non plus.

— Enchanté, madame.

Madame... Dit sur ce ton, de cette voix grave qui n'était pas sans lui rappeler celle d'Alphonse, le mot avait une suavité qui lui alla jusqu'au cœur.

— Toute le plaisir est pour moé, mon bon monsieur... Comme ça, vous demeurez en biais de chez ma vieille amie Noëlla ?

— Vieille, vieille... Chus pas si vieille que ça, tu sauras, Évangéline Lacaille, coupa sèchement Noëlla. Chus même plus jeune que toé.

Noëlla avait cavalièrement pris les devants, interrompant monsieur Blanchet avant même qu'il ait ouvert la bouche pour répondre.

— Je le sais ben que t'es un peu plusse jeune que moé, rétorqua Évangéline sur un ton frisquet. C'est juste une manière de parler, tu sais ben.

Agacée d'avoir été interrompue, Évangéline jeta un regard impatient sur son amie avant de tourner un autre sourire vers monsieur Blanchet. Être le voisin en biais de son amie n'expliquait pas pourquoi il était ici et comme la curiosité avait toujours été le péché mignon d'Évangéline, elle insista.

— Ça fait longtemps que vous êtes voisins comme ça, vos deux?

— Depuis que chus déménagée chez mon gars, c't' affaire!

Noëlla s'était interposée une seconde fois.

— C'est quoi toutes ces questions-là, après-midi?

— C'est juste que je veux savoir c'est qui, lui, par rapport à toé.

Tout en parlant, Évangéline avait pointé le pouce vers Roméo Blanchet qui, loin d'être gêné par la situation, avait plutôt l'air de s'amuser.

— Je te l'ai dit, c'est mon voisin, gériboire!

— Je le sais ça! Chus pas sourde, tu viens juste de le dire. Pis c'est ton voisin depuis que t'es rendue chez ton gars. Ça aussi tu l'as dit. Si je sais ben compter, ça veut dire que ça fait une couple d'années que tu le connais.

— Ouais, ça doit ressembler à ça. Pis?

— Pourquoi c'est faire, d'abord, que c'est juste aujourd'hui que tu te décides à l'amener icitte avec toé?

— C'est pas moé qui l'a amené, rapport que c'est lui qui a un char.

— Y' a un char?

Petit regard en coin vers le voisin et retour sur Noëlla.

— Tant mieux pour lui si y' a un char, mais ça change rien au fait que t'en as jamais parlé avant.

— Pasque ça l'a pas adonné, faut croire. C'est un voisin, c'est toute. Tu me parles-tu de toute ton voisinage, toé, à chaque fois que je viens te voir?

— Non, mais c'est pas pareil.

— Comment ça pas pareil?

— Pasque toé tu connais toute mon monde. T'as vécu dans le boutte durant trente ans, viarge! Tu le sais que j'aime ça aller entendre jouer la musicienne pis que je trouve que les Veilleux sont du ben bon monde. Tu le sais, avec, que je parlerai jamais aux Gariépy pasque t'étais là quand Arthémise a gâché notre vie à Estelle pis moé, pis que ce qu'a' nous a faite, c'est le genre d'affaires que tu pardonnes pas, quand ben même tu vivrais cent ans. Tu sais même que j'aime mieux les sundaes au chocolat pas de cerise, pis que mes patates frites, je les mange avec du vinaigre. Comme Adrien. Je te cache rien, moé. Tu connais notre nouveau curé pis tu l'aimes pas toé non plus, pis quand j'ai une robe neuve ou ben des souliers neufs, je te le dis. Que c'est tu voudrais que je te raconte de plusse?

— Rien. Pis je te ferais remarquer que je t'ai rien demandé, moé. C'est toé qui es partie en peur.

— Chus pas partie en peur, Noëlla Pronovost. Je veux juste savoir pourquoi c'est faire, après toutes ces années, que tu te décides, justement aujourd'hui, à venir me voir avec ton voisin. C'est toute. Me semble que c'est pas compliqué à répondre, ça!

— C'est ben simple, en effet. Pis si t'arrêtes de dire n'importe quoi, m'en vas te le dire pourquoi Roméo est venu avec moé.

— Bon! Enfin! Pis? C'est pourquoi?

— Pasqu'y' veut voir tes photos de la Lune. J'ai essayé de t'appeler à matin pour t'avertir que je viendrais, mais ça a pas répondu. Comme y' faisait beau, Roméo m'a proposé de venir pareil, des fois que tu serais dehors.

— Comme tu vois, y' avait raison, chus dehors, déclara Évangéline d'un ton pompeux, ouvrant les bras sur l'immensité du parc.

Savoir que quelqu'un voulait voir ses photos étendait un baume de fraîcheur sur les aspérités du caractère d'Évangéline qui commençait à être passablement agacée par les remarques tatillonnes de son amie Noëlla.

— Pis à matin, quand t'as téléphôné, j'étais dans mon bain, c'est pour ça que j'ai pas répondu, précisa-t-elle en fixant Noëlla. C'est Cécile la docteure qui m'a dit de prendre un bain chaud tous les matins pour déraidir mon arthrite. Tu vois, une autre affaire sur moé que tu viens d'apprendre, viarge !

Sur ces derniers mots, Évangéline se tourna vers Roméo Blanchet.

— Comme ça, vous voulez voir mes photos de l'Américain qui marche sur la Lune ? demanda-t-elle d'une voix nettement plus suave que celle employée pour s'adresser à Noëlla.

— Oui, entr'autres choses.

— Autres choses ?

— Comme le simple fait de vous rencontrer. Depuis le temps que madame Noëlla me parle de vous.

— Ah ouais ?

Regard en coin vers Noëlla, retour sur monsieur Roméo.

— Noëlla vous parle de moé ?

— En bien, chère dame, en bien !

— Ça, c'est vous qui le dites ! Je serais ben curieuse d'entendre ça.

Depuis quelques instants, Évangéline s'amusait beaucoup, surtout que pour une fois, Noëlla avait choisi de se taire. Comme si la discussion lui était totalement étrangère, l'amie d'Évangéline examinait attentivement ses ongles.

— En attendant, comme j'ai pas ma sacoche avec moé,

expliqua Évangéline, je peux pas vous montrer mes photos. C'est là que je les garde, mes photos, dans ma sacoche. Justement pour les montrer à ceux que ça peut intéresser. Mais si vous acceptez une bonne tasse de thé avec quèques biscuits secs, on va retourner à maison pis je m'en vas toute vous montrer ça. Vous allez voir ! C'est comme si j'avais été là !

Et sans attendre de réponse, Évangéline prit les devants et attaqua le petit sentier d'un pas militaire, ma foi assez alerte, qui n'avait pas grand-chose à envier au dandinement agité de son amie Noëlla !

* * *

— Charmant, Bernadette ! Roméo Blanchet est un homme charmant comme ça faisait longtemps que j'en avais pas rencontré. Pis avec des bonnes manières, je te dis rien que ça ! Comme dans mon temps.

Évangéline ne tarissait pas d'éloges sur le voisin de son amie Noëlla.

— Y a même enlevé sa casquette pour me saluer, c'est pour te dire comment c'est qu'y' a appris à vivre, cet homme-là !

Ses visiteurs étant partis depuis un bon moment déjà, Évangéline avait eu tout le loisir de façonner son opinion sur Roméo Blanchet, alors qu'elle préparait le souper. Maintenant, installée à sa place habituelle, au bout de la table, elle faisait part de ses impressions à Bernadette qui dressait le couvert.

— Ce que je comprends pas, par exemple, c'est pourquoi Noëlla en a pas parlé avant ! Pasque c'est pas juste un voisin comme les autres comme a l'a prétendu que c'était ! Là-dessus, a' l'a ben menti. On rit pus, y' vont au bingo ensemble.

— Ça veut rien dire, ça, la belle-mère. Je pourrais ben aller au bingo avec notre voisin Gérard Veilleux sans que ça porte à conséquence, vous savez !

— Ouais, tant qu'à ça...

Évangéline hochait la tête tout en réfléchissant.

— N'empêche que toé, si t'avais rien à cacher justement, t'en ferais pas une cachette de tes soirées au bingo avec Gérard Veilleux. Tandis que Noëlla... Toute ça pour dire que selon moé, c'est pas juste un voisin ordinaire, en conclut-elle. C'est un voisin avec qui Noëlla s'adonne ben, rapport justement qu'a' va au bingo avec lui, pis juste pour ça, a' l'aurait dû m'en parler ben avant aujourd'hui.

— Petête ben que si a vous en a pas parlé, comme vous dites, c'était justement pour que vous vous fassiez pas d'idées croches sur son compte.

— Ouais...

Évangéline resta silencieuse un moment de plus, replaçant machinalement les ustensiles contre son assiette.

— C'est vrai que si Noëlla m'en avait parlé, murmura-t-elle enfin, beaucoup plus pour elle-même que pour Bernadette, j'aurais eu envie d'y poser toutes sortes de questions à chaque fois que je l'aurais vue. C'est pas de ma faute, chus faite de même, moé, chus curieuse de nature. Mais des fois, ouais, ça peut petête être achalant pour les autres.

Bernadette déposait couteaux et fourchettes avec une infinie précaution pour ne pas faire de bruit. Aux derniers mots prononcés par Évangéline, elle ravala un sourire moqueur et tendit l'oreille pour ne rien perdre des observations de sa belle-mère.

— Je fais pas par exprès pour être de même, poursuivit Évangéline en grattant du bout de l'index une petite tache sur la nappe à carreaux. Pis c'est pas de l'écorniflage, viarge !

C'est dans ma nature. Je dirais même que c'est une belle qualité, la curiosité. C'est plus fort que moé de regarder le monde aller pis de me poser des tas de questions sur leur compte.

Évangéline appuyait ses propos de vigoureux hochements de la tête.

— Ça doit être héréditaire, déduisit-elle finalement, rapport que Laura est comme moé. Elle avec est curieuse de toute.

Ce fut sur ces mots que la source des confidences se tarit et après quelques instants de réflexion, dans une digression savante dont elle avait le secret, Évangéline reprit où elle avait laissé.

— En parlant de Laura… La pauvre enfant me disait justement, l'autre jour, comment c'est qu'a' l'aimerait ça se trouver une autre jobine pour les jours ousqu'a' l'est pas dans son bureau de psychologue. Imagine-toé don, Bernadette, que ta fille trouve le temps long, par bouttes! Si a' l'était mariée pis qu'a' l'avait des enfants, ça serait pas pareil, mais là…

— Comment ça pas pareil?

— Pasqu'a' l'aurait de quoi occuper ses journées de congé, c't' affaire! La première job d'une femme, c'est de s'occuper de sa famille, non?

— Ouais, c'est de même que je vois ça, moé avec.

— Bon! Me semblait aussi… À partir de là, par exemple, y a rien qui empêche quèqu'un d'avoir une sorte d'activité qu'a' l'aime pis dans laquelle a' se sent ben pis ousqu'a' l'est habile.

Bernadette fronça les sourcils.

— Je vous suis pas, moé là, avoua-t-elle en déposant les verres sur la table. Que c'est que ma fille vient faire là-dedans?

— Me semble que c'est clair ! Moé, dans le temps, je faisais de la couture. J'aimais ça pis j'y trouvais plein d'agrément ! Devant une belle robe de mariée que je venais de coudre, laisse-moé te dire que j'étais fière de moé… Ouais, ben fière. J'ai pour mon dire que c'est important de se sentir fier de soi par bouttes. Ça aide à adoucir le caractère. C'est juste après la mort de mon Alphonse que la couture est devenue une obligation. Mais là encore, quand je faisais de la belle ouvrage, j'étais pas fâchée. Ça mettait un peu de soleil dans mes journées difficiles. Pis ça vaut pour toé, ma pauvre fille ! Rappelle-toé quand t'as commencé à vendre tes rouges à lèvres. Rappelle-toé comment c'est que t'étais fière de m'annoncer que tu venais de t'ouvrir un compte en banque.

— Ouais, c'est vrai, se souvint Bernadette avec un sourire nostalgique en pensant aux premières années où elle vendait ses produits de beauté.

À l'époque, elle agissait peut-être dans la clandestinité, Marcel n'étant pas au courant de ses activités, mais la vie lui semblait tellement plus belle en ce temps-là, tellement plus facile, malgré les mensonges et les cachettes.

— J'ai eu toute une vie pour me faire une opinion, poursuivit Évangéline sans tenir compte du silence de Bernadette qui était restée songeuse, pis j'ai pour mon dire qu'une femme a ben le droit, elle avec, de faire des affaires qu'a' l'aime. Les hommes vont ben à la taverne de temps en temps pour se détendre, comme y' disent. Si le plaisir est bon pour eux autres, je vois pas pourquoi ça serait différent pour nous autres. En autant que les deux parties de notre vie empiètent pas l'une sur l'autre, comme de raison. Faut savoir garder la majeure partie du temps pour la famille mais on peut en prendre un p'tit peu pour se faire plaisir à travers de ça.

— C'est plein de bon sens, ce que vous dites là, la belle-mère.

— C'est sûr que ça a de l'allure ! C'est de même que j'ai mené ma vie, pis j'ai pas pire réussi. Quand la couture est devenue une obligation pour moé, ben je me suis gardé les Dames de Sainte-Anne comme désennui. Ça me faisait sortir de la maison pis ça me faisait du bien. N'empêche que pour Laura, par les temps qui courent, c'est pas exactement de même que ça se passe. Le jour où a' l'aura une famille, petête ben qu'une couple de jours à l'ouvrage dans un bureau, ça sera son agrément à elle. Mais pour l'instant, pour une belle jeunesse en santé comme notre Laura, c'est pas assez, ça, travailler juste trois jours par semaine. Quand a' dit qu'a' l'aimerait ça avoir d'autre chose à faire, je la comprends pis chus ben d'accord avec elle.

Tel qu'elle l'avait promis à Laura, dont la tentative de discussion avec sa mère avait lamentablement échoué, Évangéline s'ingéniait à revenir sur le sujet de l'épicerie pour la énième fois. Bernadette se retourna prestement vers le comptoir pour camoufler le soupir de contrariété qui lui échappa. Cette fois-ci, Évangéline avait emprunté un assez long détour pour en venir au fait, mais Bernadette n'était pas dupe et elle savait pertinemment ce qui allait suivre. Encore une fois, Évangéline allait remettre un hypothétique travail à l'épicerie sur le tapis. Pour elle comme pour Laura, bien entendu. En principe, Bernadette n'avait rien contre et en temps de prospérité, la présence de sa fille, tout comme celle de sa belle-mère d'ailleurs, aurait été la bienvenue. Mais voilà ! La vie n'était pas faite que de beaux principes et pour l'instant, pas plus cette année que l'an dernier, l'épicerie n'avait les moyens d'engager du personnel supplémentaire.

— Que c'est t'en penses, toé, Bernadette ?

— À propos de quoi ?

— À propos de Laura, c't' affaire !

— Oh, Laura… Vous avez pas tort, la belle-mère, approuva prudemment Bernadette en attrapant son torchon pour frotter un comptoir déjà propre. C'est ben certain que travailler cinq jours par semaine, c'est pas mal mieux que trois. Pas de doute là-dessus !

Bernadette n'avait jamais frotté son comptoir avec autant d'énergie. Tout et n'importe quoi pour éviter de se retourner et de croiser le regard d'Évangéline.

— Pis, t'aurais-tu des idées, toé, sur ce que notre belle Laura pourrait faire pour occuper son temps de libre ?

— Pas la moindre idée.

Le ton était brusque et la réplique sans équivoque. Bernadette espérait ainsi que le sujet serait clos. Pourtant, elle savait bien qu'elle ne pourrait taire leurs difficultés financières indéfiniment. Prenant une profonde inspiration, Bernadette ralentit le mouvement de son torchon sur le comptoir.

— Écoutez-moé ben, la belle-mère.

La voix de Bernadette était lasse. Lasse de cette année de difficultés où elle avait espéré que tout rentrerait dans l'ordre après un certain temps. Lasse de calculer et de pallier le manque à gagner par ses commandes de produits Avon, même si la clientèle diminuait là aussi. Lasse d'essayer d'esquiver chaque tentative d'Évangéline.

Pourquoi continuer de nier l'évidence ? La mode était aux grandes chaînes et les petits commerçants de quartier n'étaient plus à la hauteur des attentes de la clientèle. Seule la boucherie permettait de garder la tête hors de l'eau.

— C'est pas que je veux pas vous voir dans l'épicerie, vous pis Laura, comprenez-moé ben. C'est sûr que des bras de plusse, ça fait jamais tort. Ben que…

Les mots étaient difficiles à prononcer. Pour Bernadette, voir péricliter l'épicerie, c'était comme un constat d'échec, même si elle n'avait rien à se reprocher. Cependant, au même moment, Évangéline voyait une ouverture dans le discours de Bernadette. Une ouverture qu'elle n'avait jamais perçue avant.

— C'est juste que pour astheure…

Bernadette s'arrêta brusquement. Les mots à dire lui brûlaient la gorge et les larmes n'étaient pas loin.

Pas maintenant. Non, elle ne pouvait pas parler maintenant. Cela lui ferait peut-être un bien évident de confier ses tracas à Évangéline, mais il lui fallait avertir Marcel d'abord et avant tout. Discuter et voir avec lui s'il n'y aurait pas quelque chose à faire avant de lancer la serviette.

Bernadette, en effet, en était là. Si les chiffres qu'elle brassait dans tous les sens ne mentaient pas, il vaudrait peut-être mieux vendre avant qu'il ne soit trop tard.

Elle en avait parlé à Adrien, lors de sa visite l'été dernier, et le verdict de son beau-frère ressemblait au sien: après avoir jeté un coup d'œil aux livres de l'épicerie, il était d'accord avec l'idée qu'il valait peut-être mieux essayer de sauver les meubles et vendre avant de faire faillite.

Adrien…

S'être confiée à lui avait été un des moments difficiles de sa vie. Pas tant de lui parler, le dialogue ayant toujours été relativement simple entre eux. Non, c'étaient les sentiments qu'elle avait éprouvés par la suite qui l'avaient blessée.

Pourquoi, après toutes ces années, n'arrivait-elle pas à

parler aussi librement à son mari qu'elle le faisait avec son beau-frère ? Pourtant, depuis qu'elle travaillait à l'épicerie, les relations entre Marcel et elle se jouaient d'égal à égal, sauf peut-être quand il était question des enfants.

Durant de longues journées suivies de longues nuits d'insomnie, Bernadette s'était sentie coupable de trahison envers Marcel. Après tout, sur papier, l'épicerie appartenait à son mari. De quel droit en avait-elle parlé avec Adrien ?

Les regrets étaient plus grands, plus éprouvants que ceux ressentis quand elle s'était donnée à Adrien. Elle voyait dans la confidence faite à Adrien un geste d'infidélité à l'égard de Marcel encore plus réel que celui de l'avoir trompé à quelques reprises.

Et pourtant, de sa brève liaison avec Adrien était né son fils Charles. Un autre secret entretenu face à son mari.

Bernadette retint un soupir chargé des larmes qu'elle n'avait pas le droit de verser devant sa belle-mère.

Non, ce soir, elle ne parlerait pas de l'épicerie avec Évangéline. Mais elle ne l'éconduirait pas non plus. Elle l'avait suffisamment fait depuis un an. Prenant sur elle, Bernadette tenta de se composer un visage impassible, comme si elle était détachée de tout ce qui pouvait l'entourer, puis elle se retourna enfin face à Évangéline qui fixait son dos depuis un long moment déjà.

— Je le sais ben, va, que vous pis Laura, vous aimeriez ça travailler à l'épicerie avec Marcel pis moé.

— Pis Estelle, avec. Faudrait pas l'oublier celle-là.

Bernadette entendit tout de suite l'amertume et une grande déception dans cette simple réplique.

— Pis Estelle avec, vous avez raison. Pis tant qu'à y être, on va même ajouter Antoine qui fait les livraisons pis notre employé habituel qui s'occupe du plancher. Madame Légaré, elle, a' l'a pris sa retraite au mois de juillet. Ça fait qu'on est cinq, astheure, pis à nos cinq, on essaye de faire rouler le magasin. Je… Je vous demanderais juste une couple de jours, la belle-mère. Juste quèques jours pis promis, on va en reparler. Pis c'te fois-citte, je vous jure que c'est pas des paroles en l'air. Je vous reviens là-dessus le plus vite possible.

Et ce furent exactement ces mots qu'Évangéline répéta à Laura dès que l'occasion se présenta, le lendemain matin quand tout le monde eut déserté la maison.

— C'est de même qu'a' l'a dit ça : on essaye de faire rouler l'épicerie. Selon moé, ça cache petête des problèmes, ces quèques mots-là.

— Ouais…

Laura était songeuse.

— Même si moman ne l'a pas dit exactement comme ça, j'ai eu la même impression que toi. L'épicerie ne va pas si bien qu'on le croit.

— C'est en plein ce que je pense.

— Qu'est-ce qu'on fait, d'abord ?

— Que c'est tu veux qu'on fasse ? Moé, j'étais prête à donner un coup de main à la caisse, mais pour le reste j'y connais pas grand-chose.

— Oui, je vois…

Laura se releva tandis que sa grand-mère, bien assise dans son vieux fauteuil, la suivait des yeux. Elle esquissa même un sourire quand elle vit la jeune femme s'approcher de la fenêtre et repousser le rideau pour regarder dehors. Ce geste, elle l'avait fait elle-même des centaines, des milliers de fois, peut-être ! Comme si la rue avait le pouvoir de la calmer, de lui insuffler des solutions.

— Ben moi, j'ai peut-être une idée, grand-moman, murmura Laura tout en s'attardant sur le reflet d'un rayon de soleil qui dessinait une étoile à longues pointes sur le pare-brise de la vieille auto de sa mère.

Depuis quelques mois, Bernadette voyageait régulièrement avec Marcel pour se rendre au travail, ménageant ainsi sa vieille guimbarde qui passait la majeure partie du temps stationnée devant la maison.

— Ah ouais? Toé, t'aurais une idée? demanda Évangéline, le scepticisme suintant de ces quelques mots. Que c'est tu connais dans le monde de l'épicerie pour avoir des idées de même? Viens pas me dire que quèques mois à ranger des cannages sur des tablettes ont pu te donner une solution que même ta mère ou ton père aurait pas trouvée. Pis petête, avec, qu'on parle pour rien dire, ajouta-t-elle avec humeur. C'est juste sur une impression qu'on dit que ça va mal. Dans le fond, toé pis moé, on le sait pas vraiment ce qui se passe.

— D'accord. Mais souvent les intuitions valent autant que la vérité. Si on est deux à avoir ressenti la même chose, fort probablement qu'il y a un fond de vérité dans ce que l'on pense. Pis pour répondre à ta question, c'est vrai aussi que je ne connais rien au monde du commerce. Presque rien. Mais ça ne m'empêche pas de regarder autour de moi et de réfléchir, par exemple! Ça fait partie de ce que j'ai appris à l'université, grand-moman: faut savoir réfléchir dans la vie.

— Pas besoin de faire des grandes études pour savoir ça, ma fille, bougonna Évangéline. La vie elle-même se charge de nous l'apprendre pis ben assez vite, inquiète-toé pas. Pis, ma belle, c'est quoi ton idée?

— Je… C'est encore vague, hésita Laura qui aurait préféré en parler avec sa mère avant toute chose.

Mais tandis qu'elle prononçait ces quelques mots, elle changea d'avis. Sa grand-mère avait toujours été de bon conseil. Pourquoi en irait-il autrement, ce matin ? Après tout, elle avait été elle-même une cliente de l'épicerie durant des années. Elle devrait donc être en mesure de pouvoir apprécier l'idée de Laura à sa juste valeur.

Laissant retomber le rideau, elle se tourna vers sa grand-mère.

— Mais peut-être qu'à deux, on va arriver à éclairer tout ça, lança-t-elle avec une pointe d'enthousiasme. En fait, ça fait déjà un an que j'y pense. Comme tu vois, j'ai pas eu besoin de savoir que ça allait mal pour penser à l'épicerie. En fait, c'est depuis mon voyage en Europe que j'ai plein d'idées pour l'épicerie ! Laisse-moi t'expliquer.

Et faisant abstraction de la bouderie qu'elle entretenait depuis quelque temps à l'égard de sa grand-mère, bouderie qui réapparaissait systématiquement chaque fois qu'elle pensait à Bébert ou qu'elle s'apprêtait à le rejoindre en cachette, Laura tenta de résumer ce qu'elle avait ressenti devant les petits commerces européens.

— J'ai trouvé ça tellement agréable, grand-moman. Si t'as besoin d'un gâteau ou d'un pain, tu vas à la boulangerie ou à la pâtisserie. Si tu veux de la viande, tu vas à la boucherie qui est juste à côté. Du poisson ? À la poissonnerie de l'autre bord de la rue. En Angleterre, en Italie, en France, c'est partout pareil ! Là-bas, on ne voit nulle part de grandes épiceries comme on en a ici.

— Pis ? Je te ferai remarquer qu'on est pas en Europe, icitte, on est au Québec. C'est ben beau ce que tu viens de dire là, mais que c'est ça change à l'épicerie de ton père ?

— Tout, grand-maman. Tout !

— Ben va falloir que tu m'expliques ça, ma belle fille, pasque moé, je vois pas en quoi ça peut changer quèque chose !

Emballée, heureuse de pouvoir enfin confier à quelqu'un ce qu'elle mijotait depuis si longtemps déjà, Laura se mit à marcher de long en large dans le salon de sa grand-mère tout en expliquant son idée. Évangéline avait pris sa pose d'écoute, les yeux à demi fermés et les mains jointes sur sa panse.

— Ça sert à rien d'essayer de rivaliser avec les grands comme Steinberg pis Dominion, sont trop gros, précisa Laura en guise d'introduction.

— C'est sûr que ton père joue pas dans la même cour de récréation que c'tes gros-là, approuva Évangéline, c'est clair comme de l'eau !

— Justement. Par contre, je me disais qu'on avait l'avantage d'être tout près des gens. Pour bien du monde, pas besoin de prendre l'auto pour venir chez nous.

— C'est pas fou, ton affaire. Tu vois, moé avec je pense ça. Quand on allait su' Steinberg, ta mère pis moé, le samedi matin, c'était pour faire plaisir à ta mère que j'y allais. Moé, je trouvais ça trop gros pour nos besoins pis bien que trop loin pour acheter du lait pis des œufs.

— Peut-être, mais on dirait bien que tout le monde ne pense pas comme toi. Être près des gens, ça ne suffit pas pour s'attirer une clientèle fidèle. Plus aujourd'hui. Quand je vais faire une commission à l'épicerie de popa, je le vois bien qu'il y a moins de clientes qu'avant. Pas besoin d'avoir la tête à Papineau pour s'en rendre compte !

— OK, mettons que t'as raison. Que c'est tu peux faire, astheure, pour changer ça ?

— Faut d'abord se demander pourquoi c'est comme ça. Pis je pense que j'ai trouvé. Avec l'espace dont on dispose, on ne peut pas offrir beaucoup de choix et avec la petite quantité de chaque produit qu'on peut mettre en étalage, on ne peut pas offrir d'aussi bons prix que les grandes chaînes. Pas besoin d'un cours avancé en mathématiques pour comprendre ça.

— À t'écouter, ma pauvre enfant, le tableau est pas ben rose.

— Mais il n'est pas noir non plus, tu vas voir ! Selon toi, qu'est-ce qui attire les clientes chez nous ?

Évangéline esquissa une moue d'indécision.

— Je sais pas trop… Ça serait-tu la boucherie à ton père ?

— En plein dans le mille, grand-moman. Et pourquoi la boucherie attire-t-elle les clientes, à ton avis ?

— Pasque c'est la meilleure viande dans le quartier, rétorqua Évangéline sans la moindre hésitation, cette fois-ci. C'est pas mêlant, y a du monde qui vient de l'ouest de l'île pour acheter les routis de ton père.

— Exactement ! Tout ça, parce que popa donne un service personnalisé à chacune de ses clientes et qu'il offre une qualité irréprochable ! On est prêt à faire quelques milles de plus pour venir s'approvisionner chez lui. C'est le point de départ de ma réflexion. Dans l'état actuel des choses, on ne peut pas concurrencer les grandes chaînes pour l'épicerie. Par contre, on peut offrir quelque chose de différent. Quelque chose de tellement unique que le monde va venir de partout pour trouver ce qu'ils cherchent. Exactement comme pour la viande de popa. C'est comme ça que je vois l'avenir de l'épicerie Lacaille.

— Quèque chose de différent, quèque chose d'unique ? Chus petête bouchée, mais moé, je vois pas. Du manger, ça restera toujours ben du manger, non ? Des patates, c'est des patates pis de la moutarde, c'est de la moutarde. À moins que t'ayes dans l'idée de changer la vocation de l'épicerie pis de te mettre à vendre des clous, moé je vois pas ce qui…

— Laisse-moi finir, grand-moman, interrompit Laura. Je suis d'accord avec toi que de la nourriture, ça restera toujours de la nourriture. Mais des patates, comme tu dis, il n'y en a pas qu'une seule sorte. Pis la moutarde, c'est par dizaines de sortes qu'on pourrait en avoir.

Évangéline fronça les sourcils tout en fixant sa petite-fille avec une bonne dose d'incrédulité dans le regard.

— Des dizaines? Comme ça, y aurait d'autres sortes de moutarde que celle que ta mère achète dans le pot avec des cœurs pis des trèfles pis qu'on peut prendre comme verre une fois que le pot est vide? T'es ben sûre de ça, toé là?

— Sûre et certaine, grand-moman.

— Ben là, tu m'apprends quèque chose… Pis y' en as-tu ben ben des affaires de même, dans le manger, qu'on pourrait avoir autre chose que ce qu'on est habitués d'avoir?

— Des tas, grand-moman. Des tas! Quand j'étais en Europe, ça me faisait rêver, tous les beaux bocaux que je voyais dans leurs étalages.

À croire qu'elle les voyait encore, toutes ces belles bouteilles et ces petits pots colorés, car Laura en avait des étoiles dans les yeux.

— Ben coudon… M'en vas me coucher moins niaiseuse à soir! Pis à part de la moutarde, que c'est qu'on pourrait trouver de différent?

— De l'huile, du vinaigre, des épices! Des olives, des pâtes et du riz. Des céréales aussi, pis des fèves sèches! Ça a fait partie des beaux plaisirs de ce voyage-là, me promener dans les petites épiceries. Ça sentait bon, c'était beau, coloré. Les gens prenaient le temps de nous parler, de nous expliquer leurs produits ! Et moi, je voyais l'épicerie Lacaille de façon différente. Bien avant de savoir que ça allait moins bien.

— Si ça va moins bien, comme de raison, précisa Évangéline. De ça, ma fille, on est pas encore certaines.

— D'accord, si tu veux. Mais ça ne change rien au fait que je suis persuadée que mon idée est bonne.

Même aux meilleurs jours de ses études, quand elle avait troqué la pédagogie pour la psychologie, Laura n'avait jamais démontré autant d'enthousiasme et de flamme pour quelque chose. Jamais.

Tout en se faisant cette réflexion, Évangéline se redressa dans son fauteuil. Puis elle examina longuement sa petite-fille. Laura était devenue une bien jolie jeune femme. Elle continuait d'énumérer des tas de produits, tous plus mysté-rieux les uns que les autres aux oreilles d'Évangéline, mais qu'importe ? C'était l'enthousiasme de Laura qu'il lui faisait plaisir d'entendre.

— Tu l'aimes, hein, l'épicerie à ton père, fit-elle quand cette dernière reprit son souffle, sur un ton qui n'avait rien d'interrogatif.

— Oh oui, grand-moman ! J'aurais tellement d'idées pour aménager tout ça !

— Pourquoi, d'abord, t'en as pas parlé avant ?

Laura souleva une épaule hésitante.

— Pour tellement de raisons, murmura-t-elle. Probable-ment plus fausses les unes que les autres. J'attendais peut-être simplement que popa ou moman me fasse signe pour que j'aille les rejoindre à l'épicerie. Peut-être. Dans le fond, tu sais, quand quelqu'un nous dit qu'il n'a pas besoin de nous, on a tendance à se taire et l'idée qu'on trouvait merveilleuse nous paraît tout à coup beaucoup moins intéressante.

— Pis si je te disais que je la trouve pas pire, moé, ton idée ? Parce que dans le fond, même si tu parles d'affaires que je connais pas, y aurait au moins la curiosité pour m'amener dans ton épicerie. Sans parler de la viande à ton père, comme de raison. Pis une fois rendue là-bas, si toute est ben alléchant, comme les pots de *candy* du marchand général quand j'étais p'tite, c'est quasiment sûr que j'vas acheter une couple de produits nouveaux, pour les essayer. Pis si c'est bon, pis si chus pas capable d'en trouver ailleurs, m'en vas y retourner, dans ton épicerie. C'est ben certain… Ouais, ton idée a du bon, ma fille !

— Je suis contente de te l'entendre dire.

Laura était toute rose de plaisir et l'espace d'un soupir, Évangéline eut l'impression de revoir la gamine qu'elle avait été. Alors, esquissant son inimitable sourire un peu croche, elle lança :

— Que c'est t'attends, d'abord, pour en parler à tes parents ?

— J'attendais d'en parler d'abord avec toi, grand-moman.

Devant ces mots, ce fut au tour d'Évangéline de rougir comme une pivoine.

DEUXIÈME PARTIE

Hiver – printemps 1970

CHAPITRE 5

Hello, I love you
Won't you tell me your name?
Hello, I love you
Let me jump in your game
Hello, I love you
Won't you tell me your name?
Hello, I love you
Let me jump in your game

Hello, I love you
THE DOORS

Montréal, mardi 13 janvier 1970

Une violente quinte de toux plia Marcel en deux.

— Calvaire d'hiver, siffla-t-il en essayant de reprendre son souffle.

Les yeux larmoyants, il passa dans la section magasin pour arracher un bout de papier brun au rouleau suspendu à côté de l'évier de la boucherie. Il se moucha, s'essuya le visage et revint à ses feuilles couvertes de calculs qu'il avait abandonnées sur le bout de l'étal, dans le réfrigérateur de la boucherie.

Depuis une semaine, Marcel partait de chez lui à l'aube, avant même les premières lueurs du jour, pour faire et refaire, vérifier et revérifier des tas de calculs, projections et analyses, installé au bout de l'étal où il dépeçait ses quartiers de viande, comme il l'avait toujours fait quand il jugeait que la situation était importante. Projet d'achat de maison, contrats notariés, dossiers d'assurance et emprunts bancaires avaient été analysés et décortiqués sur cet étal, au fil des années. C'est pourquoi, ce matin, Marcel était penché sur ses feuilles tandis qu'accrochée derrière lui, une carcasse de porc attendait patiemment d'être débitée en rôtis, côtelettes et autres cubes à ragoût.

Mais avant de s'attaquer à la tâche, Marcel tenait absolument à tout recalculer une dernière fois.

Peu instruit, mais tout de même visionnaire à sa façon, Marcel avait toujours senti le besoin de tout analyser à plusieurs reprises avant de se lancer dans quelque projet que ce soit. Bien que cette fois-ci l'idée venait de Laura, et qu'à première vue ladite idée semblait franchement intéressante, le réflexe de vérifier les finances était toujours là, sous-jacent à toute perspective de changement. Même si depuis quelques années c'était Bernadette qui faisait la comptabilité et qu'il lui faisait une confiance absolue, Marcel voulait voir les chiffres par lui-même.

— En noir sur blanc, sur le papier, avait-il imposé avant de se prononcer sur la faisabilité du projet.

Le projet était intéressant, voire tentant, avait-il admis dans un même souffle et sans la moindre hésitation.

— Pis pas à peu près, murmura-t-il enfin, tout en lançant son crayon au bout de l'étal quand l'addition arriva au même résultat que celui de la veille au matin. C'est sûr qu'y' va falloir se serrer la ceinture pendant un boutte, pis jongler avec les chiffres pour réussir à faire les modifications ici dedans, comme l'a dit Bernadette, mais pourquoi pas ? *Anyway*, ça pourra jamais être pire que le jour où j'ai décidé d'acheter le commerce à monsieur Perrette, y a quèques années. J'ai tiré le diable par la queue durant un sapré boutte avant de m'en sortir…

Marcel jeta un dernier coup d'œil à ses calculs et au plan sommaire qu'il avait dessiné avant de demander à Antoine d'y apporter des précisions. Il s'étira longuement, toussota une seconde fois à cause d'un grattement dans la gorge qui l'agaçait depuis des semaines, puis il se releva en grimaçant parce que les articulations de ses genoux commençaient à raidir.

— Pareil comme la mère, calvaire! se récria-t-il en replaçant le petit banc de bois qu'il gardait en permanence dans un coin du réfrigérateur.

Mais l'impatience fut de courte durée puisqu'il revint vers l'étal et vit ses papiers éparpillés sur l'acier brillant.

— Calvaire que ça me tente! lança-t-il en refermant frileusement les pans de la vieille veste de laine qu'il portait quand il avait à travailler dans la chambre réfrigérée. Pis si ça marche pas, y' sera toujours temps de vendre.

À ces derniers mots, le cœur de Marcel battit à contretemps et il n'arriva pas à retenir le long frisson qui lui secoua les épaules.

Vendre l'épicerie où il avait passé la majeure partie de sa vie était une éventualité qu'il refusait d'envisager pour le moment.

— Pas question, calvaire! s'écria-t-il en empilant méthodiquement ses feuilles et en récupérant le crayon qui avait roulé jusqu'à par terre.

Heureusement, Bernadette semblait voir la situation du même œil que lui. Tant qu'ils n'auraient pas tout tenté pour sauver l'épicerie, ils ne lanceraient pas la serviette. Hier encore, avant de s'endormir, tous les deux allongés dans le noir, ils en avaient longuement discuté.

Alors, tel qu'entendu avec sa femme hier soir, Marcel passa par le bureau et déposa bien en vue la liasse de papiers qu'il avait en main. À son tour, Bernadette referait les calculs, jetterait un coup d'œil sur les plans et les estimations qu'il avait faites et au souper, et ils en reparleraient tous ensemble, en famille.

En famille…

Il y a à peine quelques années de cela, Marcel n'aurait jamais pu imaginer que l'épicerie serait une véritable entreprise familiale. Pourtant, c'était le rêve le plus cher qu'il caressait: avoir une chaîne de magasins comme les Steinberg avaient la leur. Cependant, le Marcel de l'époque ne savait comment présenter la chose, ayant toujours travaillé et calculé en solitaire, et comme l'épicerie à ce moment-là faisait tout juste ses frais...

Pour une première fois, Laura, qui travaillait à ses côtés durant l'été, s'en était mêlée et lui avait suggéré de reprendre son métier de boucher, celui-là même qui avait attiré les clientes durant tant d'années, et de laisser Bernadette s'occuper du reste.

Cette première intervention de Laura s'était avérée concluante et la clientèle était revenue fréquenter l'épicerie Perrette, récemment rebaptisée Épicerie Lacaille. La présence de Bernadette avait apporté un vent de fraîcheur et une belle stabilité, au grand soulagement et plaisir de Marcel qui n'avait jamais ressenti d'attirance pour l'administration. Gérer sa boucherie lui suffisait amplement alors que Bernadette tirait sa fierté de la saine gestion d'un commerce.

Ce temps béni de prospérité avait duré quelques mois.

Puis, brusquement, à la suite de l'apparition de nouvelles grandes chaînes d'alimentation, du moins c'était là l'avis de Bernadette, la clientèle avait encore une fois déserté l'épicerie, à l'exception de la boucherie qui attirait toujours autant de monde. Débordé de son côté et n'ayant plus directement affaire avec la comptabilité, Marcel ne s'était douté de rien durant de nombreux mois. Ce n'était que tout récemment qu'il avait pris conscience que les livraisons se faisaient plus rares parce que les clientes étaient plus rares. En fait, c'était devant certaines factures d'essence présentées par Antoine que Marcel avait commencé à se poser des tas de questions.

— Comment ça, calvaire, cinq piastres d'essence ? Me semble que tu disais, l'autre jour, qu'on avait moins de livraisons ?

— On en a moins, oui, mais j'vas plus loin. Hier, j'ai fait des livraisons dans Westmount pis Outremont, mercredi j'étais à Longueuil, pis jeudi je me suis rendu jusqu'à Pointe-aux-Trembles !

— Tu veux-tu rire de moé, calvaire ? Voir qu'on a de la clientèle aussi loin que ça !

Le regard bleu glacier de Marcel, habituellement impassible et flegmatique, lançait des flammèches.

— T'aurais pas pris, par hasard, l'habitude de te servir de mon char pour tes p'tites affaires personnelles ? Pasque si c'est le cas, tu vas...

— Pantoute, le père, pantoute ! Quand j'ai besoin de ton char pour mes p'tites affaires personnelles, comme tu dis, je te le demande. Laisse-moé te dire que je trouve ça pas mal insultant que tu penses que je fais autrement.

— Pogne pas le mors aux dents, le jeune ! Un homme a ben le droit de s'informer quand y' est question de son char...

Ben c'est quoi d'abord ? Comment ça se fait qu'on a des clientes qui viennent de loin comme ça ?

Antoine avait haussé les épaules en signe d'ignorance.

— Aucune idée. Je dirais même que ça fait un boutte que je livre loin de même. Mais depuis quèques semaines, y en a encore plusse. Tu demanderas à matante Estelle, c'est elle qui prend les commandes ou ben à moman, c'est elle qui fait les comptes. Astheure, tu vas m'excuser, mais on m'attend. Tu me remettras l'argent quand ça t'adonnera, chus pas pressé.

Curieux hasard, ce fut le même jour, alors qu'il s'apprêtait à questionner Bernadette en long et en large sur leur prétendue nouvelle clientèle, que celle-ci prit les devants en disant qu'elle avait une proposition à lui faire, proposition amenée par leur fille Laura et secondée inconditionnellement par Évangéline qui la trouvait excellente.

Marcel avait regardé sa femme de travers.

Alors, sans attendre la moindre réplique, Bernadette avait tout déballé d'un coup : les idées de leur fille pour améliorer le commerce compte tenu de la baisse de la clientèle du côté de l'épicerie et l'augmentation de celle de la boucherie, ce qui permettait un fragile équilibre. Dans un premier temps, Bernadette avait jugé préférable de ne pas mentionner que ses produits Avon aidaient à maintenir cet équilibre puisqu'elle-même ne prenait plus de salaire. Il serait toujours temps d'étaler toute la vérité.

Marcel n'avait pas répondu directement. Par contre, il avait affiché un franc sourire qui avait grandement soulagé Bernadette, elle qui vivait d'inquiétude en inquiétude depuis qu'elle avait constaté une baisse du chiffre d'affaires de l'épicerie, ne sachant trop comment son mari réagirait à l'annonce de leurs difficultés financières.

— Comme ça, Laura pense encore à l'épicerie ? avait alors demandé Marcel avant toute autre chose.

— On dirait ben.

Marcel avait ébauché l'ombre d'un sourire et Bernadette avait eu l'impression qu'une tonne de briques venait subitement de dégringoler de ses épaules.

— T'aurais dû la voir, toé, quand a' m'enlignait ses idées, avait-elle poursuivi avec un peu plus d'enthousiasme dans le timbre de sa voix. A' l'était pleine d'allant pis de sourires. À croire qu'a' pense juste à ça, notre fille. Entécas, ça faisait longtemps que je l'avais pas vue de bonne humeur de même. Pis ça, c'est sans parler de ta mère quand est venue nous rejoindre dans la cuisine. Imagine-toé don qu'a' l'avait réussi à convaincre son amie Noëlla d'aller au Marché Atwater, avec un de ses voisins qui aurait un char, pour vérifier les dires de Laura à propos de sortes de moutarde qu'on connaîtrait pas pis qu'y' seraient ben bonnes. A' l'en a même acheté un pot, toé. Pas plusse gros qu'un œuf pis qui coûte la peau des fesses. Mais tu connais ta mère, hein ? A' s'est pas gênée pour demander si ça se vendait ben, si le monde aimait ça, pis a' nous est revenue avec un rapport complet sur la moutarde ! Plusse c'est petit, qu'a' l'a dit, plusse c'est cher, mais curieusement, plusse ça se vend. Tu comprends-tu ça, toé ? Toujours est-il que pour astheure, ta mère est chez la tante Estelle, en bas, pour y faire goûter à sa nouvelle moutarde, mais attends qu'a' remonte, toé ! C'est sûr qu'a' va t'en parler pis même si t'aimes pas vraiment ça, de la moutarde, t'auras pas le choix d'y goûter à ton tour.

Le sourire de Marcel s'était étiré un peu plus.

— Ben, si ça prend rien que ça pour y faire plaisir, m'en vas y goûter à sa moutarde. Pis sans faire de grimace, à part de ça… Comme ça, la mère serait là-dedans elle avec ?

— On dirait ben… Mais toé, Marcel, que c'est tu dis de ça ? Après toute, c'est toé qui vas avoir le dernier mot dans cette affaire-là.

— Moé ?

Marcel était resté silencieux un bon moment.

— Moé, avait-il repris songeur, j'ai rien contre. Ben au contraire. C'est ce que j'ai toujours voulu, un commerce ousque toute la famille aurait sa place, à défaut d'avoir une chaîne de magasins comme les Steinberg. Mais depuis un boutte, j'y croyais pus. D'abord, j'ai pensé que Laura était pas intéressée. Avec son travail à l'Expo pis ses études, pis après avec sa job de psychologue, je pensais que pour elle, l'épicerie ça avait été juste une job d'été, une sorte de bouche-trou en attendant de faire d'autre chose. Faut croire que je m'étais trompé. Pis laisse-moé te dire que pour une fois dans ma vie, chus ben content de m'être trompé, calvaire ! J'aime ça, moé, travailler avec notre fille. Pis la mère, même si on se chicane souvent, elle pis moé, ça reste qu'a' l'a un bon jugement pis de savoir qu'a' va s'en mêler, ben, c'est petête fou de dire ça de même, mais moé, ça me rassure ! Antoine, y' fait sa part à sa manière pis Charles, y' est encore trop jeune pour se faire une idée. Bien que de la manière que ça va pour lui à l'école, je serais pas surpris de le voir apparaître dans le décor dans pas longtemps. Pis y a la tante Estelle qui fait pas ben ben de bruit en arrière de sa caisse, mais la clientèle l'aime ben gros. Faudrait pas l'oublier. Après ça tu me demandes ce que j'en pense, de l'idée de Laura ? Ben c'est de même que je vois ça : si d'avoir une épicerie spécialisée, comme notre fille le dit, ça peut raplomber les finances pis permettre à tout le monde de gagner sa vie, j'ai rien contre. Ben au contraire, ça me fait pas mal plaisir. Faut juste ben enligner nos affaires pour pas se planter. C'est toute.

À la fin de son long monologue, Marcel hochait la tête, de toute évidence concentré sur ses réflexions, voyant peut-être déjà, en pensée, une belle épicerie moderne comme il en avait toujours rêvé.

Bernadette avait écouté son mari sans l'interrompre. De voir qu'il prenait si bien le fait que son épicerie avait certaines difficultés financières aurait dû la réjouir, elle qui s'en était tant inquiété depuis un an, pourtant il n'en était rien. Le cœur gros, elle avait détourné la tête, soulagée de voir que Marcel ne semblait pas attendre de réponse de sa part, mais en même temps extrêmement déçue que son nom n'ait pas apparu dans la liste de ceux qu'il était heureux d'avoir à ses côtés. Probablement la tenait-il responsable de leur déconfiture et c'était sa façon à lui de le montrer. N'empêche que Bernadette espérait plus que des suppositions pour tracer la ligne de son avenir. Si Marcel ne tenait plus à sa présence au sein de l'entreprise, autant le savoir tout de suite.

— Pis moé ? avait-elle enfin demandé, d'une toute petite voix, sans oser regarder directement son mari.

— Quoi, toé ?

— Ben oui, moé… T'as parlé de tout le monde sauf de moé. T'es pas content de la job que j'ai faite ?

Curieusement, alors que Bernadette s'attendait à une réaction véhémente comme Marcel en avait le secret, ce dernier n'avait pas bougé d'un poil. Même sa physionomie n'avait pas changé, alors que, le regard vague, il fixait le vide devant lui.

— Toé ? avait-il répété au bout d'un bref silence que Bernadette avait trouvé particulièrement lourd. C'est drôle, mais j'estimais que j'avais pas besoin de le dire pasque pour moé, c'est ben clair ce que je pense de toé.

À ces mots, Bernadette avait douloureusement avalé sa salive.

— Que c'est qui est aussi clair que ça, Marcel ? avait-elle réussi à demander d'une voix étranglée. Que j'ai mal faite ma job, pis que c'est de ma faute si l'épicerie est dans le trouble ?

— Me semble que c'est pas vraiment de ça qu'on parlait.

— Ah non ?

— Pantoute. Pour moé, c'est de l'avenir qu'on parlait. Pas du passé. Pis si on est capables de juste penser à l'avenir, c'est que le passé est pas si mal. Non ?

— Ouais… Petête. N'empêche que…

— Laisse-moé finir, Bernadette, laisse-moé finir. Si t'as de quoi à rajouter, tu le feras après… Pour astheure, ce qu'y' faut que tu comprennes, c'est que toute ce qui est à moé, dans un sens, c'est aussi à toé. C'est pour ça que j'ai pas parlé de toé. L'épicerie, c'est pas juste mon épicerie, c'est notre épicerie. De la même manière que ma famille, c'est pas juste ma famille, mais que c'est notre famille. Chus… Chus pas ben calé dans les grandes déclarations, tu le sais. Je pense que je t'ai jamais dit que je t'aimais pasque pour moé, depuis le jour ousque je t'ai demandée en mariage, c'est clair pis quand c'est clair, on a pas besoin de perdre son temps à le dire. Ça fait que si j'ai pas parlé de toé, t'à l'heure, c'est juste que dans ma tête, toé pis moé, c'est pareil. Faut surtout pas croire que tu y es pour quèque chose dans la baisse des profits. C'est Laura qui a raison quand a' dit que le monde a changé. Que les habitudes du monde sont pus pareilles. Pis ça, Bernadette, c'est toujours ben pas de ta faute à toé pis j'aurais pas faite mieux que toé. C'est de même, un point c'est toute. Mais une chose est sûre, par exemple, c'est que l'avenir de l'épicerie, c'est avec toé à côté de moé que je le vois. Pas autrement. Les enfants, eux autres, y' vont petête s'en aller, un jour. Ça leur appartient de décider de leur vie. Comprends-moé ben, c'est pas ça que je souhaite mais ça peut arriver, pis faudra pas leur en vouloir pour autant. J'ai ronné ma vie à ma guise, pis ça va être pareil pour eux autres. J'ai pour mon dire que c'est juste pour ça qu'on élève des enfants : pour qu'y' soyent capables, un jour, de ronner leur vie à leur convenance… Ouais… La mère pis la tante Estelle, eux autres, petête ben qu'a' vont être là encore pour un boutte. Dans la logique de ce que je t'ai dit t'à l'heure, ça serait juste tant mieux. Mais dans la normalité des choses, les risques de les voir s'en aller avant nous autres sont grands. Ça serait juste normal que ça soye de même que ça se passe. Mais toé pis moé, c'est pas pareil. Pas pareil pantoute. Je… Je sais pas toujours comment dire les choses, Bernadette. Ben des fois, j'aurais aimé ça que tu soyes dans ma tête pour pas avoir à m'expliquer, pasque les mots venaient pas ou ben y' venaient toutes croches. Pis tu le sais, à part de ça ! On s'est pas chicanés pour rien, calvaire ! Combien de fois c'est arrivé que j'étais pas capable de dire ce que je pensais, hein ? Ça vaut pour aujourd'hui, crains pas. Ça fait que quand je parle de l'épicerie, toute ce que je dis pour moé, c'est pour toé avec que je le dis. Pis c'est de même que je veux que tu le comprennes. Pasque… Pasque si t'étais pus là à travailler avec moé, une journée après l'autre, je pense que j'aurais pus envie de m'oc-cuper de l'épicerie. Même la boucherie me dirait pus grand-chose. Vraiment pus… Tu m'as demandé t'à l'heure ce que je pensais de l'idée de Laura ? Ben je te répondrai qu'à première vue, j'en pense juste du bien. C'est vrai que d'arriver avec quèque chose de différent, ça peut pas faire de tort. Pas pantoute.

Tout en parlant, Marcel marchait de long en large dans leur chambre.

— Les nouveautés, c'est souvent ça qui attire les clients. Mais toute ce chambardement-là, c'est en autant que t'es d'accord avec moé, par exemple. Si toé t'es contre, on va se mettre d'accord avant d'en reparler avec Laura pis la mère. La seule chose que je te demanderais, c'est d'attendre après Noël pour regarder ça, pasque pour les semaines qui s'en viennent, toé pis moé, on va être débordés. Quand Noël s'en vient, on a toujours plusse d'ouvrage.

Marcel avait parlé de l'épicerie, mais ce soir-là, Bernadette avait entendu la plus belle déclaration d'amour. Émue, elle avait retiré le couvre-lit et l'avait méticuleusement replié au pied de leur lit. Puis, la voix enrouée, elle avait rétorqué, en battant les oreillers pour se donner une certaine contenance :

— Si c'est de même que tu vois ça, mon homme, tu peux compter sur moé. Tant que l'épicerie va faire partie de la famille Lacaille, m'en vas être là, avec toé. Pis chus d'accord, moé avec, d'attendre après les fêtes pour regarder toute ça à tête reposée. Pour astheure, avant de nous coucher, m'en vas passer par le salon pour en aviser Laura pis ta mère.

Voilà pourquoi, en ce matin glacial de janvier, Marcel déposa bien en évidence sur le bureau de Bernadette, entre deux toux sèches, une liasse de papiers couverts de ses calculs et de ses plans grossiers pour avoir son approbation.

Si elle était d'accord, ce soir ils feraient une réunion de famille et plus tard cette semaine, ils se présenteraient à la banque, tous les deux, afin de négocier un emprunt pour mettre le projet en branle.

* * *

La tête blottie au creux de l'épaule de Bébert, Laura racontait à voix basse la soirée qu'elle avait vécue la veille, alors que sa famille au grand complet était réunie au salon et qu'ils avaient discuté tous ensemble de l'avenir de l'épicerie.

— Je crois bien que c'était la première fois que ça arrivait que l'on traite d'un projet d'une telle envergure et que toute ma famille soit impliquée. Même Charles était là.

— Ben chanceuse qu'y' aye eu une première fois.

Il y avait une pointe de déception dans la voix de Bébert.

— Chez nous, c'est jamais arrivé.

— Mais chez vous, il n'y a jamais eu de projet comme le nôtre.

— C'est vrai. Pis ? C'est quoi la décision finale ?

— On va de l'avant ! Popa m'a demandé de tout mettre sur papier. Il veut que le projet soit bien présenté, bien fignolé. En fait, avec les photos que j'ai prises l'an dernier dans les épiceries européennes, je crois que je vais arriver à monter un bon dossier. Un dossier suffisamment convaincant pour que la banque dise oui. De son côté, Antoine va faire les plans. Popa lui a bien expliqué comment il voyait la future épicerie et…

Jamais Bébert n'avait entendu autant d'enthousiasme dans la voix de Laura. Durant un bref mais désolant moment, il se dit que même quand ils parlaient de leur avenir, Laura ne démontrait pas autant de ferveur. Pourtant, il savait qu'elle l'aimait. La preuve, c'était qu'en ce moment, il n'y avait que la lune comme témoin de leur discussion tandis qu'ils étaient allongés sous l'édredon de son lit après avoir fait l'amour.

Bébert resserra son étreinte autour des épaules de Laura.

Depuis l'été, ces moments d'intimité étaient devenus réguliers dans le cours de leurs semaines.

Pour Bébert, le souvenir qu'il garderait des quelques jours passés à Woodstock ne serait pas simplement celui d'un grand événement musical, même si de ce côté-là, ils avaient été royalement servis. Les Jimmy Hendrix, Carlos Santana et autres avaient réussi à les faire vibrer d'émotion, Laura et lui. Mais à ses yeux, l'important ne se situerait jamais à ce niveau quand il repenserait à Woodstock, parce que les souvenirs précieusement gardés seraient plutôt ceux du début d'un amour et d'un désir partagés. Ce serait celui d'une banquette d'auto, garnie d'une vieille couverture de laine en guise de lit, puisqu'il n'y avait ni motels ni hôtels à Bethesda, la ville à proximité dont il ne se rappelait jamais le nom. Ce serait aussi le souvenir des regards fiévreux échangés entre deux pièces musicales et des étreintes dans le noir, avec le reflet des feux de camp allumés un peu partout autour d'eux et qui dessinaient des ombres fantasmagoriques sur le dossier des banquettes de sa vieille auto.

Était-ce l'ambiance générale qui avait amené Laura à s'abandonner à lui avec autant de spontanéité, de confiance ?

Était-ce la voix rauque de Janis Joplin ou la musique envoûtante de Ravi Shankar ?

Bébert n'avait pas cherché à savoir. Ensemble, ils avaient découvert une dimension de l'amour qui n'appartenait qu'à eux et bien qu'il eût préféré le vivre au grand jour, jusqu'à maintenant et faute de mieux, Bébert s'en contentait.

Blottie tout contre son fiancé, comme elle s'amusait à l'appeler, Laura continuait de babiller comme une pie, visiblement heureuse.

— … et tu devrais voir ma grand-mère ! Je crois que je ne l'ai jamais vue d'aussi bonne humeur. Tandis qu'Antoine fait les plans, que moi je monte le dossier, elle, elle prend de l'avance, comme elle nous l'a dit au souper, tout à l'heure. Elle est en train d'écumer les marchés Jean-Talon et Atwater pour dénicher de nouveaux produits.

Sur ces mots, Laura égrena un petit rire.

— Quand j'ai parlé de moutarde, juste à titre d'exemple, je ne pensais jamais que ça ferait un si long bout de chemin ! Aujourd'hui, imagine-toi donc qu'elle nous est revenue avec un dossier sur les vinaigres ! Elle a rencontré quelqu'un, une connaissance, un voisin de son amie Noëlla, si j'ai bien compris, et ce voisin-là aurait une auto. Je ne sais pas s'il savait dans quoi il s'embarquait quand il a mis son auto à la disposition de ma grand-mère, mais sa proposition n'est pas tombée dans l'oreille d'une sourde ! Laisse-moi te dire qu'avec grand-moman qui prend le projet très au sérieux, cette personne-là ne chômera pas !

La voix de Laura pétillait de plaisir, de gentille moquerie.

— Mais j'aurais dû m'en douter ! Elle est comme ça, grand-moman ! Quand quelque chose l'intéresse, elle est d'une curiosité insatiable.

— J'ai l'impression que tu l'aimes bien.

Un frisson traversa la chambre, tandis que Laura se raidissait imperceptiblement dans les bras de Bébert.

— Oui, avoua-t-elle franchement. Pourtant, Dieu sait qu'elle me faisait peur quand j'étais petite. Sa voix rauque, ses remarques pas toujours gentilles, sa manie de toujours nous surveiller… Non, je ne l'aimais pas beaucoup quand j'étais petite… Je ne sais pas ce qui a fait qu'un jour, elle a changé à ce point… En fait, elle n'a pas changé, reprit Laura après un court moment de réflexion. Je crois que grand-moman a toujours été une femme généreuse. C'est sa façon de le montrer qui a changé. Et petit à petit, on a appris à se connaître, elle et moi. On a appris à s'apprécier. On peut passer des heures à jaser ensemble sans jamais se tanner. On a toujours quelque chose à dire, à discuter, et elle est souvent de bon conseil.

— Tant que ça ?

— Et même plus ! Cette femme-là est d'une écoute exceptionnelle.

— Pourquoi, d'abord, t'arrives pas à lui parler de nous deux ? Parce que, si j'ai bien compris, c'est un peu beaucoup à cause d'elle si on doit encore se cacher.

— Ou peut-être à cause de ta grand-mère à toi et d'un de tes oncles ? suggéra sèchement Laura, sur la défensive. C'est juste une question de perspective.

— Oublie le passé, veux-tu ? Je me fous pas mal de ce qui a pu arriver il y a quarante ans. Sacrifice, j'étais même pas né ! L'important pour moi, c'est ce qui se passe entre nous deux, maintenant. Tes parents, eux, ils accepteraient de nous voir ensemble, n'est-ce pas ?

Du bout de l'index, camouflant son impatience, Bébert caressait l'épaule de Laura qui se contenta d'un long soupir en guise de réponse.

Comment lui expliquer que le moment était bien mal choisi pour tenter une réconciliation entre les Gariépy et sa grand-mère ? En effet, si Laura échouait dans sa tentative, c'est son avenir au sein du commerce qui risquait d'être compromis et cela, Laura n'était pas du tout prête à l'accepter. Elle en avait trop rêvé. Cependant, elle était consciente que Bébert était infiniment patient et c'était un peu pour cela qu'elle avait décidé, dans un moment de grande tendresse, de se donner à lui avant le mariage. Car pour elle, nul doute qu'un jour il y aurait mariage. Et en grandes pompes !

— Je le sais que ça doit te paraître bien compliqué, tout ça, soupira-t-elle enfin. Mais qu'est-ce que tu veux que je te réponde ? Oui, c'est à cause de ma grand-mère si on doit se cacher face à ma famille. Il y aurait bien ma mère à qui j'oserais en parler, mais dans l'état actuel des choses, avec tous les chambardements qui s'en viennent à l'épicerie, je ne peux pas. Elle a suffisamment de soucis comme ça. Pas besoin d'ajouter nos projets sur le tas ! Pas pour l'instant, en tout cas !

Dire que Bébert était déçu serait un euphémisme. Malgré tout, il garda pour lui sa déception, mais aussi la colère qu'il ressentait envers une vieille femme qui cultivait inutilement une rancune datant d'un demi-siècle et qui ne le concernait pas. S'il y avait eu injustice par le passé, lui, Robert Gariépy, il n'y était pour rien et Évangéline Lacaille allait devoir finir par le reconnaître et accepter le fait que Laura et lui, c'était sérieux.

Que Laura et lui, c'était pour la vie…

Alors que Bébert allait tenter, pour la énième fois, de convaincre Laura de faire un petit effort pour parler avec sa grand-mère, la jeune femme se souleva sur un coude et jeta un coup d'œil machinal sur le cadran, posé sur la table de chevet. Les aiguilles phosphorescentes la rappelèrent à l'ordre.

— Maudite marde ! Déjà neuf heures et demie !

D'un geste impatient, Laura repoussa la main de Bébert, toujours posée sur son épaule. Brusquement, la gentille caresse devenait agaçante.

— Faut que je parte ! Un peu plus pis j'allais être en retard.

Tout en parlant, Laura avait tiré sur l'édredon.

— Il ne manquerait plus que ma mère décide de me questionner parce que j'arrive à la maison en retard. Je suis certaine que je me mettrais à rougir comme une tomate sans savoir quoi répondre.

Laura était déjà assise sur le bord du lit pour se lever et elle avait commencé à enrouler la couverture autour d'elle. Malgré la noirceur qui régnait dans la chambre, elle n'arrivait toujours pas à se montrer nue devant Bébert. Surpris par la soudaineté de la réaction de Laura, ce dernier l'attrapa par la main et l'attira vers lui.

— Voyons don, Laura! Pars pas si vite! Pourquoi tant de presse? Encore cinq minutes, s'il te plaît!

D'un petit geste sec, Laura dégagea sa main.

— Bébert! Fais pas le bébé! Tu le sais que je dois rentrer pour dix heures.

Cette fois-ci, le jeune homme ne put retenir le soupir d'exaspération qui lui vint spontanément.

— Tu ne trouves pas que ça dépasse les bornes, d'avoir encore une heure pour rentrer à ton âge?

À demi cachée par la couverture déposée sur ses épaules, Laura lui tournait volontairement le dos et elle s'habillait avec fébrilité. Elle jeta un bref coup d'œil derrière elle.

— Oui, c'est exagéré, admit-elle sans hésitation. Mais qu'est-ce que tu veux que j'y fasse? Chez nous, c'est ma mère qui décide. J'aurais beau avoir cinquante, soixante ans, ça serait pareil.

— Est-ce que j'ai le droit de dire que j'en ai assez?

— Tout à fait. Tu peux même le crier si tu veux, je comprendrais. Mais ça ne changerait pas grand-chose. Sur certaines questions, au nom de ses sacro-saints principes, ma mère est capable d'être encore plus entêtée que ma grand-mère.

— Et c'est à elle que tu vas éventuellement parler de nous

deux pour qu'elle intercède auprès de ta grand-mère ?

Il y avait de la perplexité dans la voix de Bébert, accompagnée de nervosité.

— Me semble que…

— Est-ce que j'ai le choix ? interrompit Laura. À qui veux-tu que je parle à part ma mère ? Sûrement pas à mon père !

— Ouais, vu de même…

Laura avait fini de s'habiller. Elle revint vers le lit et déposa l'édredon sur Bébert. Puis, jugeant qu'elle pouvait prendre trente secondes supplémentaires, parce qu'elle non plus, elle n'avait pas tellement envie de laisser Bébert, elle s'assit sur le bord du matelas et passa la main dans les cheveux de son amoureux.

— Je le sais que ce n'est pas facile, tout ça. Moi aussi, j'ai hâte de ne plus avoir trois pâtés de maisons à arpenter chaque soir pour être avec toi. Moi aussi, j'ai hâte d'être chez nous, Robert. D'être dans nos affaires à nous !

Robert…

Le jeune homme se souleva sur un coude et à la lueur de la lune, il soutint le regard de Laura.

— Pas autant que moi, murmura-t-il, glissant un doigt sur l'arrondi de la joue de Laura. J'ai hâte de vivre avec toi depuis des années, mais le temps a beau passer pis passer, j'ai l'impression que ça n'arrivera jamais.

— Donne-moi jusqu'au printemps. Promis, quoi qu'il arrive avec l'épicerie, au printemps, je parle à ma mère.

— Promis ?

— Je viens de te le dire : promis. Maintenant, par contre, il faut que je m'en aille. Je suis déjà en retard.

— Pantoute !

D'un coup de pied, Bébert avait repoussé la couverture. Moins prude que Laura, il était déjà debout, se souciant fort peu de la nudité de son corps. Se penchant, il déposa un baiser sur le front de Laura.

— Donne-moi deux menutes, trésor ! Je m'habille en vitesse pis j'vas te reconduire. Comme ça, tu vas même être en avance pis ça va faire plaisir à ta mère ! Pis moi, ben, j'vas avoir droit à un gros cinq menutes de plus avec toi !

Et cette fois-ci, il y avait une pointe de gourmandise dans la voix de Bébert.

CHAPITRE 6

A child asks his mother do you love me
And it really means will you protect me
His mother answers him I love you
And it really means you've been a good boy
And as the years go by
True love will never die

As the years go by
Mashmakhan
(P. Senecal)

Montréal, samedi 31 janvier 1970

Armée d'un café et d'une brioche, Émilie poussa la porte de son atelier avec l'épaule et entra dans la pièce ensoleillée.

— Enfin seule ! lança-t-elle avec entrain en déposant son assiette et sa tasse sur un petit meuble d'appoint.

Après le déjeuner, Marc avait quitté la maison avec tous leurs enfants pour une sortie avec les grands-parents.

— Profites-en, ma chérie, la journée est à toi !

Émilie s'était contentée de sourire avec une satisfaction béate. Avec un peu de chance, toute la bande ne serait de retour que pour le souper.

Elle ne se rappelait plus le jour où elle avait pu profiter de quelques heures bien à elle, sans enfants ni mari, sans courses à faire ou ménage à entreprendre. Depuis la naissance de son dernier enfant, une adorable petite fille que Marc et elle avaient décidé d'appeler Rosalie, en souvenir de leur première fille décédée à la naissance, Émilie avait l'impression de courir du matin au soir, essayant tant bien que mal de garder quelques heures chaque semaine pour les consacrer à la peinture.

— Au moins, quand Antoine venait pour ses cours, lança-t-elle en rapprochant son chevalet de la fenêtre auréolée par la clarté de cette belle matinée d'hiver, je n'avais pas le choix de prendre du temps pour lui et en même temps, j'en prenais pour moi. Alors que maintenant…

Émilie s'arrêta en plein élan et regarda tout autour d'elle. Depuis la première exposition d'Antoine à New York, alors qu'elle-même apprenait qu'elle attendait un cinquième enfant, les mois avaient passé si vite ! Débordée, elle en avait négligé l'atelier qui avait exactement la même allure que du temps où son jeune élève venait tous les samedis matin. Le chevalet d'Antoine était encore à gauche de la fenêtre et la petite table où il déposait ses tubes de couleur et ses pinceaux était couverte de poussière.

Une bouffée de tristesse, fortement teintée de nostalgie, envahit aussitôt le cœur d'Émilie.

— Le temps a donc bien passé vite !

La petite Rosalie aurait bientôt trois ans. Ce n'était plus vraiment un bébé. Malgré cela, Émilie n'arrivait pas à gérer son temps comme elle le faisait auparavant. Elle avait appris par Anne qu'Antoine préparait des toiles pour un quatrième vernissage à New York et un deuxième à Paris, ce qui était loin d'être son cas.

— Va falloir que ça change ! grommela-t-elle. Ça fait

deux vernissages que je refuse faute de temps. Ça n'a pas une miette de bon sens ! J'adore mes enfants et ma famille, pas de doute là-dessus, mais j'adore peindre aussi… Oui, vraiment, va falloir en discuter, Marc et moi, et trouver une solution durable.

Émilie s'ennuyait du temps où sa vie était parfaitement équilibrée, voguant harmonieusement entre la famille et la peinture. Elle s'ennuyait d'Antoine et de leurs discussions, même si le jeune garçon arrivé chez elle à la suite d'une demande de sa sœur Anne était plutôt taciturne. Elle l'avait vu changer, évoluer au fil des années, s'épanouir petit à petit et elle avait osé croire qu'elle y était pour quelque chose.

Aujourd'hui, Antoine se débrouillait sans elle et Émilie regrettait de ne plus rien avoir à lui enseigner.

— L'élève a dépassé le maître, murmura-t-elle, songeuse, revoyant en pensée les nombreuses heures où elle avait peint en compagnie du jeune garçon, le guidant et s'émerveillant de voir les paysages éclore sous les coups de son pinceau. Si au moins il m'appelait de temps en temps pour me donner de ses nouvelles…

Malheureusement, Antoine n'appelait jamais. Les quelques nouvelles qu'elle avait de lui, elle les glanait auprès de monsieur Longfellow, le propriétaire de la galerie new-yorkaise, ou d'Anne, sa jeune sœur voisine des Lacaille.

— Et encore, murmura Émilie avec une réelle déception dans la voix. C'est plutôt rare qu'Anne m'appelle. C'est vrai qu'avec son mari malade…

Au souvenir de cette période sombre dans leur vie familiale, Émilie poussa un long soupir. Pour une des rares fois de sa vie, Émilie et sa mère avaient eu un différend majeur lors de l'infarctus de Robert Canuel, le mari d'Anne. Quelques mois plus tard, lors du dîner de Pâques organisé par Émilie, Blanche avait osé dire qu'elle s'y attendait et qu'elle avait même mis sa fille en garde, avant son mariage.

— Ça n'avait aucun sens de marier un homme aussi âgé, avait-elle lancé à brûle-pourpoint alors que les deux femmes étaient au salon à prendre un café après le repas. Allons donc! Elle avait tout juste dix-huit ans. Robert aurait pu être son père, peut-être même son grand-père! Je n'ai jamais vu mariage plus ridicule que celui-là. On voit ce que ça donne aujourd'hui, n'est-ce pas? Anne ne peut s'en prendre qu'à elle-même car je l'avais prévenue! Elle est chanceuse que ça ne soit pas arrivé plus tôt.

— Voyons, maman! Ça ne se dit pas, des choses comme celle-là! Avec le ton que tu viens d'employer, j'ai vraiment eu l'impression que ça te faisait plaisir de savoir Robert malade. Comme si tu voulais à tout prix avoir raison.

— C'est ridicule, ce que tu viens de dire là, ma pauvre Émilie.

Blanche parlait de sa petite voix sèche, celle qui ne tolère ni remarque ni opposition. Qu'à cela ne tienne, Émilie, elle, avait justement envie de s'obstiner, par devoir, par sens de la justice!

— Du tout! C'est toi qui dis des choses insensées, maman. Anne aime son mari et l'a toujours aimé. L'âge n'a rien à voir là-dedans. Heureusement qu'Anne n'est pas ici et qu'elle ne t'a pas entendue.

— Pourquoi?

Blanche avait alors haussé les épaules, avec une petite grimace exaspérée, tout en frottant une tache imaginaire sur sa jupe.

— Ce que j'ai dit n'est que la vérité, ma pauvre Émilie.

Ça ne me fait pas plaisir de voir ta sœur dans un tel pétrin, mais si elle m'avait écoutée, elle n'en serait pas là. Quant à son absence à ton dîner, écoute bien ce que je vais te dire : Anne ne se joindra plus très souvent à nous. Avec l'hospitalisation de son mari, une partie de sa vie vient de s'arrêter, la pauvre enfant. Les petits plaisirs, les sorties, les rencontres familiales, c'est du passé. Je le sais, je l'appelle régulièrement et elle n'arrête pas de dire qu'elle n'a plus le temps de rien faire. Pas même quelques minutes pour me parler, c'est te dire, n'est-ce pas ? Entre la procure et les visites à l'hôpital, il ne reste plus grand temps pour Anne. La musique, c'est bien fini pour elle.

Blanche avait accentué la gravité de ses propos par une suite de petits hochements de la tête.

— Si elle avait tenu compte de mes avertissements, aussi ! Au lieu de jouer à l'infirmière, ta sœur aurait droit, à l'heure où nous parlons, à une belle carrière. Après tous les sacrifices consentis pour elle…

— Ce n'est pas vrai, coupa Émilie qui commençait à s'emporter pour de bon.

— Comment ça, pas vrai ? Elle a du talent à revendre, ta sœur ! Une belle carrière était sûrement à sa portée. C'est son vieux mari qui…

— Laisse Robert en dehors de ça, veux-tu ! Rien de ce qui est arrivé n'est de sa faute. Et toi, tu n'as rien compris de ce que je voulais dire. Je le sais qu'Anne est bourrée de talent. Comme pianiste, elle est difficile à battre. Non, ce que je veux dire, c'est que tu n'y es pour rien dans ce talent qu'elle a su développer et amener à maturité.

— Pardon ? Tu as du front tout le tour de la tête, ma fille, pour oser me dire ça ! Si je me souviens bien, c'est moi qui faisais abstraction de mes migraines pour que ta sœur puisse faire ses gammes. Pas toi. Combien de fois j'ai souffert le martyre pour elle ! Mais tu ne peux pas le savoir, tu n'habitais plus avec nous à cette époque.

— Mettons, oui, que c'est arrivé à quelques reprises.

À ces mots, Blanche avait levé les yeux au ciel dans une caricature extrêmement bien ciselée de la dignité bafouée. Si sa douce Émilie en était rendue à lui tenir tête, c'est que le monde se portait fort mal.

— Par contre, avait poursuivi celle-ci sans tenir compte de la mine outragée de sa mère, je me souviens très bien que plus tard, Anne t'a suppliée de faire venir son piano du Connecticut, quand tu as exigé qu'elle revienne vivre avec toi. Mais toi, tu as refusé sous prétexte que...

— Alors là, je t'arrête, ma pauvre Émilie. Mais qu'est-ce que tu as aujourd'hui ? Là encore, tu divagues. Je ne suis pas l'instigatrice de ce fâcheux revirement de situation. Ton père est l'unique responsable. C'est lui qui m'a abandonnée sans ressource pour courir après les jupons de cette, cette... Oh ! J'aime mieux ne pas parler.

— En effet, tu ferais mieux de te taire.

Même si Émilie n'avait jamais porté Antoinette dans son cœur, puisqu'elle tenait la compagne de son père responsable de l'échec de leur vie familiale, elle n'acceptait pas, cependant, que l'on médise d'elle sous son toit. Mais en même temps, elle détestait les disputes et les rancunes.

— Et si on parlait d'autre chose, maman ? fit-elle dans un louable effort de ramener la paix entre elles.

— D'accord, mais ça va être pour une autre fois.

Blanche était déjà debout et du regard, elle cherchait son sac à main.

— Cette discussion m'a épuisée. Je sens que la migraine ne tardera pas. Tu vas devoir m'excuser. Je crois que je vais rentrer.

À ce souvenir, Émilie ferma les yeux en secouant la tête.

— Pauvre maman, murmura-t-elle avec indulgence. Elle ne changera jamais.

N'empêche que Blanche avait eu raison en disant qu'Anne déserterait dorénavant leurs rencontres familiales. Depuis l'hospitalisation de Robert, elle n'avait jamais donné suite aux invitations d'Émilie.

— Tout comme Charlotte, finalement. Dans le fond, il ne reste pas grand-chose de notre famille, constata Émilie en se laissant tomber sur la première chaise venue, n'ayant plus tellement le cœur à la peinture. Anne travaille sans relâche, Charlotte n'est plus que l'ombre d'elle-même depuis le départ d'Alicia, et papa vit au bout du monde avec mamie et Jason. Une chance que maman est là, malgré tout, sinon mes enfants n'auraient plus aucun contact avec les miens. C'est dommage… Vraiment dommage.

Émilie leva la tête et par réflexe, elle qui avait peint sa cour si souvent, elle porta les yeux vers les sapins enneigés qui se chauffaient au soleil de midi. Leurs branches alourdies par une récente tempête ployaient jusque sur le sol et Émilie pensa que cela ferait un superbe tableau.

Mais elle n'avait plus du tout envie de se mettre au travail.

Les souvenirs qui étaient venus la hanter lui avaient dérobé le plaisir ressenti un peu plus tôt dans la journée. Autant elle avait été ravie d'envoyer joyeusement la main aux enfants qui partaient et comblée de se retrouver seule, autant présentement cette solitude lui pesait. Brusquement, ses enfants et son mari lui manquaient terriblement. Ils étaient son assurance et son bonheur, son port d'ancrage. Sans eux, sa vie n'aurait plus aucun sens.

Pourtant, avant eux, il y avait eu une tout autre famille. Celle des Deblois, des trois sœurs Deblois.

— Et que reste-t-il de cette famille ? Trois femmes qui ne se voient presque plus, qui ne se connaissent presque plus. Quant aux parents...

Émilie échappa un long soupir.

— Quel gâchis !

Émilie se releva lentement, ayant l'impression d'avoir vieilli de plusieurs années en quelques minutes à peine. Elle reprit son assiette où la brioche avait commencé à sécher et sa tasse de café refroidi, puis elle referma doucement la porte de l'atelier sur elle. Pas question de peindre aujourd'hui.

— Mais pas question, non plus, de faire du ménage, lança-t-elle aux murs de sa cuisine quand elle y entra pour déposer sa vaisselle dans l'évier.

C'est alors qu'elle décida, sur un coup de tête, qu'elle irait visiter ses sœurs.

— Depuis des mois que je me promets de le faire et que je me plains que je n'ai jamais le temps. C'est aujourd'hui ou jamais !

Émilie était déjà dans l'escalier qui menait à l'étage des chambres, heureuse de cette diversion. Elle passerait d'abord chez Charlotte pour prendre de ses nouvelles, puis elle ferait un saut à la procure où elle savait que sa jeune sœur passait tous ses samedis. Elle profiterait de l'occasion pour l'inviter à souper. Dès le lendemain.

— Le temps de me changer et je suis partie !

Une heure plus tard, emmitouflée dans son manteau et le visage caché par une chaude écharpe de laine, Émilie la frileuse sonnait à la porte de bois massif de la maison des Leclerc. Les deux autos stationnées dans l'entrée laissaient supposer qu'elle ne s'était pas déplacée pour rien : Charlotte devait être chez elle.

Émilie recula d'un pas pour admirer la façade de la maison de pierres que Charlotte habitait depuis son mariage avec le docteur Jean-Louis Leclerc et elle ne put s'empêcher de l'envier. Charlotte, après un départ difficile dans la vie, avait eu nettement plus de chance que ses deux sœurs. Elle n'avait jamais manqué de rien, elle avait voyagé un peu partout dans le monde, elle avait une auto de l'année et ses deux filles avaient le privilège de fréquenter les meilleurs couvents.

— Sa fille Clara fréquente les meilleurs couvents, rectifia Émilie tout en tendant la main pour sonner une seconde fois tandis qu'elle sautillait sur place pour se réchauffer les pieds. Parce qu'Alicia, elle, a dépassé cet âge-là depuis longtemps. De toute façon, elle ne vit même plus ici.

Brusquement, Émilie comprit que la maison cossue et l'auto de l'année étaient bien peu de choses quand on se languissait de l'un de ses enfants. Et c'était sûrement pour cette raison que Charlotte ne donnait jamais signe de vie. Elle-même se satisfaisait peut-être d'une voiture d'occasion quand elle devait la changer et ses enfants devaient se contenter de l'école du quartier. Même si Marc gagnait bien sa vie, ils n'étaient pas riches et ils devaient faire attention à chaque dépense, surtout depuis qu'elle n'avait plus le temps de peindre comme elle le faisait auparavant. Par contre, toute sa famille était en santé, heureuse, et surtout, chacun de ses enfants vivait auprès d'elle. Que demander de plus ?

La porte s'ouvrit enfin sur un Jean-Louis tout souriant.

— Émilie ! Quelle belle visite. Entre, on gèle !

Celle-ci ne se fit pas prier et frissonnante, elle se glissa à l'intérieur de la maison qui sentait bon le feu de bois et le café.

— Je peux t'offrir quelque chose ? Un café, un thé, un chocolat chaud ?

Jean-Louis l'aida à retirer son manteau et le suspendit à la patère.

— Oh oui ! Un chocolat ! s'exclama Émilie en se frottant les mains l'une contre l'autre. Ça fait une éternité que je n'en ai pas bu. C'est curieux, mais les enfants chez moi n'aiment pas ça. Pas un seul qui veut boire du chocolat chaud. Juste du froid et encore, à l'occasion seulement.

— Curieux en effet... Suis-moi à la cuisine et je vais te préparer le meilleur chocolat chaud du monde !

— Rien que ça ?

— Je te le dis... Et toi ? Comment ça va ? Les enfants, le mari ?

Jean-Louis s'affairait, sortait le lait, un chaudron, la boîte de Quick.

— Ça va... À part le fait que je ne vois plus jamais mes deux sœurs, on peut dire que ça va... Charlotte est là ?

À peine le nom de Charlotte fut-il prononcé qu'Émilie eut l'impression, bien fine et bien ténue, que Jean-Louis était mal à l'aise.

Il prit tout son temps pour mesurer le lait et la poudre de chocolat. De toute évidence, il hésitait avant de répondre. « Tout comme, finalement, on a tardé à me répondre quand j'ai sonné à la porte », pensa aussitôt Émilie.

— Charlotte ? Non... Euh oui ! En fait, elle est au lit. Une vilaine grippe accompagnée d'un bon mal de tête. Je te fais ton chocolat et je vais monter pour voir si elle peut te recevoir...

Mais Émilie n'avait plus envie de boire du chocolat. L'accueil si chaleureux cachait bien mal une réticence qu'elle était surprise de ne pas avoir perçue plus tôt.

Émilie poussa un soupir de déception. Cette réserve ne datait pas de ce matin, loin de là ! En rafale, elle se rappela les invitations refusées, les excuses et les prétextes pour ne pas se présenter chaque fois qu'il y avait une réunion familiale. Charlotte avait même décliné l'invitation à se rendre au Connecticut pour le centenaire de mamie, leur grand-mère paternelle.

Et dans son cas, ce n'était pas une simple question de budget et de travail comme Anne l'avait invoqué !

D'un geste impatient de la main, Émilie fit signe à Jean-Louis de remettre la pinte de lait au réfrigérateur et d'éteindre le rond du poêle.

— Finalement, je n'ai pas soif... Je suis désolée. Par contre, si tu me disais franchement ce qui ne va pas ?

Penaud, Jean-Louis se tourna vers sa belle-sœur, le chaudron à la main.

— Je suis un mauvais menteur, n'est-ce pas ?

Émilie lui adressa un petit sourire.

— Tu ne sais pas à quel point ! concéda-t-elle. Alors ? Qu'est-ce qui se passe ? Charlotte est-elle vraiment ici ?

Affairé à remettre la poudre de chocolat dans la boîte, Jean-Louis répondit sans lever les yeux.

— Oui. Ça c'est vrai. Et c'est vrai aussi qu'elle est dans sa chambre comme je te l'ai dit tout à l'heure.

— Alors je monte la voir.

Déterminée, Émilie repoussait déjà sa chaise pour se lever. De la main, Jean-Louis tenta de la retenir.

— Une minute, Émilie, tu ne peux pas...

— Qu'est-ce que je ne peux pas faire, Jean-Louis ? demanda la jeune femme en levant les yeux vers son beau-frère. Charlotte est ma sœur, il ne faudrait pas l'oublier. Et depuis plus d'un an, c'est à peine si j'ai échangé trois mots avec elle. Est-ce que c'est normal ?

— Non, tu as raison, reconnut Jean-Louis.

— Alors ? Qu'est-ce que je devrais faire selon toi ? demanda Émilie en ouvrant les bras d'incompréhension. Boire un chocolat chaud comme si de rien n'était et m'en retourner chez moi annoncer aux miens que vous vous portez tous à merveille ?

— Je crois, oui, que c'est ce que Charlotte voudrait que tu fasses, répondit Jean-Louis en haussant les épaules.

— Ah oui ? Vraiment ? Ai-je le droit de te répondre que je trouve ça un peu bête, pour ne pas dire carrément ridicule ?

— Effectivement, ce n'est pas comme ça que le problème va se résoudre, admit Jean-Louis sans hésiter. Ça fait plusieurs fois que je le dis.

Émilie ouvrit tout grand les yeux. De toute évidence, elle ne comprenait pas.

— Parce qu'il y aurait un problème ? demanda-t-elle, sidérée. Première nouvelle que j'en ai. J'aurais dit ou fait quelque chose qui aurait blessé ma sœur au point qu'elle refuse de me parler depuis plus d'un an ? Ça me dépasse ! Mais savoir cela ne fait que renforcer ma décision. Alors tu vas m'excuser et quitte à déplaire à ma sœur, je veux en avoir le cœur net, comme le dirait notre mère. Ce n'est pas en entretenant une bouderie que je ne comprends pas, d'ailleurs, que les choses vont se régler. Je monte !

— Fais comme tu veux.

Curieusement, Jean-Louis semblait heureux, ou peut-être

tout simplement soulagé, de voir l'entêtement de sa belle-sœur.

— Mais je tiens à te dire une chose, cependant, ajouta-t-il précipitamment avant qu'Émilie quitte la pièce. Ce n'est pas une bouderie, comme tu sembles le croire. C'est beaucoup plus profond que ça, beaucoup plus sensible, et Charlotte ne t'en veut pas le moins du monde. Rien n'est vraiment de ta faute dans tout ça.

— Rien n'est de… Je comprends de moins en moins. Pourquoi Charlotte refuse-t-elle de me parler, alors ?

— Va la voir, il n'y a qu'elle qui puisse répondre… Tu as raison quand tu dis que ça ne peut plus durer. Peut-être bien que Charlotte va se décider à t'expliquer ce qui se passe. Chose certaine, ce n'est certainement pas à moi de le faire.

Jean-Louis n'avait pas fini de parler qu'Émilie était déjà dans le corridor menant à l'escalier, qu'elle monta d'un pied ferme, et sans attendre de réponse au coup discret qu'elle frappa sur la porte, elle l'entrouvrit.

Debout à la fenêtre, Charlotte semblait en grande contemplation devant le jardin enseveli sous la neige.

— Charlotte ? C'est moi, Émilie.

— Je sais.

La voix de Charlotte n'était qu'un filet.

— J'ai reconnu ton pas dans l'escalier. Malgré tes nombreuses maternités, il est toujours aussi léger. Tu te rappelles ? Papa t'appelait sa petite souris.

Émilie ébaucha un sourire ému.

— Oui, je m'en souviens… Et moi, je disais qu'il avait la moustache en bataille quand il était de mauvaise humeur… Comme c'est loin tout ça, n'est-ce pas ?

— En effet, c'est très loin et en même temps, j'ai parfois l'impression que c'était hier. Mais peut-être est-ce simplement à cause du passé qui me court après que j'ai cette curieuse impression.

— Parce que le passé te court après ?

— On pourrait dire ça comme ça.

— Et c'est pour cette raison que tu m'évites depuis des mois et des mois ?

Un long silence suivit ces quelques mots.

— Tu as bien choisi ton mot, Émilie. Effectivement, je t'évite.

— Pourquoi ?

Cette dernière question ressemblait à un cri de souffrance. Du moins, est-ce ainsi que Charlotte le perçut, comme un coup en pleine poitrine. Pourtant, elle ne répondit pas tout de suite et cette fois-ci, ce fut un long soupir chargé de sanglots qui se glissa entre Charlotte et Émilie. Puis l'aînée des sœurs Deblois se retourna enfin. Elle avait les paupières rougies par les larmes et elle triturait un vieux papier mouchoir entre ses doigts.

— Entre Émilie et ferme la porte, demanda-t-elle dans un soupir. Dans le fond, tu as bien fait de venir et d'insister car moi, je ne l'aurais jamais fait.

Mal à l'aise, Émilie vit dans ces quelques mots une diversion qu'elle décida aussitôt d'exploiter.

— Comment sais-tu que j'ai insisté ?

— Dès que j'ai reconnu ton auto, j'ai demandé à Jean-Louis de te retenir en bas. Ton arrivée était trop imprévue pour moi. Jean-Louis a accepté même s'il n'était pas d'accord. Je connais bien mon mari, il tient toujours parole. Alors si tu es là, c'est que tu as insisté. Lui, il ne t'aurait jamais invitée à monter sans ma permission.

Bien qu'elle soit entrée dans la pièce et qu'elle ait refermé la porte derrière elle, Émilie était de plus en plus mal à l'aise et elle n'osait s'engager plus avant dans la chambre d'autant plus que, tout en parlant, Charlotte avait reporté son regard sur la cour arrière de sa maison comme si la présence de sa sœur l'incommodait ou, au contraire, n'avait plus la moindre importance à ses yeux, maintenant qu'elle avait avoué qu'elle l'évitait.

Durant un bref instant, Émilie se demanda avec une clair-voyance un peu douloureuse si, finalement, elle avait bien fait d'insister. Entre les deux sœurs, même durant leur petite enfance, les liens n'avaient jamais été bien définis ni très faciles. Pour tous, peut-être à cause de leur grande différence physique, Émilie était la fille de leur mère, Blanche, alors que Charlotte était celle de leur père, Raymond. Encore aujour-d'hui, aux yeux d'Émilie, l'attitude de Charlotte qui lui tour-nait délibérément le dos était une preuve éloquente de toutes les différences, les écarts, voire les contraires, qui avaient pu exister entre elles au fil des années.

Quand elle ouvrit enfin la bouche pour parler, Émilie le fit dans le même état d'esprit qu'au moment de s'asseoir sur la chaise du dentiste : ce n'était qu'un mauvais moment à passer. Après, elle se sentirait mieux et selon ce que Charlotte avait à lui reprocher, ou à lui confier, Émilie déciderait de quoi leur avenir commun aurait l'air. Jusqu'à maintenant, elle avait déjà vécu de nombreuses années sans la présence de sa sœur, elle saurait s'en accommoder encore une fois si tel était le désir de Charlotte. Mais avant, elle voulait quand même savoir ce qui avait pu provoquer un tel retrait, un tel silence.

— Alors Charlotte ? Peux-tu m'expliquer ce que j'ai dit ou fait pour que tu m'évites, comme tu viens de me l'avouer ?

— Tu n'as pas deviné ?

Même si personne ne la regardait, Émilie haussa les épaules.

— Non, je ne vois pas ce qui…

— Depuis quand est-ce que je t'évite, Émilie ? interrompit Charlotte. As-tu au moins remarqué cela ?

— Oui, j'ai au moins remarqué ça ! répliqua Émilie avec une pointe d'impatience dans la voix. Pour qui me prends-tu ? Pour une idiote ? Si tu as envie de jouer aux devinettes ou de me faire sentir ridicule, c'est raté. Et je dirais que tu t'y prends bien mal pour commencer une discussion ! En fait, pour tout le monde dans la famille, au cas où personne d'autre ne t'en aurait parlé, c'est le départ d'Alicia pour l'Angleterre qui a tout déclenché. Je me trompe ou…

— Non, tu as vu juste. Mais ce qui me trouble un peu c'est que toi, tu n'as pas compris que ce départ était plus qu'un simple départ pour l'étranger.

Émilie fronça les sourcils.

— Et qu'est-ce que j'aurais dû comprendre que les autres ne pouvaient s'expliquer ?

Charlotte échappa un soupir.

— Ce n'était pas tant comprendre que te rappeler, Émilie. Te rappeler qu'entre nous, il y a un secret que j'ai promis de garder. Un secret que j'ai promis de taire même face à Alicia quoi qu'il arrive. Qu'il y a aussi entre nous le serment que j'ai fait de ne jamais t'en reparler. Et c'est ce que j'ai fait. J'ai tenu ma promesse et je n'ai rien dit.

Nul besoin d'être plus explicite, Émilie avait brutalement tout compris. En quelques mots dont bien peu de gens auraient pu comprendre le sens, Charlotte venait de raviver les pires souvenirs qu'Émilie avait gardés de ses jeunes années.

La douleur ressentie la submergea aussi intensément, aussi

profondément qu'au jour où elle avait surpris une discussion entre son mari et sa sœur. Une discussion qui ne lui était pas destinée, qu'elle n'aurait jamais dû entendre et qui apprenait à Marc qu'il était le père d'Alicia.

Émilie porta la main à sa bouche pour retenir le gémissement qu'elle sentait monter dans sa gorge. Elle revoyait l'image de son mari et de Charlotte côte à côte dans la cuisine de son petit appartement et cette image était aussi claire, aussi détaillée que si l'événement s'était produit la veille. Ils lui tournaient le dos et parlaient à voix basse tandis qu'elle se tenait dans l'embrasure de la porte, affaiblie par une fausse couche.

Le temps d'une profonde inspiration, puis d'une seconde pour calmer son cœur affolé, et curieusement, la douleur s'estompa peu à peu avant de se dissiper aussi rapidement qu'elle était apparue. Émilie comprit alors que si le souvenir était douloureux, la vérité, elle, ne l'était plus. La femme qu'elle était devenue avec les années ne se sentait plus menacée par cette réalité qui existait entre sa sœur et elle... et Marc. Par contre, la mère en elle pouvait comprendre à quel point Charlotte devait souffrir de l'absence de sa fille.

C'est devant cette constatation qu'Émilie fit quelques pas en direction de Charlotte pour lui demander :

— Comment Alicia a-t-elle pu savoir que...

— De la manière la plus simple, la plus banale qui soit, expliqua Charlotte d'une voix éteinte. Lors du décès de son grand-père, Alicia a aidé sa grand-mère à faire le tri dans les papiers de monsieur Winslow. C'est là qu'elle a trouvé, tout bonnement, son papier d'adoption à travers les documents importants qu'il avait jugé bon de conserver au fil des années. Le choc a été brutal, elle me l'a dit, mais uniquement de nombreux mois plus tard. En fait, sachant qu'Andrew n'était pas son père naturel, Alicia a commencé par me bouder sans rien dire. Ça a été la pire année de toute ma vie, je crois bien. Tout ça parce que je ne comprenais pas ce que j'avais pu faire pour mériter qu'Alicia me fuie comme elle le faisait, parce que j'imaginais les pires atrocités qu'elle aurait pu vivre lors de son séjour en Angleterre, loin de moi. Jamais je n'aurais pu imaginer que c'était sa naissance, le problème. Jamais. Le jour où j'ai tenté de lui parler parce que je n'en pouvais plus de ses silences, tout le reste a déboulé brutalement. Alicia m'a questionnée, a cherché à savoir. Mais j'avais promis, n'est-ce pas ? Alors je n'ai rien dit, même si au plus profond de mon cœur, j'aurais préféré avoir les coudées franches pour pouvoir avouer la vérité. Alicia n'a pas accepté que je me taise. Devant mon silence persistant, elle a donc choisi de s'en aller.

Émilie était atterrée.

— C'est à cause de ça qu'Alicia est partie ? demanda-t-elle d'une voix blanche, dénuée de toute expression, consciente d'être en grande partie responsable du désespoir de sa sœur, mais en même temps incapable de concevoir qu'on puisse faire un tel drame d'un secret vieux de plus de vingt ans.

— Oui.

— Et tu n'as rien dit ?

— J'avais promis, Émilie. D'un côté, il y avait ma fille et de l'autre, il y avait toi et ta famille. Entre les deux, il y avait la promesse que je t'avais faite.

— Je vois…

Émilie ne savait que dire pour réconforter Charlotte. D'une part, elle se sentait responsable de la situation à cause de ses exigences passées, mais d'autre part, l'événement ne la touchait pas. Même la vérité, aussi pénible fût-elle quand elle imaginait qu'un jour, Charlotte s'était abandonnée aux caresses de son mari, cette vérité, aujourd'hui, lui semblait tellement loin d'elle. Par contre, elle aimait Charlotte. À travers cette belle santé qu'elle lui avait toujours enviée, à travers l'admiration qu'elle lui avait souvent vouée, à travers aussi ce désir inavoué de lui ressembler, Émilie aimait sa sœur. C'est pourquoi, sans hésiter, elle lui demanda :

— Et qu'est-ce que tu comptes faire, maintenant que je suis au courant ?

— Je ne sais pas.

Encore une fois, Émilie ne sut que dire. Pourtant, elle ne pouvait en rester là. Leur vie de famille pouvait dépendre de ce qu'elle déciderait.

— Et si je te disais que tu peux tout dévoiler à Alicia ? suggéra-t-elle enfin d'une voix nouée par l'émotion. Et si j'ajoutais que c'est aussi au nom de Marc que je parle ? Est-ce que ça pourrait t'aider ? Comme je connais Marc, je suis certaine qu'il serait d'accord avec moi, avec ma décision.

Émilie avait la très nette sensation qu'elle venait de faire la plus grande concession de sa vie et qu'elle ne pourrait aller plus loin. Elle s'attendait, en retour, à ce que Charlotte lui fasse un sourire de reconnaissance, de soulagement et lui dise avec empressement que dès le lendemain elle prendrait l'avion pour rejoindre Alicia et faire la paix.

Il n'en fut rien.

Un silence lourd et dense, fait surtout de suppositions, de réflexions et d'attente succéda aux paroles d'Émilie qui sut aussitôt que l'impatience ressentie quelques minutes plus tôt ne demanderait pas grand-chose pour se transformer en exaspération.

Mais qu'est-ce que Charlotte attendait d'elle, exactement ?

Que voulait-elle de plus que ce qu'elle venait de lui proposer ?

Heureusement, ce fut à cet instant que Charlotte prit la parole, évitant probablement une confrontation qui aurait pu dégénérer en dispute. Cependant, elle ne se tourna même pas vers Émilie quand elle avoua :

— Je ne sais pas ce que je dois faire, Émilie. J'ai peur.

— Peur ? Mais de quoi, grands dieux ? De ta fille ?

Cette fois-ci, un fort agacement enveloppait les mots d'Émilie et elle ne chercha pas à l'atténuer. Mais ce fut comme si Charlotte ne l'entendait pas.

— Oui et non, répliqua-t-elle enfin. J'ai peur, c'est vrai, de l'avenir aux côtés d'une femme qui pourrait continuer de m'en vouloir. Si Alicia ne m'a pas prévenue elle-même du décès de sa grand-mère, parce que madame Winslow est décédée elle aussi, c'est que sa rancune est tenace. En fait, j'ai appris la mort de grand-ma par son amie Laura, la sœur de ton ancien élève. Devant ce fait, oui, j'ai peur de retrouver une étrangère après tous ces mois d'absence, quelqu'un avec qui le dialogue serait rendu impossible. Je crois qu'une telle situation serait encore pire que ce que je vis présentement. Alors, j'ai terriblement peur de me sentir démunie devant Alicia et de ne pas trouver les bons mots, ceux qui ouvriraient une brèche entre elle et moi.

Cet aveu disait toute la vulnérabilité, la fragilité de Charlotte et cela toucha profondément Émilie, mais encore une fois, elle ne sut que dire. Le monde des mots, c'était celui de Charlotte, pas le sien.

Tandis que Charlotte parlait, Émilie s'était approchée d'elle jusqu'à la toucher. Pourtant, quand le silence les enveloppa de nouveau, elle n'osa faire le geste de réconfort que sa sœur espérait peut-être. Elle en était incapable.

À cause de l'enfant malade qu'elle avait été, dont le corps décharné avait été palpé par tant de mains, avait été exposé à tant de regards étrangers, avait été blessé par tant de manipulations et de médicaments, Émilie détestait les rapprochements, les attouchements, les accolades. Seuls son mari et ses enfants avaient droit parfois à certaines manifestations d'affection qu'elle ne ressentait pas comme étant de la promiscuité.

À ceux-ci s'ajoutait sa mère, mais avec elle, ce n'était pas pareil. Blanche Deblois faisait partie de sa vie de façon tellement intime depuis toujours que d'être touchée par elle ne l'avait jamais rebutée.

C'est pourquoi, parce qu'elle n'arrivait pas à poser le geste d'affection, le geste de réconfort qu'elle aurait aimé être capable de faire et parce que Charlotte avait de l'importance à ses yeux, Émilie proposa :

— Et si Marc t'accompagnait ?

Émilie parlait d'une voix étranglée, à son corps défendant. Les mots s'échappaient d'elle involontairement, laborieusement, alors qu'elle aurait voulu ne jamais avoir à les prononcer.

Elle dut prendre une profonde inspiration et avaler sa salive pour arriver à poursuivre. Si Charlotte ne comprenait pas qu'elle ne pouvait faire plus, elle quitterait la chambre de sa sœur pour ne plus jamais revenir dans cette maison.

— Je ne peux décider à la place de Marc, j'en conviens, ajouta alors Émilie, mais je peux quand même lui parler. Dès ce soir, si tu veux.

Après qu'Émilie eut prononcé ces mots, un silence léger comme une dentelle se posa sur la chambre. Un silence à l'image du jardin endormi que l'on apercevait par la fenêtre. Un jardin en attente de chaleur, de renaissance, d'espoir.

— Tu ferais cela pour moi ?

La voix de Charlotte, à peine plus forte qu'un murmure, résonnait d'incrédulité.

— Oui, je le ferais pour toi.

Alors, Charlotte tourna la tête vers Émilie et à travers ses larmes, elle lui offrit un sourire bouleversant de gratitude.

— Merci Émilie.

Tout en parlant Charlotte reniflait et essuyait ses yeux avec son papier mouchoir réduit en boule de charpie humide.

— Du fond du cœur, merci.

Cette fois-ci Émilie ne sentit pas le besoin de répondre. Tout avait été dit. Il lui tardait maintenant de retrouver la chaleur de sa demeure, l'apaisement des bras aimants de son mari. Elle savait qu'il comprendrait pourquoi elle avait agi ainsi, prenant les décisions à sa place. Entre Marc et elle, la confiance était totale et la franchise sans limite. C'est pour cela qu'elle avait pu parler de cette façon à Charlotte, se prononçant au nom de son mari sans la moindre hésitation.

Émilie recula d'un pas, puis d'un autre.

Curieusement, alors qu'elle s'apprêtait à quitter Charlotte, Émilie eut une pensée pour Anne. Finalement, ce n'était pas aujourd'hui qu'elle irait voir sa jeune sœur car elle était épuisée.

Elle se dit cependant que c'était dommage.

Puis elle revint à Charlotte qui la dévorait des yeux.

— Je crois que je vais m'en aller. Je… je suis fatiguée.

D'un signe de tête, Charlotte signifia qu'elle comprenait.

— Je vais demander à Marc de t'appeler, poursuivit Émilie tout en reculant vers la porte. Quelle que soit sa décision, promis, il va téléphoner. Ce soir ou demain.

— D'accord.

Un long regard se tissa entre Émilie et Charlotte. Un regard chargé d'espoir et de complicité, mais rempli aussi de craintes et de regrets.

Ni l'une ni l'autre ne pouvait dire de quoi serait fait leurs lendemains quand Alicia saurait enfin la vérité. C'est la raison pour laquelle à travers le regard qui unissait les deux sœurs, il y avait aussi de la peur.

— C'est difficile, être mère, n'est-ce pas? murmura alors Émilie.

— Très, répliqua Charlotte sur le même ton. Surtout quand la relation a été édifiée sur le mensonge.

À son tour, Émilie se contenta d'un signe de tête pour signifier qu'elle comprenait. Puis elle sortit de la pièce et referma silencieusement la porte sur elle.

* * *

— Tu parles d'un bel adon, toé!

Assise au bout de la table, Évangéline jubilait.

— J'aurais voulu trouver mieux pour vous aider, Marcel pis toé, que j'aurais pas pu. Viarge que chus contente!

Tandis que Bernadette avait pris un après-midi de congé pour mettre à jour les corvées domestiques, Évangéline, pour sa part, revenait d'une virée au marché Jean-Talon. Quelques papiers étalés devant elle témoignaient de ses efforts de la journée.

— L'huile, c'est comme la moutarde, pis le vinaigre, Bernadette! Plusse c'est petit, plusse ça coûte cher. Qui aurait pu imaginer ça, hein? C'est Roméo qui me disait justement, t'à l'heure, que…

Parce que, bien entendu, Roméo Blanchet était mis à contribution!

Le soupir de Bernadette, rempli de contrariété, se confondit au sifflement de la vapeur du fer à repasser.

Un étranger avait droit de regard sur leur projet familial !

Bernadette se demanda comment Marcel allait prendre la chose, le jour où il serait mis au courant que sa mère écumait les marchés publics et spécialisés de la ville en compagnie d'un étranger.

« Voir qu'y' va accepter ça sans dire un mot », pensa Bernadette en jetant un coup d'œil rapide par-dessus la pile de chemises immaculées qui attendaient d'être repassées.

À l'autre bout de la table, Évangéline continuait de monologuer sans se douter de quoi que ce soit. Bernadette tira vivement sur une chemise et la plaça adroitement sur la planche devant elle.

Si elle était moins scrupuleuse qu'il y a quelques années et avait abandonné la routine du repassage des draps et des serviettes, Bernadette se faisait toujours un devoir de ranger des chemises et des tabliers impeccables dans le tiroir de son mari. Elle savait à quel point il était fier de sa tenue.

— Pour les clientes, c'est ben important de pas avoir l'air dépenaillé, calvaire ! Moé le premier, j'aime pas ça me faire servir par quèqu'un de malpropre, même dans un garage. Ça vaut d'autant plusse quand on a affaire à une personne qui travaille dans le manger.

En ce moment, après avoir fait un peu de ménage, Bernadette se dépêchait donc de finir le repassage pour pouvoir s'atteler à la préparation du souper. Aux trente secondes, sa main se tendait machinalement vers une vieille bouteille de Coke aux allures de champignon avec son bouchon troué, et elle aspergeait abondamment soit un col, soit une manche et un poignet pour faire disparaître les faux plis plus facilement.

L'instant d'après, un nuage de vapeur odorante lui montait au nez et Bernadette inspirait alors profondément, les yeux mi-clos. La senteur du savon à lessive avait toujours eu pour elle une connotation agréable, réconfortante, sécurisante.

— Pis, Bernadette, que c'est tu penses de ça, toé ?

L'interpellée sursauta, n'ayant porté qu'une oreille plus que distraite aux propos d'Évangéline.

— Je m'excuse, la belle-mère, mais j'étais dans la lune, avoua-t-elle bien candidement. De quoi vous parliez, vous là ?

— Je parlais de l'épicerie, c't'affaire ! De quoi c'est tu veux que je parle, par les temps qui courent ? Sûrement pas du jardin.

Bernadette leva les yeux et détournant brièvement la tête, elle contempla le toit de la remise qui était couvert de neige.

— Pour ça, vous avez ben raison, c'est pas encore la saison du jardinage, acquiesça-t-elle en ramenant rapidement son regard sur la chemise. Pis ? Que c'est vous disiez à propos de notre épicerie ?

— J'en disais ce que Roméo m'en a dit, après-midi, quand c'est que j'étais au marché avec lui pis que…

— Coudon, la belle-mère, interrompit Bernadette que le nom de Roméo Blanchet commençait à agacer sérieusement, comment ça vous parlez de nos affaires avec un étranger ? L'autre soir dans le salon, me semble que Marcel nous a demandé de pas parler de notre projet tant que ça serait pas officiel ? On a même pas eu encore la réponse de la banque, maudit bâtard ! Pis même là, dans le cas où le gérant dirait oui à notre projet, Marcel pense que ça serait mieux de garder ça secret pour avoir un effet de surprise sur le monde du quartier pis sur notre clientèle.

— Crains pas ! Roméo parlera pas non plus !

Évangéline avait rarement eu l'air aussi offusquée.

— Ça, c'est vous qui le dites, répliqua Bernadette sans tenir compte du regard noir posé sur elle. Voyez-vous, moé, j'en sais rien, rapport que je le connais pas pantoute, votre Roméo Leblanc.

— Blanchet, Bernadette ! Roméo Blanchet.

Bernadette leva les yeux au plafond.

— Leblanc ou Blanchet, que c'est ça change à la situation, voulez-vous ben me dire ? On est pas supposés parler de notre projet, un point c'est toute !

— Ben moé, j'en ai parlé à Roméo, rapport que c'est lui qui me sert de taxi tous les jours, rétorqua Évangéline sur un ton de défi. C'est ben le moins que je pouvais faire. En hiver, avec mes jambes pas fiables, je peux toujours ben pas prendre l'autobus pour me rendre aux quatre coins de la ville, viarge !

— Ben justement ! Vous pensez pas, vous, que c'est petête un peu trop tôt pour écumer la ville comme vous le faites ?

— Ben y' est jamais trop tôt pour ben faire, tu sauras ! C'est pas le matin ousque la banque va nous donner le feu vert qu'y' va être temps de se décider à bouger. Ce que je fais là, on sera pas obligé de le recommencer.

— Ouais… Je vous donne un bon point là-dessus. N'empêche que j'aime pas ça, savoir qu'un étranger se mêle de nos affaires.

— D'abord, c'est pas un vrai étranger rapport que moé, je commence à ben le connaître. C'est au mois d'octobre que Noëlla me l'a présenté, c'est quand même pas d'hier. Pis on a faite des commissions pour Noël ensemble. Quand on choisit des cadeaux pour sa famille avec quèqu'un, c'est pas tout à faite un étranger, tu sauras ! En plusse, chus même allée au bingo avec lui, au début du mois. Rappelle-toé ! De toute façon, y' se mêle pas vraiment de nos affaires. Y' fait juste me donner des conseils… de temps en temps… pas vraiment souvent… juste quand j'y demande.

L'épuration qu'Évangéline venait de faire dans les interventions de Roméo ne suffit pas à calmer Bernadette. Elle leva un œil impatient vers sa belle-mère.

— Pourquoi c'est faire que vous avez besoin d'y demander des conseils? Vous servir de lui comme chauffeur, ça suffit pas?

— Ça aurait pu suffire, ouais, concéda Évangéline en opinant vigoureusement du bonnet. Sauf que dans le cas présent, j'ai pensé que ça serait une bonne affaire d'avoir son opinion, rapport que Roméo a passé toute sa vie dans le commerce de détail. C'est pour ça, t'à l'heure, que j'ai dit que c'était un bel adon. Avoir un homme d'expérience à portée de main, surtout quand on veut entreprendre un projet d'importance comme le nôtre, c'est toute une aubaine! Pis l'expérience, tu sauras, ma fille, c'est une denrée qui s'achète pas. Encore une chance qu'y' nous demande rien en échange de ses conseils.

— Toute une chance, ouais. Surtout qu'on y a rien demandé, Marcel pis moé.

— Viarge que t'es de mauvaise foi, toé, des fois!

Bernadette se pinça les lèvres et un regard chargé de courroux, lancé dare-dare par-dessus les deux chemises qu'il lui restait à repasser, fut la plus éloquente des réponses. Au même instant, la sonnerie du téléphone apporta une heureuse diversion. Les deux femmes tournèrent la tête avec symétrie vers l'appareil noir accroché au mur près de la porte donnant sur le corridor, oubliant momentanément le différend qui les opposait, ce dernier étant remplacé par la curiosité.

— Laisse, lança Évangéline quand elle vit Bernadette

s'apprêter à déposer son fer avec impatience. M'en vas répondre.

L'appel fut de courte durée.

— C'était la sœur de madame Anne, Charlotte, annonça Évangéline en raccrochant. A' voulait parler à Laura.

— Ouais, pis ?

— Pis rien d'autre que d'y faire le message qu'a' partait t'à l'heure pour l'Angleterre. A' l'a dit que Laura comprendrait. J'espère pour elle, pasque moé, je comprends rien en toute dans c'te message-là. En quoi ça peut regarder notre Laura, de savoir que la mère d'Alicia s'en va dans les vieux pays ? C'est pas de ses affaires, ça !

— Petête plusse que vous pensez !

— Ah ouais ? Pasque tu serais au courant de choses que moé, je saurais pas ?

— On dirait ben.

La mine dépitée qu'Évangéline afficha sans ambages tira enfin un sourire à Bernadette. Un reflet amusé, comme une petite moquerie teintée d'affection, illumina son regard. Évangéline et son insatiable curiosité ! Le ressentiment ressenti quelques instants auparavant s'émoussa aussitôt. Pourquoi en vouloir à sa belle-mère ? Après tout, malgré la présence de ce Roméo Blanchet dans le décor, elle ne voulait que bien faire !

Prenant une mine de conspiratrice, Bernadette regarda autour d'elle, jeta un regard vers le corridor, puis revint à Évangéline.

— Si vous avez deux menutes, la belle-mère, m'en vas vous raconter ce que Laura m'a confié. Mais faut que ça reste entre nos deux, par exemple. Si fallait que Laura finisse par apprendre que je vous en ai parlé, a' m'en voudrait ben gros !

— Mais que c'est que vous avez toutes, dans c'te famille-là, à vous imaginer que je sais pas garder un secret ? Viarge que ça m'énerve !

— C'est pas ça.

— Ben c'est quoi, d'abord ? Pas de trouble, Bernadette, quand y' faut, chus capable d'être muette comme une tombe, ouais, comme une tombe… Pis ? Selon toé, pourquoi c'est faire qu'a' s'en va en Angleterre, la mère d'Alicia, pis surtout pourquoi a' s'est donné le trouble d'en aviser Laura ?

— Ben imaginez-vous don, que l'autre jour, Laura m'a raconté que…

Prenant un ton adapté aux circonstances et tout en terminant son repassage, Bernadette fit un récit détaillé des confidences que Laura lui avait faites concernant son amie.

— Ça, c'était l'été dernier, vers le mois de juillet… non, plutôt au mois d'août. Depuis, a' m'en a pas reparlé.

— Ah…

Évangéline avait l'air franchement déçue.

— C'est juste ça ?

— Ben me semble que c'est quèque chose de ben particulier. Apprendre à vingt ans passés que ton père était pas ton père, ça doit faire tout un choc ! Dans un sens, je comprends pourquoi Alicia a décidé de s'en aller loin de même. Moé avec, j'en aurais voulu à ma mère si a' m'avait caché ça.

— Ma pauvre enfant ! Si tu savais le nombre de secrets de famille qu'on apprendra jamais…

Occupée à plier les feuilles de notes que Roméo avait prises pour elle durant l'après-midi, Évangéline avait lancé cette vérité sans malice, sans trop y penser. Heureusement, pour elle comme pour Bernadette, la vieille femme ne vit pas la rougeur qui monta instantanément au visage de Bernadette.

S'il y avait quelqu'un sur terre qui cachait un secret, c'était bien elle, Bernadette Lacaille! Un secret qu'elle n'oublierait jamais, même si la vie s'était replacée d'elle-même, qu'elle y pensait de moins en moins souvent et que pour l'instant, elle comptait bien l'emporter dans sa tombe, cet épineux secret. Par contre, lorsque Laura lui avait parlé de l'histoire de son amie Alicia, Bernadette en avait eu pour quelques nuits à ne pas dormir.

Que se passerait-il si Charles venait à apprendre que Marcel n'était pas son vrai père?

Pour retrouver le sommeil, il avait fallu que Bernadette se réitère la promesse de ne jamais en parler à qui que ce soit. Ni à Adrien, ni à Marcel, ni à Charles, ni à personne. Évangéline devrait rester la seule personne à avoir deviné qu'Adrien était le père de Charles et pour Bernadette, c'était bien assez.

— Mais ça change rien au fait que je savais toute ce que tu viens de me raconter, ma pauvre Bernadette, poursuivait Évangéline sans se douter de l'émoi qu'elle venait de susciter. J'avais même conseillé à Laura d'aller voir la mère d'Alicia pour y annoncer que la grand-mère venait de mourir. Faut croire que Laura m'a pas écoutée, si c'est juste astheure que la sœur de madame Anne se décide à partir.

— À moins que ça soye juste astheure que madame Charlotte aye trouvé le courage d'y aller. Ça se peut, ça avec.

— Ben si c'est le cas, laisse-moé te dire que ça serait une drôle de famille. Ouais, une ben drôle de famille. Après toute ce que Laura m'avait raconté, moé c'est tusuite que je serais allée chercher ma fille. Pas six mois plus tard…

— Probablement que moé avec, ajouta Bernadette, songeuse, c'est ça que j'aurais faite.

Un long frisson secoua ses épaules.

— Juste à penser que Laura pourrait m'en vouloir à c'te point-là, je me sens toute mal. C'est sûr que j'aimerais pas ça, la savoir loin de chez nous. Surtout tuseule, rapport que sa grand-mère venait de mourir… Toute ça pour dire que c'est toujours facile de juger les autres quand on est pas dans leurs bottines…

Et avant qu'Évangéline ne fasse le rapprochement qu'elle-même avait fait entre la situation d'Alicia et celle de son fils Charles, Bernadette lança avec entrain :

— Bon, pour astheure, nous autres, c'est l'épicerie qui nous intéresse, hein la belle-mère ? Pis me semble qu'on était sur le point de se chicaner, vous pis moé, à propos d'un certain Roméo qui se mêle un peu trop de nos affaires à mon goût.

À ces mots, Évangéline poussa un de ses fameux soupirs qui laissaient présager une bonne réplique bien mordante. Mais avant que la vieille dame n'ait le temps d'ouvrir la bouche, Bernadette intervenait :

— Non, non, choquez-vous pas trop vite, vous là, pis laissez-moé aller au boutte de ma pensée, ajouta précipitamment Bernadette en levant la main. Vous allez voir que moé avec, des fois, je peux avoir des bonnes idées… Bon, où c'est que j'en étais… Ah oui ! Dans le fond, ce qui m'achale là-dedans, c'est que ni Marcel ni moé, on le connaît, votre Roméo.

— C'est pas mon Roméo ! Que c'est ça que cette idée-là ? Un peu plusse, pis on pourrait penser que tu te fais des accroires sur mon compte.

— Prenez pas ça toute croche, la belle-mère, c'est pas ça pantoute que je veux dire… C'est juste une manière de parler pour montrer qu'y a juste vous qui le connaissez, cet homme-là.

— Pis Noëlla avec, a' le connaît ! Faudrait pas l'oublier !

— C'est sûr, j'ai jamais dit le contraire. Mais Noëlla, elle, a' fait pas partie de notre famille, pis est pas dans notre projet!

— C'est vrai. Là c'est moé qui vois les choses de travers. Continue, Bernadette, je te couperai pus la parole. Promis!

— J'ai quasiment fini… Mon idée, c'est que monsieur Blanchet, vous devriez l'inviter à venir veiller avec nous autres. Me semble que…

— Bon! V'là que tu recommences! coupa Évangéline négligeant la promesse qu'elle venait de faire. J'ai l'impression d'entendre mon père parler à la grande Georgette quand a' fréquentait son promis! L'inviter à veiller! Pourquoi pas y dire d'accrocher son fanal, tant qu'à y être!

— Pantoute. C'est quoi ces idées-là? Ce que je veux dire par là, c'est que si monsieur Roméo a des bonnes idées, ça serait petête intéressant qu'y' nous en fasse part à Marcel pis moé comme y' le fait avec vous. Mais pour ça, par exemple, faudrait qu'on aye l'occasion de le rencontrer. C'est toute! C'est pour ça que je vous dis de l'inviter à venir veiller chez nous, un de ces soirs, pour qu'on puisse parler de l'épicerie tout le monde ensemble!

— Ah bon… Venir veiller pour parler de l'épicerie avec toé pis Marcel… C'est une idée comme une autre.

— C'est une bonne idée, vous devriez dire! Si y' a autant d'expérience du commerce de détail que vous le dites, ça serait même une excellente idée! Non?

— Ouais… C'est vrai que ça serait plus simple de même… pas mal plus simple…

Bernadette n'osa demander ce qui serait plus simple. À moins que les allusions d'Évangéline n'aient un fond de vérité, elle ne voyait vraiment pas ce qui justifiait ces mots.

— Ouais, pourquoi pas? continua la vieille dame tout en

sortant un bol pour y déposer quelques pommes de terre, tirées de celles qui étaient gardées dans un sac de papier au fond de la dépense.

Puis elle leva les yeux vers Bernadette, qui resta subjuguée durant un instant.

Elle avait toujours considéré que sa belle-mère était une femme au physique ingrat. Plutôt petite, assez ronde, un visage quelconque. Même son sourire un peu croche n'avait aucun charme. Pourtant, en ce moment, alors qu'elle lui parlait de son nouvel ami («Une connaissance, Bernadette! Roméo Blanchet, c'est juste une connaissance», lui aurait-elle probablement dit!) Évangéline avait une lueur pétillante dans le regard et une douceur dans le geste que Bernadette ne lui connaissait pas. Elle ravala le sourire qui menaçait d'éclore et de s'épanouir d'une oreille jusqu'à l'autre, puis elle s'empressa de tourner le dos à sa belle-mère tout en portant le fer à repasser près de l'évier pour qu'il puisse refroidir avant d'être rangé.

— Tu vas voir, Bernadette, comment c'est un homme agréable, facile à vivre, gentil pis propre de sa personne.

Tout d'un coup, Évangéline était intarissable.

— Un vrai gentleman, comme disait ma mère quand a' rencontrait quèqu'un de ben élevé. Pis c'est en plein ça qu'y' est, Roméo Blanchet: un homme avec des manières. Tu vas voir, ma fille, tu vas voir!

Pour l'instant, ce que voyait surtout Bernadette, c'était l'enthousiasme débordant de sa belle-mère à la perspective d'avoir Roméo Blanchet dans son salon. Une ferveur qui s'entendait jusque dans sa voix, accompagnant à merveille le cliquetis presque joyeux du couteau à éplucher qui soulevait avec entrain la pelure des pommes de terre.

Sans dire un mot, Bernadette camoufla son sourire derrière la planche à repasser qu'elle était en train de replier pour la ranger dans le mur près de la table.

— Si y'est pour venir icitte, c'est sûr que ça va prendre un brin de ménage, déclarait encore Évangéline. Pis va falloir penser à faire quèques biscuits maison. Aux noix, quins! Ça serait meilleur que des biscuits achetés, pis je sais qu'y' aime ben ça, des biscuits aux noix. C'est toujours ceux-là qu'y' commande quand on s'arrête pour prendre un thé dans l'après-midi ou ben une pâtisserie française, mais ça, j'en ai jamais faite, pis c'est pas demain la veille que j'vas m'y mettre! Va falloir qu'y' se contente des biscuits aux noix... Pis tant qu'à y être, ça serait petête le temps d'essayer une des sortes de café que j'ai mis sur la liste, l'autre jour. Ça serait pas fou d'y goûter, avant d'en mettre sur nos tablettes, hein Bernadette? C'est supposé être ben meilleur que du Maxwell House instantané! Roméo, lui, c'est juste de ce café-là qu'y' boit!

— C'est sûr que du vrai café, du café en grains qu'on vient juste de moudre, ça doit être ben meilleur que du café instantané, approuva Bernadette, pince-sans-rire, tout en sortant le sac de carottes. Mais pour ça, faudrait penser à acheter un nouveau percolateur ou ben une de ces nouvelles cafetières qui marchent avec un cône en papier. J'en ai pas, moé, de ces nouvelles cafetières-là, pis le vieux percolateur en fer-blanc, vu qu'on s'en servait jamais, ben je l'ai donné pour les bonnes œuvres.

— C'est vrai, j'avais pas pensé à ça!

Évangéline fronça ses sourcils comme si le sujet était d'une importance capitale. Mais sa réflexion ne dura que le temps d'un soupir, son économe pointant le plafond.

— Mais c'est pas grave! lança-t-elle avec le sourire

retrouvé, attaquant une nouvelle pomme de terre avec ardeur. M'en vas jaser de ça avec Roméo, pis on va s'occuper d'en acheter une, cafetière, toute neuve, à part de ça… Du nouveau modèle, comme de raison !

CHAPITRE 7

Ailleurs, c'est peut-être loin
Ou c'est peut-être à côté
Ailleurs, c'est p't-être avec moi
Quelque part entre nous
Faudrait y aller

Prologue, Jaune
JEAN-PIERRE FERLAND

Texas, mercredi 8 avril 1970

Désabusé, Chuck repoussa une assiette à peine entamée. Depuis le décès de son épouse, il avait perdu l'appétit.

— *No, it's not right*, murmura-t-il en se levant lourdement de table pour venir à la fenêtre. Je n'ai pas vraiment perdu l'appétit, mais je déteste manger seul. Ce n'est pas tout à fait la même chose.

Comme il ne pouvait décemment s'inviter chez ses enfants tous les jours, trois fois par jour, Chuck se retrouvait donc régulièrement seul au bout de la longue table de la salle à manger. Un meuble immense, taillé et travaillé par un ébéniste expressément pour réunir sa famille, et qu'Eli avait acheté des années auparavant. Donc, pas question de le changer.

Cette année, le printemps avait été hâtif et la chaleur avait rapidement chassé les journées sombres et plus fraîches. Une multitude de fleurs dont il ignorait le nom coloraient déjà les plates-bandes, créant, en ce début de soirée, un joyeux contraste avec l'ombre croissante qui envahissait les parterres.

— C'est Eli qui serait contente de voir ça, murmura encore le vieil homme. Elle aimait tellement les fleurs et la chaleur. Elle était une vraie fille du sud !

Il n'y avait cependant pas le moindre regret dans la voix de Chuck, sinon une certaine nostalgie que quiconque de son âge est en droit de ressentir et d'exprimer.

Comme si la chose allait de soi, c'était Maria, la gouvernante, qui avait pris la place d'Elizabeth et s'était occupée des fleurs et autres arbustes parce que Maureen, elle, avait refusé de le faire.

— Désolée, Dad. Je n'en serais pas capable. Pas cette année.

Alors qu'elle repoussait la demande de son père, près de huit mois après le décès de sa mère, Maureen avait encore les yeux pleins d'eau.

— Peut-être l'an prochain ? avait-elle concédé avec une certaine réticence dans la voix. Je trouve même indécent que ce soit Maria qui s'en occupe, pas toi ? Comme si maintenant les jardins de maman lui appartenaient… Pourquoi n'engagerais-tu pas un jardinier pour voir à tout ça ?

Chuck n'avait pas répondu et il s'était contenté de hausser les épaules avec un peu d'exaspération dans le geste. Maureen vivait son deuil d'une bien curieuse façon. Elle entretenait les images et les souvenirs avec acharnement, refusant l'expression du moindre changement.

— La vie passe trop vite pour gaspiller son temps à se complaire dans les regrets, nota le vieil homme à mi-voix en jetant un rapide coup d'œil vers la maison d'Adrien où la lumière brillait à la cuisine. Personne ne voulait qu'Eli parte aussi vite. Personne. Mais maintenant que c'est fait… J'espère seulement que Maureen va finir par comprendre qu'on ne peut pas revenir en arrière. Personne ne le peut. Continuer de pleurer ne changera rien à la situation et en attendant, c'est sa fille et son mari qui en souffrent.

Sans vouloir s'immiscer dans la vie de ses enfants comme Elizabeth avait la fâcheuse manie de le faire, Chuck n'en était pas moins vigilant. Surtout vis-à-vis de ses petits-enfants. Et quand il voyait la petite Michelle aller et venir la tête basse avec une ombre farouche au fond des prunelles, il savait que quelque chose n'allait pas chez elle et ce quelque chose, c'était invariablement Maureen.

Chuck poussa un profond soupir. Maintenant que la noirceur était tombée, le jardin s'était éteint. Sur un dernier regard vers la maison de sa fille, il délaissa la fenêtre et revint vers la table.

Dans le fond de son assiette, la sauce avait figé et les pommes de terre en purée semblaient desséchées. En secouant la tête, Chuck ramassa son assiette et se dirigea vers la cuisine d'où lui parvenaient certains bruits coutumiers. Maria s'apprêtait probablement à prendre son repas. Il lui demanderait de faire réchauffer le sien.

Debout face à l'évier, une assiette à la main, la vieille gouvernante était effectivement en train de manger. Sa silhouette délicate et élancée, aujourd'hui un peu tassée sur elle-même par le passage des années, et le bruit que faisait sa fourchette en raclant le fond de l'assiette avaient un côté réconfortant, tellement ils étaient conformes aux plus anciens souvenirs de Chuck. Cette image de la gouvernante à la fenêtre, ombre sur l'ombre du jardin, était soudée à cette vie familiale qui avait été la sienne au fil des ans, et elle prenait racine au plus profond de sa mémoire.

Chaque fois que Chuck avait vu Maria manger, elle le faisait de cette façon, debout à la fenêtre, son assiette à la main. Matin, midi, soir. Elle alléguait qu'ainsi, elle pourrait répondre plus rapidement à la clochette d'Elizabeth si jamais celle-ci avait besoin d'elle durant son repas et qu'elle pouvait promptement intervenir auprès des enfants qui prenaient leur repas à la cuisine quand ils étaient tout jeunes.

L'habitude était-elle si bien ancrée que Maria n'arrivait pas à s'en défaire ?

Chuck n'osa l'interpeller. Silencieux, il resta dans l'embrasure de la porte, à la regarder, revoyant le passé.

Maria avait été au service d'Elizabeth et de sa famille depuis toujours ou presque. En fait, cette femme vieillissante avait été le premier signe visible de la réussite de Chuck. À la demande d'Eli, quand il avait semblé évident que l'élevage rapportait son pesant d'or et que Chuck avait commencé à faire un peu plus d'argent que nécessaire, Maria, alors une toute jeune femme, était entrée à leur service. Elle n'était jamais repartie de chez lui. Elle avait été mariée à l'un de ses cowboys durant de nombreuses années, mais n'avait eu aucun enfant. Quand Joseph était mort des suites d'une vilaine chute de cheval, Maria avait retrouvé son ancienne chambre dans la maison principale du domaine des Prescott et ne l'avait plus jamais quittée.

Et sauf rares exceptions où elle avait partagé le repas de son mari, Maria avait toujours mangé debout à la fenêtre de la cuisine.

Comme en ce moment.

Brusquement, l'image projetée par la vieille dame n'eut

plus rien de réconfortant aux yeux de Chuck. Elle dégageait trop d'indécence, d'inconvenance. Pourquoi Maria devrait-elle manger debout? Était-ce là une des exigences qu'Eli avait cru bon d'instituer sous son toit? Chuck retint un soupir. Son épouse en aurait été bien capable! Et pourquoi lui-même n'avait-il pas réagi avant ce soir? De quel droit avait-il toujours trouvé normal que leur servante mange debout?

« Parce que j'étais trop occupé, songea-t-il spontanément, pour se reprendre aussitôt en ajoutant: ce n'est pas vrai! C'est parce que j'étais trop indifférent que des choses comme celles-là se passaient sous mon toit. Je me donnais bonne conscience en me disant que j'en avais assez à faire avec l'élevage et que c'était le rôle d'Eli de voir à la maisonnée. Je lui faisais confiance mais dans le fond, je me déchargeais de mes responsabilités. Je n'aurais pas dû! »

Cette fois-ci, le soupir de Chuck fut plus bruyant et le réflexe de Maria, déposant précipitamment son assiette sur le comptoir tout en s'essuyant la bouche sur le revers de son tablier, lui fut insupportable.

— Monsieur?

Maria s'était vivement retournée et avait levé les yeux vers Chuck avec une lueur d'excuse dans le regard.

— Vous m'avez appelée et je n'ai pas entendu?

— Non, Maria, pas du tout. Reprenez votre assiette, je vous prie. Voyez!

Chuck tendit son assiette à bout de bras.

— Moi-même, je n'ai pas terminé!

Contrairement à son épouse, Chuck avait toujours employé un ton respectueux quand il s'adressait à ses domestiques. S'il leur avait parlé français, il les aurait probablement vouvoyés. D'un pas assuré, il marcha vers la cuisinière tout en lançant derrière lui :

— Donnez-moi un instant pour tout réchauffer et nous allons finir notre repas ensemble.

— Ensemble, monsieur ?

Maria semblait affolée.

— Laissez ! Je vais m'en occuper, ajouta-t-elle en prenant l'assiette des mains de Chuck.

La servante sortit précipitamment un chaudron.

— Donnez-moi quelques minutes et je vais aller vous reporter votre assiette à la salle à manger.

— Non. Je viens de le dire : je veux manger ici avec vous. J'en ai assez de cette grande pièce silencieuse.

— Ici ? Avec moi ? Ça ne se fait pas. Madame n'aurait jamais toléré que…

— Madame n'est plus là, Maria. L'auriez-vous oublié ?

Chuck fixa la gouvernante d'un regard glissé par-dessus son épaule tandis qu'il se dirigeait vers la table.

La servante était rouge de confusion. Jamais elle n'avait entendu le patron parler d'une voix aussi douce. Cet homme-là était né pour donner des ordres, Maria en avait toujours été convaincue. Que se passait-il ce soir pour que le pauvre homme ait pu changer à ce point ?

Maria ferma les yeux durant une seconde et elle dut se retenir pour ne pas tracer le signe de croix capable de conjurer tous les sorts.

Monsieur Prescott avait sûrement perdu la tête pour lui parler sur ce ton quasiment amical, valait peut-être mieux obtempérer. Après tout, il n'était plus très jeune.

Maria s'affaira à la cuisinière durant quelques instants avant de regarnir l'assiette de son patron pour finalement la déposer à l'extrémité de la longue table de bois usée par des années de fidélité envers la famille Prescott. Puis elle s'empressa de prendre des couverts propres et un napperon pour dresser une place sommaire à l'autre extrémité de la table. Si monsieur Prescott voulait manger avec elle, il y aurait au moins une distance respectueuse entre eux. Maria espérait sincèrement que le patron comprendrait ce qu'elle voulait dire en dressant le couvert ainsi.

Bien sûr que Chuck le comprit, d'un simple regard, mais qu'à cela ne tienne, dès que Maria s'éloigna, il fit glisser le napperon jusqu'à la gauche de la gouvernante qui venait de s'asseoir bien malgré elle à la table de la cuisine. Tout souriant, Chuck s'installa à son tour.

— N'est-ce pas mieux ainsi ? demanda-t-il gentiment.

— Si c'est ce que vous voulez, monsieur...

— Oui, c'est ce que je veux.

Cette fois-ci, le ton était décidé et l'affirmation sans réplique. Curieusement, Maria en fut rassérénée. Cette façon d'être ressemblait au Chuck Prescott qu'elle avait toujours connu. Peut-être n'était-il pas trop dérangé, après tout. Malgré cette constatation réconfortante, intimidée, la servante prit sa fourchette et les yeux baissés, elle se mit à piocher dans ses légumes.

Comment le patron pouvait-il imaginer qu'elle pourrait manger de bel appétit avec lui à ses côtés ?

Maria jeta un regard à la dérobée au-dessus de son repas. Curieusement, monsieur Prescott, lui, ne semblait pas du tout embarrassé par sa présence. En quelques instants, son assiette était vide et le vieil homme poussa un long soupir de satisfaction.

— Merci Maria, c'était excellent. Comme d'habitude.

— À votre service, monsieur.

— Justement, à mon service… À partir de demain, si vous le voulez bien, vous mettrez ma place ici, à la cuisine.

— Vous êtes bien certain, monsieur, que…

— Oui, je suis certain. C'est ridicule de manger chacun de son côté alors que nous sommes tous les deux seuls dans cette immense maison.

Maria dut avaler sa salive pour dénouer la tension qui encombrait sa gorge et l'empêchait de répondre.

— Si vous le dites, approuva-t-elle finalement d'une voix éteinte.

— Bien sûr, que je le dis. Et j'espère bien que vous aussi, un jour, vous le direz !

Le regard que Maria jeta à monsieur Prescott proclamait tout à fait le contraire, mais elle s'abstint de tout commentaire. Après tout, il était le patron et de toute façon, il semblait n'espérer aucune réponse.

— Maintenant, vous allez m'excuser, mais j'aimerais dire bonsoir à ma petite Michelle avant qu'elle n'aille au lit.

Chuck Prescott, fidèle image de l'homme qu'il avait toujours été, était déjà debout, prêt à partir.

— Bonsoir Maria !

Un signe de tête en guise de salut, et l'instant d'après, la porte de la cuisine se referma en claquant. Il laissait derrière lui une femme interloquée, mais il n'y pensait déjà plus. Dans trois petites minutes, il serait rendu chez sa fille Maureen.

Et si Chuck prenait plaisir à venir visiter sa petite-fille, que dire de cette gamine qui avait souvent le réflexe d'observer la grande maison de son grand-père par la fenêtre de leur salon !

Rien ne pouvait faire plus plaisir à Michelle qu'une visite de son grand-père, à l'improviste, le soir après souper.

Surtout depuis le décès de sa grand-mère, parce qu'à ce moment-là, elle avait remarqué qu'il avait beaucoup changé, mais de cette constatation, elle n'avait parlé à personne, pas même à son père, qui dans le meilleur des cas l'aurait probablement grondée et dans le pire... Bien, il n'y avait jamais vraiment de pire avec son père mais pour une fois, Michelle avait jugé qu'il serait préférable de se taire. Avec les grandes personnes, on ne savait pas toujours à quoi s'attendre. N'empêche qu'elle était persuadée d'avoir raison: depuis le décès d'Eli, du moins après quelque temps, son grand-père était devenu nettement plus détendu avec elle, plus rieur. À l'opposé de sa mère qui, elle, n'arrêtait pas de pleurer pour un oui ou pour un non.

Ce soir ne fit donc pas exception à la règle. Dès qu'elle aperçut le visage buriné par le soleil derrière la moustiquaire de la porte, Michelle poussa un cri de joie et sortit de table précipitamment.

— Grand-père!

La gamine était déjà debout et courait vers la porte de la cuisine, un bras tendu vers Chuck.

— Michelle!

Malgré l'âge et les raideurs qui allaient de pair avec lui, Chuck se pencha pour accueillir sa petite-fille tout contre sa poitrine.

— *How do you do, tonight?*

— Bien. Je vais très bien! J'ai eu un cent dans ma dictée, tu sais!

— *Oh, yes? Well! Very well, honey.*

Adrien esquissa un large sourire. Il n'y avait que ces deux-là pour discuter dans les deux langues avec autant d'ingénuité, de candeur.

— Viens dans ma chambre, grand-père ! Je vais te montrer mon cahier.

De sa main valide, Michelle agrippa celle de Chuck et d'un geste autoritaire, elle l'entraîna vers le couloir qui menait aux chambres. Le vieil homme se laissa faire, visiblement ravi, et sur un clin d'œil fait par-dessus son épaule, il lança à sa fille, toujours assise à la table :

— *Sorry, darling !* Nous parlerons plus tard.

Maureen esquissa l'ombre d'un sourire sans répondre. Elle adorait son père mais n'arrivait pas à comprendre qu'il puisse encore rire et s'amuser depuis le décès de sa mère. Anciennement, le deuil se portait durant des années et Maureen comptait bien respecter la tradition dans sa tenue vestimentaire comme dans sa façon d'être et elle aurait préféré que son père en fasse autant.

Au premier rire de Chuck, guttural et de bon cœur, elle ferma les yeux d'impatience. Elle détestait entendre son père rire de cette façon, surtout sous son toit. C'était trop tôt, bien trop tôt, pour avoir envie de rire avec autant d'abandon. Allons donc ! Son père n'avait-il pas de cœur ?

Le rire tout en clochettes de sa fille, s'élevant peu après en écho à celui de Chuck, la fit soupirer.

— Et si tu allais te reposer ? proposa Adrien en se levant de table. Je vais m'occuper de la vaisselle.

Maureen ne se le fit pas dire deux fois. L'instant d'après, la porte de leur chambre se refermait sur elle, au grand soulagement d'Adrien. Pour lui, rien n'était plus beau que ces deux rires qui se répondaient, que ces deux voix qui s'apostrophaient joyeusement et se relançaient parfois en anglais, parfois en français et d'entendre les soupirs de Maureen l'agaçait prodigieusement.

Michelle éclata de rire une seconde fois.

— Pas comme ça, grand-père ! Il faut dire mademoiselle, pas mamoiselle !

— Oh ! Ma-de-moi-selle… Michelle !

— Parfait !

Cette fois-ci, les deux rires montèrent à l'unisson.

C'était pour cela qu'Adrien vivait toujours ici, au Texas. Pour avoir l'occasion d'entendre le rire cristallin de sa fille se mêler à celui rocailleux d'un vieil homme qui l'avait soutenu, qui avait toujours été à ses côtés dans l'adversité.

Oui, voilà pourquoi Adrien Lacaille ne retournait pas vivre à Montréal. Par respect pour Chuck, un homme de cœur et d'honneur, qui venait de vivre une dure épreuve, quoi que puisse en penser Maureen, et aussi par amour pour sa fille, qui idolâtrait son grand-père.

Parce que pour le reste, tout le reste, c'était Michelle qui avait eu raison : Maureen n'avait pas du tout besoin d'eux.

* * *

Pourquoi Roméo Blanchet avait-il choisi Ogilvy ? Évangéline l'ignorait et ne tenait pas particulièrement à le demander. Mais c'était quand même avec une certaine réticence teintée d'une grande nostalgie qu'elle le suivait alors qu'il avançait d'un bon pas en direction du commerce.

Pour elle, cependant, même si des tonnes d'eau avaient passé sous les ponts depuis, le grand magasin était bien plus qu'un endroit où faire ses courses.

En effet, c'était ici, au début des années vingt, qu'elle avait rencontré, par le plus grand des hasards, un certain Alphonse Lacaille, celui-là même qui allait devenir son mari quelques mois plus tard. S'il était chez Ogilvy ce matin-là, c'était qu'on l'avait appelé pour une réparation. Dans l'ascenseur où ils s'étaient retrouvés au même moment, sous l'œil attendri de l'opérateur ganté de blanc, ils avaient échangé un regard soutenu au deuxième étage et avant même que l'ascenseur n'eût arrêté au quatrième, Alphonse l'avait invitée à le rejoindre en fin de journée, devant l'entrée principale, pour faire ensemble quelques pas au centre-ville. Il faisait si beau, cela aurait été dommage de ne pas en profiter, avait-il précisé. Intimidée par une telle assurance, décontenancée par un tel culot, Évangéline avait jugé, sur le coup, plus facile d'accepter l'invitation expéditive que de la refuser. Il serait toujours temps, plus tard, de remettre cet impudent à sa place en cas de besoin!

Mais à sa grande surprise, elle n'en avait pas eu besoin, ni de le remettre à sa place ni de rien du tout, car l'inconnu avait un charme fou!

Quand elle était rentrée à la pension où elle habitait, Évangéline savait tout ou presque du jeune homme volubile qu'elle venait de rencontrer. Alphonse Lacaille était menuisier de son état et fils d'ouvrier. Contrairement à certains de ses amis, il n'avait pas fait la guerre et n'avait donc jamais quitté la ville de Montréal. Aîné de trois garçons et de deux filles, il était l'oncle de deux jumelles, filles de sa sœur cadette mariée à tout juste seize ans, et d'un galopin de trois ans, fils de son frère Conrad et de sa belle-sœur Ange-Aimée. Il aimait les enfants, adorait la tarte au sucre à s'en confesser et rêvait de posséder sa propre entreprise de construction, un jour.

D'Évangéline, un peu plus discrète — quand même, on ne se confie pas à un étranger! —, Alphonse avait appris qu'elle était couturière chez Ogilvy, chargée des altérations, et qu'elle remplaçait, à l'occasion, la vendeuse du département de la mercerie, d'où leur rencontre ce midi-là.

Le lendemain, il avait su qu'elle était fille de cultivateur, le surlendemain, qu'elle venait de Saint-Eustache et le samedi suivant, le jeune homme avait quitté Montréal pour la première fois, en direction du nord-ouest, pour rencontrer la famille d'Évangéline.

Au printemps suivant, Alphonse Lacaille avait épousé en toute modestie Évangéline Bolduc, vêtue quand même d'une superbe robe blanche cousue de nuit pour l'occasion, et les tourtereaux s'étaient installés ensemble dans un petit logement situé au-dessus d'un garage bruyant et nauséabond, en attendant qu'Alphonse eût terminé la construction de leur maison dans ses moments de loisirs.

L'idylle avait duré huit ans, le temps de se courtiser, de se marier, d'emménager dans leur belle maison toute neuve, de mettre au monde deux garçons et de perdre avant terme deux petites filles.

C'était à quelques jours de leur septième anniversaire de mariage qu'Alphonse était décédé, lors d'un accident banal, une chute sur un chantier de construction, à quelques rues de chez eux.

À partir de ce jour-là, Évangéline n'avait plus jamais remis les pieds chez Ogilvy, pas même pour emmener ses fils voir la si belle devanture à l'occasion de Noël ou entendre le concert d'orgue offert dans la salle Tudor, elle qui aimait tant la musique.

C'est pourquoi, en ce début d'après-midi venteux, Évangéline suivait à reculons celui qu'elle considérait comme un bon ami depuis un certain temps déjà, mais à qui elle n'avait tout de même pas raconté sa vie.

Ils étaient en route pour trouver la fameuse cafetière promise à Bernadette et Roméo s'était mis en tête, allez donc savoir pourquoi!, de la trouver chez Ogilvy.

Cependant, Évangéline avait à peine fait quelques pas au rez-de-chaussée du magasin qu'elle comprit que sa peur de souffrir à travers les souvenirs l'avait privée d'un petit plaisir facilement renouvelable.

— Viarge que ça fait longtemps, murmura-t-elle, émue, reconnaissant certains détails d'architecture qui n'avaient pas changé.

Puis elle leva les yeux vers Roméo Blanchet.

— J'ai déjà travaillé ici, vous savez, confia-t-elle un peu surprise de son audace. Ça fait un bail, par exemple. J'étais encore jeune fille. Ouais, une ben jeune fille. C'est moé qui faisais les modifications pis les réparations. Des altérations, comme on appelait dans le temps.

— Je ne vous savais pas couturière !

— Hé ! Pis en plusse, c'est icitte que j'ai rencontré mon défunt Alphonse. Lui, c'était mon mari, le père de mes deux gars.

Tout en parlant, Évangéline hochait doucement la tête comme si elle revoyait clairement le passé et qu'il avait encore le pouvoir de l'attendrir. Et probablement l'avait-il malgré le grand nombre des années écoulées.

— Ouais, murmura-t-elle encore, c'est dans l'ascenseur que j'ai vu mon Alphonse pour la première fois.

Après quelques instants d'introspection, Évangéline leva les yeux vers monsieur Blanchet pour une seconde fois.

— Croyez-vous à ça, vous, à ce que d'aucuns appellent le coup de foudre ?

— Je ne sais trop, répondit prudemment l'homme aux cheveux de neige en rougissant comme une jeune fille timide. En tant que célibataire, je ne sais si…

— C'est vrai, coupa Évangéline sans tenir compte de

l'embarras évident du pauvre homme. J'avais complètement oublié que vous avez jamais été marié, vous là. Ben j'vas vous répondre, moé. Pis la réponse, c'est oui. Aussi vrai que chus là, deboutte devant vous, c'est de même que j'ai connu mon mari. Le temps de se regarder, lui pis moé, pis c'était faite. Ça se peut-tu ? Pis ça a duré tout le temps que le Bon Dieu y a donné à vivre, à mon pauvre Alphonse. Proche huit ans, si on calcule les fréquentations. Sans une seule chicane, vous saurez… Ouais, on s'est jamais couchés sur une dispute, lui pis moé, jamais…

Évangéline opina une dernière fois, regarda autour d'elle avec son inimitable sourire, puis elle lança avec cette facilité déconcertante qu'elle avait toujours eue de sauter d'un sujet à un autre :

— Bon, c'est ben beau toute ça… Si vous m'avez amenée icitte, c'est comme rien que vous devez connaître le magasin. Pis ? C'est ousqu'on va trouver ça, une cafetière ? Icitte au rez-de-chaussée ou ben sur les étages ? Pasqu'y' faudrait pas l'oublier : c'est pour ça qu'on est venus jusqu'en ville, pour acheter une cafetière à Bernadette, pas pour ressasser des vieux souvenirs !

Une demi-heure plus tard, fière comme un paon, Évangéline payait une belle cafetière en porcelaine blanche.

— Vous aviez raison, Roméo, on a trouvé icitte quèque chose de pas mal mieux que les modèles en vitre transparente qu'on voit un peu partout. C'est sûr qu'avec une belle cafetière de même, Bernadette a' sera pas gênée de servir son café à la table quand on va avoir de la visite.

Le mot *visite* la fit rougir un peu. Embarrassée, Évangéline se détourna et prit le sac contenant la cafetière d'une main un peu plus brusque que nécessaire. Elle qui n'avait pas son pareil pour lancer une vérité bien sentie à la tête de quelqu'un n'arrivait tout simplement pas à trouver les mots pour inviter Roméo Blanchet à partager un repas ou une soirée avec sa famille. L'étincelle de moquerie apparue hier soir dans la pupille de Bernadette quand celle-ci lui avait demandé si elle pouvait espérer la venue de monsieur Blanchet dans un délai raisonnable, n'avait nullement arrangé les choses. Bien au contraire! Elle avait suscité une réelle mauvaise humeur et c'est pourquoi Évangéline n'avait trouvé rien de mieux qu'un grognement à faire en guise de réponse.

Encore en ce moment, embêtée par le mot *visite* qu'elle avait elle-même prononcé et sachant fort bien que l'occasion serait idéale pour lancer son invitation, justement, Évangéline, sans trop savoir pourquoi, restait silencieuse.

— Et maintenant, que diriez-vous d'une petite pause? suggéra Roméo en lui enlevant gentiment le sac des mains avec sa galanterie habituelle. Il me semble qu'une pâtisserie avec un café, ça serait bon.

— Un café, j'ai pas de trouble avec ça, rétorqua Évangéline, soulagée de passer à un autre sujet. Mais moé, les pâtisseries, je trouve ça riche pis sucré sans bon sens! Une tarte aux pommes, par exemple…

— Va pour la tarte aux pommes! trancha aussitôt monsieur Blanchet, tout heureux de voir que sa suggestion avait trouvé preneur. Suivez-moi.

À cette heure de la journée, la salle à manger était presque déserte.

Le temps de passer la commande, de jeter un regard critique autour d'elle, puis Évangéline s'accota confortablement contre le dossier de sa chaise.

— Finalement, c'est mieux que chez Eaton! déclara-t-elle

en regardant une seconde fois autour d'elle. Icitte, au moins, y' font encore le service aux tables. Pour quèqu'un comme une mère de famille, obligée de servir toute sa gang à longueur d'année, laissez-moé vous dire que se faire servir à son tour pis avoir la chance de manger assis, ça vaut son pesant d'or. Moé, les cafétérias, comme y' disent, j'haïs ça ben gros.

— Moi non plus, je n'aime pas vraiment ça.

— Bon point pour vous, Roméo ! Oh ! V'là la serveuse…

Évangéline afficha un sourire gourmand.

— Ça va être bon, j'ai faim !

Durant un bon moment, ils mangèrent en silence. Puis, brusquement, Évangéline cessa de mastiquer.

— Écoutez !

En sourdine, une musique enjouée soutenait le bruit des ustensiles et des pièces de vaisselle entrechoquées.

— Glenn Miller ! nota Évangéline, de toute évidence ravie.

La fourchette pointant le plafond, la vieille dame battait la mesure.

— C'est-tu de la belle musique, ça ! Glenn Miller, Tommy Dorsey, Frank Sinatra, Doris Day… Juste à entendre le *White Christmas* de Bing Crosby, c'est pas mêlant, ça me donne envie de brailler… Ouais, c'était des belles années, même si ça a été des années difficiles.

Les yeux dans le vague, la fourchette en l'air et la tête battant toujours la mesure, Évangéline ne vit pas le sourire empreint de tendresse qu'esquissa bien malgré lui son voisin de table.

— Dans c'te temps-là, ajouta Évangéline, songeuse, on se contentait de peu pour faire son p'tit bonheur…

Puis elle ramena son attention sur Roméo Blanchet.

— Vous trouvez pas, vous, que dans ces années-là, ça nous en prenait ben moins qu'aujourd'hui pour être heureux ?

D'un signe de tête, Roméo Blanchet approuva.

— Vous êtes surprenante, Évangéline, constata le vieil homme… À vous voir, on ne peut s'imaginer que vous êtes une férue de musique. Pourtant, ce n'est pas la première fois que vous avez des remarques avisées sur un air entendu, une chanson en particulier. Et vous avez raison en parlant de nos jeunes années : un rien nous satisfaisait, nous faisait plaisir. Comme parfois, un mot gentil ou un petit geste… Je ne sais trop comment…

Roméo se tut brusquement, laissant sa phrase en plan. Évangéline, qui avait recommencé à manger, leva les yeux de son assiette. Elle eut l'impression qu'une petite rosacée inattendue maquillait les joues de son voisin de table. Bien involontairement, elle fronça ses sourcils broussailleux, ce qui lui donna automatiquement un air sévère pas vraiment encourageant. Sa mimique contrastait grandement avec tout ce qu'elle venait de dire joyeusement.

— Ouais ? demanda-t-elle dès qu'elle eut avalé sa bouchée. Que c'est que vous savez pas pis que vous voudriez savoir ?

La rosacée de Roméo Blanchet devint rougeole !

Prenant alors une profonde inspiration, comprenant qu'il en avait trop dit pour faire marche arrière, Roméo reprit :

— Ce que je ne sais pas, c'est tout simplement comment vous dire à quel point j'apprécie votre présence, chère Évangéline, avoua-t-il péniblement, d'une voix hésitante. Et que je suis flatté de la confiance que vous me témoignez quand vous m'entretenez de votre épicerie familiale avec autant de liberté.

Le pauvre homme avait débité sa phrase sans respirer, sur

un ton monocorde, profondément déçu de lui-même et de sa balourdise.

La première chose qu'Évangéline retint de ce gentil témoignage ce fut l'expression *épicerie familiale*. Elle fut très douce à ses oreilles, rejoignant intimement ce qu'elle-même ressentait depuis quelque temps.

Puis tout le reste de la phrase s'imposa brusquement à son esprit. « J'apprécie votre présence, chère Évangéline... »

Chère Évangéline...

Ce fut au tour de la vieille dame de sentir le feu s'emparer de ses joues, avant de monter à son front.

Mais qu'est-ce que c'était que ça ?

De simples mots, une gentille intention, une grande déclaration ?

Évangéline n'était plus tout simplement embêtée, elle était tout à fait perturbée, ce qui, il faut l'avouer, ne lui arrivait pas souvent, et de ce fait la laissa bouche bée.

S'il n'y avait eu que les mots, peut-être bien que la vieille dame aurait fini par trouver ce qu'il fallait dire en une telle circonstance. Peut-être bien qu'elle aurait tout simplement renvoyé la politesse. Après tout, elle appréciait tout autant la présence de Roméo Blanchet et même si ces quelques paroles la mettaient fort mal à l'aise, oui, elle aurait su trouver la répartie convenant à la situation et la tournure pour l'exprimer adéquatement.

Malheureusement, comme si les mots employés par monsieur Blanchet ne suffisaient pas à exprimer le fond de sa pensée, le vieil homme tendit la main au même moment et vint la poser sur celle d'Évangéline avec une douceur remplie de tendresse.

Le geste déconcerta la vieille dame qui, depuis des lustres, avait perdu l'habitude de telles démonstrations. Le temps d'un regard sur sa main emprisonnée sous celle de monsieur Roméo et Évangéline comprit que ce simple geste la bouleversait.

Hypnotisée par l'image de sa main enveloppée par celle de monsieur Blanchet, Évangéline resta immobile durant un moment qui lui parut durer une éternité, tandis que des milliers de pensées se bousculaient dans sa tête et dans son cœur.

Puis, un long frisson la fit tressaillir, car au-delà des émotions et des sentiments, il y eut un nom qui se mit à planer jusqu'à devenir omniprésent.

Alphonse.

Son Alphonse, à qui elle avait été fidèle plus loin que la mort.

Brusquement, Évangéline eut l'impression que le fantôme de son mari était là, tout près d'elle, observant la scène d'un œil sévère, réprobateur, lui qui avait été si gentil et si conciliant de son vivant.

Ce fut suffisant pour lui enlever définitivement toute velléité de réplique. Évangéline retira vivement sa main. Elle n'avait pas le droit. Même si elle venait de comprendre qu'elle avait espéré un geste comme celui-là et que c'était ce même espoir qui l'avait empêchée d'inviter Roméo Blanchet à se joindre à sa famille, pour un repas ou une veillée, elle n'avait pas le droit d'accepter la moindre familiarité de sa part. Voilà pourquoi elle était si gênée de l'inviter, elle avait peur que le geste soit interprété exactement pour ce qu'il était: l'envie inavouée de se rapprocher de lui.

— J'ai ben l'impression que j'ai pus tellement faim, fit alors Évangéline en repoussant son assiette vers le centre de la table.

Puis quand elle vit que sa main tremblait, elle ajouta :

— Pis j'ai pas soif non plus.

Cela ne l'empêcha pas de jeter un regard d'envie sur le café fumant qui lui aurait fait le plus grand bien. Mais dans l'état où elle se trouvait, Évangéline avait peur de tout renverser en portant la tasse à sa bouche.

— Finalement, moi non plus.

D'un geste du doigt, Roméo fit signe à la serveuse.

— Donnez-moi le temps de régler l'addition et je vais vous reconduire.

Le retour vers la demeure d'Évangéline se fit dans un silence inhabituel, quasi monacal. Roméo était apparemment fort concentré sur la conduite automobile et Évangéline, de son côté, paraissait fascinée par l'architecture des édifices du centre-ville. Eux qui, en temps normal, discutaient joyeusement des trouvailles de la journée, étaient subitement muets, chacun étant perdu dans ses pensées.

D'un feu de circulation passant au jaune à un coin de rue achalandé, Roméo se répétait, accablé, qu'il n'avait jamais eu le tour avec les femmes, d'où le sobriquet qui lui collait à la peau depuis longtemps déjà : le célibataire endurci. Mais Dieu lui était témoin que ce n'était pas faute d'avoir essayé et que la carapace n'était pas si dure que cela ! Malheureusement, toutes ses tentatives s'étaient soldées par un échec, à l'image de ce qui venait de se passer avec Évangéline. S'il était encore seul dans la vie, c'était qu'il n'avait jamais su dire les bonnes choses, au bon moment et de la bonne manière, voilà tout ! Dans son cas, le célibat était un mode de vie tout à fait involontaire, non voulu mais malheureusement imposé par les circonstances, et résultait de sa grande timidité, bien camouflée sous le vernis de sa grande érudition. À force de vivre seul, Roméo Blanchet avait tout lu ce qui lui tombait sous la main et il avait une opinion sur tout!

D'une rue à l'autre, tout en se rapprochant du quartier où habitait Évangéline, Roméo profita de la brève randonnée en auto pour se rabrouer copieusement. Il aurait dû attendre, aussi!

Du coin de l'œil, il contempla Évangéline et il s'en voulut davantage. De toute évidence, sa pauvre amie était bouleversée et tout était de sa faute!

Il se retint pour ne pas donner un coup de poing sur le volant.

Quant à Évangéline, même si elle semblait fort concentrée, c'est passivement qu'elle regardait la ville défiler de l'autre côté de la vitre. En fait, elle n'avait qu'un nom en tête: Alphonse.

Alphonse Lacaille, son mari. Le seul homme qu'elle eût aimé, le seul à qui elle avait pensé tous les jours de sa vie, vivant ou mort.

Alphonse...

Pour la vieille dame qu'elle était devenue, après avoir élevé sa famille toute seule, avoir ce nom en tête était amplement suffisant pour ne penser à rien d'autre.

C'est à peine si Roméo et Évangéline échangèrent un ou deux mots de politesse quand l'automobile s'arrêta devant l'imposante maison de briques grises.

— Merci pour toute.

— Mais de rien, voyons.

Évangéline s'enferma dans sa chambre dès qu'elle entra dans la maison, sans même saluer Bernadette qu'elle entendait s'affairer à la cuisine. Si jamais on frappait à sa porte, elle dirait qu'elle avait mal à la tête.

Et ce ne serait qu'un pieux mensonge!

Allongée sur son lit, Évangéline essaya de reprendre ses esprits. Par sa fenêtre entrouverte, elle entendait le chant des oiseaux qui avaient envahi les arbres de l'avenue depuis le début de la semaine, mais elle n'arrivait pas à l'apprécier. En souvenir de son mariage, elle avait toujours dit qu'avril était un mois béni, à ses yeux, mais ce soir, elle n'en était plus aussi certaine.

Mais qu'est-ce qui lui avait pris ?

Bien sûr, elle n'était pas l'instigatrice du geste, mais c'était son cœur à elle qui s'était emballé comme celui d'une gamine !

— Pourquoi ? Pourquoi c'est faire que j'étais contente que Roméo Blanchet me prenne la main ? Ça a pas une miette de bon sens, cette histoire-là ! J'ai pus vingt ans, pour m'émoustiller pasqu'un homme me prend la main. Voyons don !

Évangéline n'était pas choquée, loin de là, elle était plutôt désolée, consternée, décontenancée. Puis le naturel, son naturel bien à elle, fait d'autorité et de brusquerie, reprit le dessus.

— Non, j'ai pas vingt ans, échappa-t-elle en soupirant longuement. J'ai même pus soixante ans, viarge ! Ça a pas d'allure comment c'est que la vie a passé vite !

Évangéline ferma les yeux sur cette constatation navrante et aussitôt, comme un film que l'on rembobine et repasse, ce fut l'image de la main de Roméo Blanchet sur la sienne qui réapparut. Elle en ressentait encore la chaleur et ce fut comme si tout son corps en était enveloppé.

À cette pensée, son cœur se mit à battre un peu plus fort, un peu plus vite. Évangéline ouvrit précipitamment les yeux.

— C'est don ben cave, mon affaire ! Voir qu'on peut tomber en amour à nos âges. M'as-tu vu l'allure ? J'ai le cœur qui débat comme si j'étais une jeunette… De toute façon, y a pas un chrétien d'homme qui pourrait avoir envie de... Non, non, non... C'est juste un ami, Roméo Blanchet. Même pas, c'est une connaissance. Ouais, c'est de même qu'y' faut dire ça à notre âge : c'est juste une connaissance avec qui je m'adonne ben. Un peu comme avec Noëlla. Sa main sur la mienne, c'était juste une marque d'amitié, pis j'ai faite une folle de moé en réagissant comme si ça voulait dire autre chose... Que c'est que Roméo va penser de moé ? Cré maudit ! Me v'là ben amanchée... Va don le rappeler, astheure, le Roméo ! Va don y dire que tu l'invites à veiller sans qu'y' se fasse des accroires. Ma pauvre Évangéline ! Si tu l'invites, c'est là que tu vas avoir l'air encore plusse folle que jamais, pasque dans le fond, tu le sais ben que c'est juste une sorte d'amitié, votre affaire. Rappelle-toé ! Ça ressemble pas pantoute à ce que t'as vécu avec ton Alphonse. Pas pantoute... Mais que c'est qui t'as passé par la tête, coudon ?

Évangéline soupira une seconde fois, de découragement.

— Faut dire, par exemple, qu'y' m'a pris par surprise, ajouta-t-elle à mi-voix pour sa défense. Je m'attendais pas à ça pantoute. Pas de sa part, entécas. Y' a tellement des belles manières, Roméo Blanchet. C'est pour ça que chus toute chamboulée, ça m'a pris par surprise, c'est toute. Ça faisait tellement longtemps qu'un homme m'avait pas... Hein Alphonse, que ça fait longtemps ?

Une boule d'émotion encombrait la gorge d'Évangéline.

— Vieux sacripant ! Voir que t'avais le droit de partir de même en me laissant tuseule, Alphonse Lacaille !

Évangéline s'étourdissait de paroles, murmurées à voix basse dans le secret de sa chambre, s'adressant à son défunt mari comme s'il avait été à ses côtés, geste qu'elle avait répété à l'envi tout au cours de sa vie. Une avalanche de mots pour oublier que durant un court moment, elle avait négligé l'âge et les souvenirs, la vie passée trop vite et le mari disparu trop tôt, et qu'elle avait accepté de se laisser surprendre par la douce chaleur d'une main d'homme posée sur la sienne.

Qu'elle y avait même pris plaisir.

Une larme, une seule, déborda de sa paupière et suivit le sillon d'une ride. Du revers de la main, Évangéline l'essuya brusquement en reniflant et posa un long regard sur cette chambre où elle dormait seule depuis tant d'années.

— Viarge que c'est pas drôle de vieillir, constata-t-elle en prenant à témoin les murs couverts de tapisserie fanée.

Un dernier tour d'horizon sur le vieux mobilier, les tentures défraîchies, la carpette élimée, puis la vieille dame se tourna sur le côté, roula l'oreiller en boule sous sa tête et referma les yeux.

— Non, c'est pas drôle pantoute de vieillir, marmonna-t-elle, bien décidée à essayer de trouver le sommeil pour ainsi tracer une croix sur tout ce qui venait de se passer. Pis c'est encore pire, je pense ben, quand on a le malheur de vieillir tuseule.

CHAPITRE 8

C'est le début d'un temps nouveau
La terre est à l'année zéro
La moitié des gens n'ont pas trente ans
Les femmes font l'amour librement
Les hommes ne travaillent presque plus
Le bonheur est la seule vertu

C'est le début d'un temps nouveau
RENÉE CLAUDE
(S. VENNE)

Montréal, lundi 4 mai 1970

Au bout d'à peine deux ou trois heures d'un mauvais sommeil, il suffit de quelques trilles timides d'un oiseau solitaire pour éveiller Laura.

Le jour n'était encore que grisaille au-dessus du toit voisin, mais elle comprit qu'elle ne se rendormirait pas.

Hier, pour la première fois de leur courte histoire à deux, Bébert et elle s'étaient quittés en colère l'un envers l'autre.

Bébert trouvait que l'attente avait assez duré.

Laura demandait un dernier délai.

— Comment ça, batince, attendre encore jusqu'au mois de juin pour parler à ta famille ? T'avais dit au printemps, Laura Lacaille, pas en été. Le quatre de mai, me semble que c'est pas mal au printemps, ça ! Tu trouves pas que ça a assez duré de même ? Moi, vois-tu, je pensais qu'on se marierait, au mois de juin !

— Moi avec, figure-toi donc !

— Ben que c'est que t'attends, d'abord ?

— Que la nouvelle épicerie ouvre !

Bébert avait fermé les yeux d'exaspération.

— L'épicerie, l'épicerie, avait-il grommelé, irrité. Depuis des mois, t'as juste ce mot-là dans la bouche !

— Comme si tu ne savais pas pourquoi ! C'est important pour moi, l'épicerie Lacaille, avait répliqué sèchement Laura. Ça fait des années et des années que j'en rêve, de travailler avec mes parents !

— Ouais... Pis ?

— Comment ça, ouais, pis ?

— Qu'est-ce que ça change à notre projet de mariage, ça ?

— Maudite marde ! Dis-moi pas qu'il va falloir que je recommence à tout t'expliquer depuis le début ?

— Non, pas besoin ! Perds pas ton temps à ça, ma pauvre Laura, pis fais-moi pas perdre le mien, par la même occasion.

— C'est pas gentil ce que tu viens de dire là. Pas gentil du tout.

Bébert avait poussé un long soupir.

— OK, je m'excuse, avait-il dit après un bref silence. Je le sais ben que c'est pas de ta faute pis que c'est ta grand-mère qui est en arrière de toute cette histoire-là. Inquiète-toi pas, t'as pas besoin de le répéter.

— Pas juste ma grand-mère. La tienne aussi. Faudrait pas l'oublier.

— OK, la mienne aussi, si ça peut te faire plaisir. Mais remarque que moi, je m'en fous pas mal, de ma grand-mère. C'est à peine si je la vois au jour de l'An... Mais une fois toute ça admis, ça change rien à la situation. Me semble que tu pourrais au moins parler à ta mère, non ? Si ça continue de même, tout le monde dans le quartier va être au courant pour nous deux, sauf peut-être ta famille pis c'est là que...

— C'est niaiseux, ce que tu viens de dire là, avait coupé Laura, en haussant le ton. On fait bien attention pour ne pas trop se montrer en public ensemble. À moins que toi tu parles autour de toi, je ne vois pas comment...

— Bravo pour la confiance !

Bébert sentait la moutarde lui monter au nez.

— À mon tour, de dire que c'est pas tellement gentil de ta part de croire que...

— D'accord, je m'excuse, les mots ont peut-être dépassé ma pensée, avait admis Laura, conciliante. N'empêche que je ne vois pas trop comment les gens du quartier pourraient savoir pour toi et moi si...

— Justement ! avait lancé Bébert, interrompant Laura à son tour. J'en ai assez de vivre en cachette. Pas toi ?

Laura avait haussé lentement les épaules avant de répondre.

— C'est sûr, mais pour le moment, on n'a pas vraiment le choix. C'est ça ou je ne serai pas avec mes parents le jour de l'ouverture de la nouvelle épicerie. Pis tu sais à quel point j'y tiens.

— Oh, que oui, je le sais ! T'arrêtes pas d'en parler, sacrifice. Je pense que tu y tiens encore plusse qu'à notre mariage.

— Vraiment ? C'est vraiment ce que tu penses, Robert Gariépy ?

— Qu'est-ce que tu veux que je pense d'autre, Laura ?

Assis en tailleur, Bébert avait lancé un regard chargé de tristesse à celle qu'il aurait bien voulu présenter comme étant sa fiancée à l'univers entier !

— Penses-tu que ça me fait plaisir de toujours passer en deuxième ? avait-il ajouté avec une pointe d'amertume dans la voix.

— C'est pas vrai que tu passes en deuxième, Robert Gariépy ! La preuve, c'est que je suis dans ton lit, en ce moment.

Laura avait alors tiré fermement sur la couverture pour la remonter jusqu'à son menton, puis elle s'était installée en tailleur à son tour.

— Si tu passais juste en deuxième, on serait assis dans le salon pour discuter, avait-elle constaté avec une pointe de causticité dans la voix. Pas dans ton lit !

— Peut-être, oui. Je m'excuse… Mais je te répète que j'en ai assez de vivre nos fréquentations en cachette. C'est pas une vie, ça ! On a pus quinze ans, voyons don, pour se cacher des parents.

— Je le sais…

Laura avait alors levé un regard navré vers Bébert. Tout ce que le jeune homme était en train de lui dire, elle le savait déjà et elle n'arrivait pas à lui donner entièrement tort.

— Ça achève, promis, avait-elle conclu en s'efforçant de mettre une bonne dose d'assurance dans sa voix.

Mais cela n'avait pas suffi pour rasséréner Bébert. Des promesses, il y en avait déjà trop eu. Il avait donc tiré sur la couverture d'un geste brusque, ce qui, chez lui, dénotait une grande impatience.

— C'est ça que tu dis depuis des mois. Moi, j'vas y croire le jour où j'vas t'avoir passé la bague au doigt. Pas avant.

— Et si on parlait du mois de septembre ? Il me semble que ça serait beau, une noce sous les arbres orangés. Qu'est-ce que tu en penses ?

— Je viens de te le dire, Laura, avait répondu sans hésitation un Bébert de plus en plus boudeur. J'vas y croire le jour où ça va être faite. Pas avant.

— T'es vraiment de mauvaise foi !

— Appelle ça comme tu voudras, c'est ça qui est ça.

À ces mots, Laura avait levé les yeux au ciel, exaspérée.

— J'haïs ça, des réponses comme celle-là, Bébert, j'haïs donc ça ! C'est ça qui est ça, avait-elle parodié d'une voix ironique. Moi, vois-tu, j'appelle ça une réponse de borné, ce que tu viens de me dire là.

— Borné ?

La voix de Bébert grondait de colère retenue.

— C'est ce que tu penses de moi ? Que je suis un homme borné ?

Laura avait relevé le menton dans un geste de défi.

— Quand tu parles comme ça, oui.

— Qu'est-ce qu'on pourrait dire de toi, d'abord ? Hein ? Ta manière de voir l'avenir a pas plus d'envergure que la mienne, Laura Lacaille !

— Oh !

La jeune femme, peu habituée à se faire rabrouer sur ce ton, en avait été offusquée.

L'envie de sortir du lit, de s'habiller en un tournemain et de s'en aller en claquant la porte lui avait alors traversé l'esprit.

S'imaginer sortant de ce même lit, entièrement nue, sous le regard colérique de Bébert l'en avait dissuadée.

— Comment ça, sans envergure ? avait-elle finalement demandé d'une voix qui grondait d'impatience et de colère.

Un silence chargé d'animosité avait plané dans la chambre durant un bref moment. Puis, d'une voix perplexe, Bébert avait tenté de répondre.

— Je comprends pas, avait-il alors expliqué au bout de ce bref moment d'introspection, je comprends pas que ta vision de l'avenir s'arrête à l'inauguration de l'épicerie ! Voyons don, Laura ! Qu'est-ce qui va se passer après ? Tu le dis toi-même que ce que tu aimerais le plus dans la vie, c'est de travailler avec tes parents.

— Oui, c'est vrai. Mais je ne…

— S'il te plaît, laisse-moi finir, Laura… Tes parents, c'est une chose et ta grand-mère, c'est autre chose. Et pour l'instant, le nœud du problème, c'est ta grand-mère. Le jour où tu vas annoncer qu'on veut se marier, toi pis moi, que l'inauguration soye passée ou pas, selon tes prévisions, tu risques d'être mise de côté pour ce qui est du travail à l'épicerie, pis peut-être pour plusse que ça. C'est plate à dire, mais t'es à peu près certaine que c'est ce qui va se passer si ta grand-mère décide de me garder rancune. Ça fait des mois pis des mois qu'on en parle, pis dis-toi ben que pour moi, c'est une belle preuve d'amour si t'es prête à être tassée comme ça pour vivre avec moi. Ce que je comprends moins, par exemple, c'est pourquoi il faut attendre encore des mois si finalement, au boutte du compte, le résultat va être le même ?

C'est à ce moment-là que la tension avait monté d'un autre cran entre Bébert et Laura, parce que celle-ci savait que le jeune homme avait raison. En effet, pourquoi attendre ? Pour goûter à quelques heures d'une gloriole peut-être bien légitime mais fort passagère au moment de l'inauguration de la nouvelle épicerie ? Malheureusement, avouer ouvertement que son attitude était peut-être enfantine ne faisait pas partie des intentions de Laura. Sans le moindre scrupule, elle avait donc reporté ses hésitations sur le dos d'Évangéline.

— T'as peut-être raison, Bébert, pis on attend peut-être

pour rien, c'est vrai. On ne le sait pas, pis probablement qu'on ne le saura jamais. Une chose que je sais, par contre, c'est que ma grand-mère est toujours plus facile à aborder quand tout va bien pour elle. Tu ne penses pas, toi, que l'idéal serait de se marier dans l'harmonie ? Que l'idéal serait d'envisager l'avenir, justement, avec optimisme, sachant que notre union est approuvée par tout le monde, y compris ma grand-mère ?

— C'est ben certain.

— Alors pour ça, va falloir attendre un peu, parce que pour l'instant, et je ne sais pas pourquoi, ma grand-mère n'est pas particulièrement de bonne humeur. Lui parler de nos projets maintenant est voué à un échec certain. Tandis que si on attend l'inauguration, on a de bonnes chances que la bonne humeur soit revenue.

— Sur quoi tu te bases pour dire ça ?

Bébert semblait à moitié convaincu.

— Tout ça a l'air bien compliqué.

— Pas du tout ! Quand les sourcils de ma grand-mère se touchent en permanence parce qu'elle les garde froncés, c'est mauvais signe. Très mauvais signe, même.

Bébert avait ouvert deux grands yeux incrédules.

— C'est sur ça que tu te bases pour décider de notre avenir ?

— Pourquoi pas ? Si c'est là un signe indiscutable de l'humeur de ma grand-mère, et ça l'est, crois-moi, je ne vois pas pourquoi je ne m'y fierais pas.

— Ben oui, c'est ça, avait rétorqué Bébert, totalement désabusé cette fois-ci. Pis moi, quand je croise les doigts, avait-il ajouté en levant les deux mains, index et majeurs croisés, c'est pour conjurer les mauvais sorts ! Batince, Laura, arrête de rire de moi, veux-tu ! J'ai l'impression de discuter avec une enfant. Ça rime à rien, tout ça.

— C'est vraiment ce que tu penses de moi, Bébert ? Que je ne suis qu'une enfant ?

— C'est pas ce que j'ai dit.

— Ben moi, c'est ce que j'ai compris…

Laura avait alors pris une profonde inspiration, vibrante de colère. Effectivement, leur discussion ne menait nulle part.

— Sors de la chambre, je veux m'habiller, avait-elle ordonné.

— Parce qu'il faut que je sorte, maintenant ?

— Pour le moment, et après ce que tu viens de me dire, oui ! Avant que les mots ne dépassent notre pensée, je crois qu'il est préférable que je rentre chez moi.

— Si c'est ce que tu veux.

Bébert était déjà debout, totalement indifférent, lui, à la nudité qu'il affichait. Du bout des doigts, il avait attrapé son jeans avachi sur le plancher et sa chemise accrochée sur le pied du lit et sans un regard pour Laura, il avait promptement quitté la chambre en lançant par-dessus son épaule :

— Prends tout ton temps, Laura Lacaille, moi, je sors d'ici avant d'étouffer. Tu fermeras à clé, en partant. Manquerait plus juste que je me fasse voler, astheure !

Laura n'avait osé lui demander où il comptait aller, et c'est le cœur gros qu'elle s'était habillée et qu'elle avait marché à pas lents jusque chez elle.

Et voilà pourquoi, ce matin, le chant timide d'un oiseau l'avait réveillée à l'aube et que sur ses lèvres, il y avait encore le goût salé des larmes versées dans l'oreiller hier soir.

« Et le pire, constata Laura en remontant la couverture sur ses épaules, c'est que je n'ai personne à qui me confier, à qui demander conseil. »

Francine, trop grande langue aux dires de Bébert, ne pouvait être mise dans le secret pour le moment. Ça risquait de déclencher un cataclysme, si jamais Évangéline avait vent des projets de Laura avant que celle-ci ne lui eût parlé.

Gaétane, la mère de Bébert, même si elle était dans la confidence depuis quelque temps déjà, n'était vraiment pas la personne rêvée avec qui discuter, car son point de vue était déjà bien arrêté : si Évangéline Lacaille ne pouvait sentir les Gariépy, la réciproque était aussi vraie et, à ses yeux, ce n'était pas suffisant pour empêcher les deux jeunes d'être heureux ensemble. Devant une telle perception des choses, Laura n'était pas vraiment à l'aise avec la mère de Bébert, d'autant plus que son fils et elle venaient de se chicaner.

Sa propre mère, malgré ce que pouvait en penser Bébert, n'était pas non plus la confidente idéale. Avec l'inauguration de la nouvelle épicerie qui approchait à grands pas, Bernadette n'était pas à prendre avec des pincettes. L'invraisemblable mariage de sa fille avec un Gariépy risquait fort de lui donner de l'urticaire, comme elle avait coutume de dire quand certaines choses l'agaçaient.

Évangéline, quant à elle, affichait une mine patibulaire depuis quelques semaines, sans que personne ne sache vraiment pour quelle raison, d'ailleurs, ce qui excluait toute tentative de discussion, même si Laura savait qu'elle ne pourrait y échapper indéfiniment.

— Pis Alicia, elle, je ne sais même plus ce qu'elle devient, soupira la jeune femme en se retournant entre ses draps.

En effet, depuis l'appel de Charlotte, en janvier dernier, lui annonçant qu'elle partait pour l'Angleterre, Laura n'avait plus eu aucune nouvelle de leur part. Même ses lettres étaient restées sans réponse et cette fois-ci, Laura n'osait aller frapper à la porte de Charlotte pour savoir ce qui se passait.

Ne restait plus qu'Angéline, la fille de la tante Estelle, avec qui Laura s'entendait bien. Mais comment la cousine de son père prendrait-elle une confidence concernant ses fréquentations avec un Gariépy ?

Après tout, la vie d'Angéline, tout comme celle de sa mère, avait été marquée au fer rouge justement à cause d'un Gariépy !

De toute façon, si Angéline savait se montrer une compagne de travail attentionnée, il n'en restait pas moins qu'elle faisait partie de la famille Lacaille et ce n'était pas elle qui devait être mise au courant de la situation en premier. Laura était persuadée que si elle se confiait à Angéline en tout premier lieu, sa grand-mère lui en voudrait à tout jamais !

Ce fut au moment où, contre toute attente, le sommeil recommençait à l'envelopper de ses brumes que Laura pensa à Cécile la docteure qui habitait Québec.

— Bien sûr ! fit-elle d'une voix endormie. Cécile est au courant pour Bébert et moi, et elle a toujours été de bon conseil. Comment se fait-il que je n'ai pas pensé à elle avant ?

Ce fut sur cette interrogation que Laura sombra enfin dans un sommeil nettement plus réparateur que celui de la nuit. Comme elle ne travaillait pas aujourd'hui, elle attendrait que toute la famille ait quitté la maison pour s'en aller à son tour. Elle laisserait tout simplement un petit mot sur la table de la cuisine disant qu'elle s'absentait pour la journée. Trois heures d'autobus, quinze minutes de taxi et elle serait rendue chez Cécile.

Pour elle, en effet, la question ne se posait même pas ! En bonne psychologue qu'elle était, il n'y avait aucune raison de remettre à plus tard la chance d'avoir une oreille attentive à l'écoute de ses problèmes.

Savoir que dans quelques heures, elle serait à Québec avec Cécile, avec en bonus, peut-être, une petite visite à Francine, aida Laura à dormir comme un loir. Comme souvent, ce fut le claquement de la porte de la cuisine qui la tira de ce sommeil profond. En quelques instants, au silence qui enveloppait la maison, Laura comprit que même sa grand-mère était partie, probablement à la messe du matin comme elle le faisait de plus en plus souvent depuis quelque temps.

— Tant mieux, murmura-t-elle en se levant.

En moins de temps qu'il n'en faut pour le dire, Laura quittait la maison à son tour. Direction, le terminus d'autobus !

La route se fit sous un ciel gris, mais Laura ne s'en souciait guère, occupée qu'elle était à ressasser tout ce qu'elle voulait dire à Cécile.

Le temps de monter à la haute ville en taxi et la jeune femme se présentait à la porte de la demeure de Cécile. Comme si elle s'apprêtait à partir ou attendait justement une visite, Cécile ouvrit la porte dès le premier coup de sonnette. Un large sourire éclaira tout de suite son visage lorsqu'elle reconnut Laura. Puis ses sourcils se froncèrent dès qu'elle comprit que la jeune visiteuse n'était pas au meilleur de sa forme. Elle ouvrit tout grand la porte pour que celle-ci puisse entrer.

— Quelle belle surprise !

Par curiosité, elle tendit le cou pour voir avec qui Laura était venue. Étonnée, elle vit un taxi qui tournait le coin de la rue.

— Toute seule ? demanda-t-elle en refermant la porte.

— Oui, toute seule comme une grande fille !

Cécile remarqua aussitôt l'amertume qui teintait la voix de Laura.

— Comme je ne travaillais pas aujourd'hui, j'ai eu envie de venir te voir.

— Alors viens ! On va s'installer dans la cuisine. Tu es chanceuse, je ne travaille que cet après-midi ! Un thé ? Un café ?

Ce fut finalement un jus et quelques tranches de pain grillé, car Laura n'avait pas pris le temps de déjeuner.

Émue, Cécile la regarda dévorer tout ce qu'elle avait déposé sur la table. Connaissant Laura depuis des années maintenant, ayant été à son écoute et attentive à ses besoins comme elle l'aurait fait avec sa propre fille si le destin en avait voulu autrement, Cécile savait fort bien que les confidences finiraient par venir. La jeune femme n'était pas venue chez elle un lundi matin, et toute seule de surcroît, sans avoir une raison valable.

Comme elle connaissait les liens qui l'unissaient à Bébert et qu'elle était au courant aussi de tout l'imbroglio qui séparait leurs deux familles, elle se doutait bien du sujet de leur conversation à venir.

Laura n'y alla pas par quatre chemins. Dès qu'elle eut fini de manger, elle planta un regard décidé dans celui de Cécile.

— Est-ce que c'est toujours aussi difficile, la vie à deux ? demanda-t-elle avec une certaine agressivité dans la voix.

— Parce que tu vis avec Bébert, maintenant ? rétorqua malicieusement Cécile, qui était loin de se douter de tout ce qu'elle allait apprendre en ce matin de printemps grisâtre.

— Non, pas vraiment. Mais… mais c'est tout comme.

Laura n'eut pas besoin d'être plus explicite. La rougeur intense de ses pommettes parlait d'elle-même.

Pour Cécile, ce fut comme si le temps faisait une pause avant de plonger en arrière pour s'arrêter au printemps 1944.

Elle non plus, elle ne vivait pas avec son fiancé de l'époque, pas dans le sens communément accepté, mais c'était tout comme. Et puisque pour elle, il ne pouvait y avoir qu'une seule issue à cela, elle demanda :

— Es-tu enceinte ?

— Non, crains pas, je ne suis pas enceinte. Du moins pas encore, mais si ça continue comme c'est parti là, ça pourrait bien finir par arriver. Remarque que ça serait peut-être la meilleure solution.

Cécile, qui avait déjà vécu une situation analogue, ferma les yeux d'épouvante une fraction de seconde avant de demander :

— Pourquoi dis-tu que ça serait peut-être la meilleure solution ?

Laura haussa alors les épaules devant ce qui lui apparaissait comme une évidence.

— Parce que ma grand-mère serait bien obligée de plier devant un fait aussi incontestable. Non ?

— Pas nécessairement, répondit Cécile avec prudence.

Ce n'était pas la première fois qu'elle avait une discussion de ce genre-là et pas plus aujourd'hui qu'au jour où elle avait longuement parlé avec Francine, Cécile ne se sentait à l'aise de le faire. Personne, ou presque, n'était au courant qu'à dix-huit ans, elle était venue cacher une grossesse à Québec. Même son mari Charles ne le savait pas. Alors, même si Cécile aurait voulu utiliser sa propre expérience pour faire comprendre à Laura qu'une maternité ne serait jamais un moyen d'atteindre un but, mais plutôt une finalité en soi, elle ne pourrait s'en servir.

Néanmoins, c'était vers elle que Laura s'était tournée pour se confier, pour trouver réconfort et c'est avec beaucoup d'émotion que Cécile posa doucement sa main sur celle de la jeune femme en se disant que jamais, depuis son décès, la tante Gisèle ne lui avait autant manqué qu'en ce moment. La grande Gisèle avait si bien remplacé sa mère à qui elle n'avait pu se confier. C'était avec cette tante « bougon », mais au cœur large comme le monde que Cécile avait vécu les plus beaux comme les pires moments de sa vie.

Le gros bon sens de la tante Gisèle, sa générosité et sa tendresse à son égard avaient marqué la vie de Cécile à jamais.

L'irascible Évangéline, quant à elle, lui faisait penser à son père, l'autoritaire, le dominateur Eugène Cliche. C'était à cause de lui si Cécile n'avait pu se marier avec Jérôme Cliche, l'homme qu'elle aimait tant, et ce dernier n'avait eu d'autre alternative que de s'enrôler dans l'armée canadienne. La dernière fois que Cécile avait reçu une lettre provenant d'Angleterre, le jeune homme s'apprêtait à traverser en France dans ce que l'Histoire retiendrait comme étant le point tournant de la Seconde Guerre mondiale, le Débarquement de Normandie. Depuis, un grand silence, comme un trou noir insondable, avait laissé une trace indélébile dans la vie de Cécile qui n'avait jamais vraiment su ce qui s'était passé, le corps de son fiancé n'ayant jamais été retrouvé. Durant des mois et des mois, elle s'était rattachée à l'espoir de le revoir vivant. Puis, lentement, elle s'était faite à l'idée qu'elle serait séparée de lui à jamais. Quand l'armée lui avait renvoyé les effets de Jérôme, avec un mot de condoléances, Cécile avait fait son deuil d'éventuelles et illusoires retrouvailles.

Chaque fois que l'on parlait de maternité devant elle, c'étaient les mêmes images, les mêmes pensées qui envahissaient l'esprit de Cécile et les mêmes émotions qui gonflaient son cœur, parce que la seule grossesse qu'elle avait vécue, finalement, avait été celle de sa fille, qu'elle avait été obligée de céder à l'adoption. L'attachement qu'elle ressentait envers Laura datait du matin où, émue, elle avait vu la gamine de onze ans en train de pleurer, assise sur le bord d'un trottoir, à Montréal. Laura ressemblait tellement à l'image que Cécile s'était faite de sa fille et les âges coïncidaient. La mère en elle avait fait en sorte que Cécile n'avait pu s'empêcher de l'aborder et depuis, la présence de Laura avait permis d'atténuer la douleur quand elle pensait à celle qu'elle aurait appelée Juliette.

Cécile dut faire un effort senti pour abandonner le passé et revenir à Laura qui, songeuse, tournait inlassablement le verre vide qui avait contenu son jus d'orange. Un peu comme elle-même l'avait vécu jadis, Laura aussi faisait face à un amour difficile.

— Est-ce que tu l'aimes, Laura ?

La question s'était imposée à Cécile comme étant la seule qui eût de l'importance, en ce moment. Le reste, de la grand-mère aux parents de Laura, de Bébert à la vieille rancune qui opposait les familles, découlerait de ce que la jeune femme lui répondrait.

L'esprit accaparé par l'humeur et les rancunes d'Évangéline, Laura leva un regard inquisiteur.

— Qui ça ? demanda-t-elle. Ma grand-mère ?

Cécile esquissa un sourire attendri.

— Non. Ça, je le sais. Si tu n'aimais pas ta grand-mère, tu ne serais pas aussi soucieuse de la protéger, de lui plaire. Non, ce que je veux savoir, c'est si tu aimes Robert. Est-ce que tu l'aimes vraiment ?

Laura hésita, baissa les yeux puis finalement haussa les

épaules avec une certaine indécision, oh ! une très légère indécision, mais elle ne passa pas inaperçue aux yeux de Cécile.

— Oui, fit Laura au bout de ce bref moment de question-
nement. Oui, je l'aime... Je... Ce n'est pas la grande passion
comme on peut parfois le lire dans les romans ou le voir dans
les films, mais je suis bien avec lui. On aime les mêmes choses,
on espère les mêmes choses devant la vie ! Tous les deux, on
est prêts à travailler fort ! On en parle souvent, tu sais ! On
veut des enfants, ça c'est certain, et aussi une petite maison
bien à nous. Plus tard, on aimerait voyager un peu. Il me
semble que c'est suffisant pour entreprendre une vie à deux.
N'est-ce pas, Cécile, que c'est suffisant comme prémices pour
espérer être heureuse ?

À cette question, le cœur de Cécile se serra. Ce n'était pas à
elle que Laura aurait dû confier ses questionnements, ses
espoirs, mais à Bernadette, sa mère. Cependant, il y avait tellement d'attente dans la voix de Laura que Cécile ne put faire
autrement que de la rassurer.

— Oui, ça peut être suffisant. Les mariages d'amour raisonnable, comme je les appelle, sont aussi de beaux mariages,
tu sais. Des mariages heureux.

Sans le dire ouvertement, Cécile se basait sur son expérience personnelle pour affirmer une telle chose avec autant
d'assurance. Son grand amour, celui de la passion, serait toujours Jérôme. Mais cela ne voulait pas dire qu'elle était malheureuse avec Charles.

— Et...

Laura avait l'air d'une petite fille indécise quand elle leva
de nouveau un regard troublé vers Cécile. Cette dernière
comprit que malgré son âge, Laura était bien inexpérimentée
face à l'amour et à ses impondérables.

— Et est-ce que c'est normal de se chicaner ? demanda la jeune femme. Est-ce que c'est normal de se dire des choses blessantes, des choses qui font mal ?

Cécile hocha la tête en esquissant un petit sourire empreint de clémence.

— Hé oui ! Malheureusement, c'est normal. On voudrait tous que notre relation soit parfaite, mais ça n'existe pas, une relation parfaite. La seule chose que je peux te dire, cependant, c'est de toujours respecter l'autre. Lancer des paroles déplaisantes, ça peut arriver. Ça arrive à tout le monde, un jour ou l'autre. Mais le faire avec méchanceté et s'y cramponner, c'est autre chose.

— Oui, je comprends… Hier, Bébert et moi, on s'est chicanés. Je… Je n'aime pas ça. Je… je ne me sentais pas bien face à lui. C'est un peu pour ça que je suis venue jusqu'ici.

— Alors, c'est bon signe. Ça veut dire que ce n'est pas une rancune profonde. Avoir des divergences d'opinion, c'est normal, tu sais.

— Je le sais bien, approuva Laura avec un petit sourire à l'intention de Cécile. Je passe mon temps à amener des gens perturbés à en prendre conscience… Mais on dirait bien que c'est plus facile de parler pour les autres que pour soi-même… Et quand je dis que les vieilles rancunes font mal, je sais de quoi je parle, crois-moi !

— Ta grand-mère, n'est-ce pas ?

— Qui d'autre ? Je l'adore cette vieille dame-là, sauf quand elle se montre aussi têtue et bornée qu'elle l'est face aux Gariépy ! Voir qu'une vieille histoire qui date de quarante ans peut avoir encore de l'importance aujourd'hui ! Même la tante Estelle qui a vécu la situation d'une façon bien plus directe, bien plus dure qu'elle, est moins rancunière que ma grand-mère… Par moments, c'est pas mêlant, j'ai l'impression de vivre la tragédie de Roméo et Juliette ! C'est ridicule… La chicane d'hier, entre Bébert et moi, c'était à propos de ça, tu sais.

— Je m'en doutais.

— Bébert en a assez d'attendre. Et je le comprends. Moi aussi, j'ai hâte de vivre avec lui. Ça fait des mois qu'on en parle, qu'on espère ce moment-là. Mais en même temps, j'ai tellement peur de la réaction de ma grand-mère… S'il fallait qu'elle me montre la porte à cause de Bébert…

— Est-ce bien à elle de faire ça ? ne put s'empêcher de demander Cécile en interrompant Laura.

La jeune femme n'hésita pas le moindrement avant de répondre, preuve qu'elle avait souvent réfléchi à la question.

— Je comprends ce que tu veux dire et je suis d'accord avec toi. Non, ce n'est pas à elle de faire ça. Dans le fond, ça serait bien plus à mes parents d'intervenir, j'en conviens. Mais eux, ils ne diraient jamais à Bébert de quitter la maison. Pas pour la raison que ma grand-mère pourrait invoquer, parce qu'eux, ils n'ont rien contre les Gariépy. Je le sais, moman m'en a souvent parlé quand j'étais plus petite et que je passais mon temps chez Francine.

— Alors ?

— Alors c'est comme ça que ça se passerait dans une famille normale, mais pas chez nous ! La maison appartient à ma grand-mère et tout au long de notre enfance, elle s'est mêlée de notre éducation, allant même, parfois, jusqu'à critiquer mes parents ouvertement devant nous. Connaissant la rancune féroce qu'elle entretient à l'égard des Gariépy, pour la raison que je t'ai déjà expliquée, c'est évident que je risque de voir un index pointé vers la porte à l'instant où je vais tenter de lui expliquer que j'aime Bébert depuis longtemps et qu'on a l'intention de se marier. Et je sais aussi que mes parents n'y pourront pas grand-chose. De là à estimer que l'épicerie aussi me serait interdite, il n'y a qu'un tout petit pas et c'est ce tout petit pas-là que je n'arrive pas à faire. Si tu savais comme j'aimerais ça travailler à temps plein à l'épicerie de mes parents !

— Et ta carrière ? Toutes tes années d'études ?

À ces mots, Laura échappa un rire sincère.

— Je m'en servirai pour élever mes enfants !

Ces quelques mots, remplis de joyeuse espérance et de gros bon sens, détendirent l'atmosphère et Cécile ne put retenir un rire de connivence qu'elle partagea avec Laura. Puis, elle redevint sérieuse.

— Et si tu racontais tout ça à tes parents ? Si tu leur parlais de ta vision de l'avenir exactement comme tu viens de le faire avec moi ?

— Mes parents ?

Laura hochait la tête avec une lueur dubitative au fond du regard.

— Non, je ne crois pas. Mais ma mère, peut-être…

— Oui, justement. Tout à l'heure, quand tu te confiais à moi, je n'ai pu m'empêcher de penser à elle. Je ne la connais pas beaucoup, c'est vrai, mais quand je vois la femme que tu es devenue, je ne peux faire autrement que de croire que c'est une bonne personne et qu'elle aime profondément ses enfants.

— Moman ?

L'éclat qui traversa le regard de Laura ne pouvait mentir. La jeune femme aimait sa mère et les liens qui les unissaient étaient solides. Cécile en fut convaincue.

— C'est une femme généreuse et une mère extraordinaire, admit Laura sans la moindre hésitation. Elle n'est pas parfaite, c'est sûr, mais personne ne l'est. Cela étant dit, avec l'épicerie qui demande beaucoup de ses énergies, avec aussi mon jeune frère Charles qui n'est pas vraiment facile à vivre, je n'ose pas la déranger avec mes histoires.

— C'est peut-être généreux de ta part de penser comme ça, mais je ne suis pas certaine que ça soit la meilleure idée que tu aies eue.

— Pourquoi ?

— Ménager ceux qu'on aime, c'est bien, mais apprendre à leur faire confiance, c'est probablement encore mieux.

Un bref silence suivit ces quelques mots.

— C'est drôle, murmura alors Laura, c'est exactement le genre de phrase que je dirais à mes patients. Comment se fait-il que je n'arrive pas à les appliquer à ma situation ?

— Oh ! Toujours la même vieille rengaine, n'est-ce pas ! Cordonnier mal chaussé ! N'empêche que j'aurais envie de revenir à ce que je t'ai dit tout à l'heure. Parle à ta mère de la même façon que tu l'as fait avec moi. Il ne faut pas oublier que tu n'es plus tout à fait une gamine, n'est-ce pas ?

— Bébert me dit exactement la même chose. Et avec les mêmes mots, en plus !

— Et je crois qu'il a raison. Tu n'as plus besoin de permission pour aller de l'avant dans ta vie. Et votre projet est tout ce que l'on voudra sauf ridicule. Vous êtes deux adultes matures et responsables, Bébert et toi. Moi, vois-tu, je fais entièrement confiance à votre projet de vie commune. Ça fait assez longtemps que je vous vois ensemble, tous les deux, pour croire en votre avenir.

— Ouais…

Laura resta songeuse un long moment avant de lever les yeux vers Cécile. Lentement, un grand sourire fleurit sur ses lèvres, enlevant toute morosité à son visage. Elle était soulagée, elle se sentait bien comme cela faisait longtemps que ça ne lui était pas arrivé.

— Dans le fond, tu dis les mêmes choses que Bébert et c'est tant mieux, affirma-t-elle avec entrain. J'ai toujours dit qu'il était un homme de bon sens. La peur altérait mon jugement, je crois bien. En tous cas, si j'avais des doutes, tu viens de les faire disparaître... Je ne sais pas trop comment je vais aborder la question avec ma mère, mais je vais le faire. Et le plus rapidement possible. On verra bien ce que ça va donner! Merci de m'avoir écoutée.

— C'est à ça que servent les amis, non? Et si je peux me permettre...

— Quoi donc?

— En parlant d'écoute... C'est aussi à cela que servent les psychologues... Avant de tout laisser tomber, penses-y comme il faut!

Laura se sentit rougir.

— Ouais... Ça aussi, Bébert me le répète régulièrement... Décidément...

Laura s'étira longuement puis repoussa sa chaise.

— Maintenant, je m'en vais!, annonça-t-elle en se relevant. Tu vas pouvoir te préparer pour le travail et moi, j'aimerais bien aller dire un petit bonjour à Francine...

— Bonne idée! Ça va lui faire plaisir de te voir et mononcle Napoléon aussi.

— Tant mieux! Et si j'ai bien compris tout ce que tu viens de me dire, poursuivit Laura, toujours aussi enjouée, comme la décision n'appartient qu'à Bébert et à moi, je pourrais peut-être demander tout de suite à Francine d'être ma demoiselle d'honneur... Comme ça, je n'aurai plus le choix et je vais devoir en parler avec ma mère dès ce soir !

* * *

Le jour où Chuck avait appris que son épouse avait un cancer et que la médecine ne pouvait rien pour elle, il avait eu mal, très mal, et il avait immédiatement compris que cette douleur ne s'effacerait jamais. On ne passe pas au-delà de cinquante ans aux côtés d'une femme sans amour et Chuck avait profondément aimé Eli. Dix mois après son décès, le mal était toujours présent, comme en latence au fond de son cœur, alors, comme il n'avait pas le choix, il avait appris à vivre avec lui.

Une fleur dans le rosier qu'elle préférait, un rayon de soleil sur le dossier du fauteuil où elle aimait s'asseoir, le chant d'un oiseau perché dans le rhododendron ou le rire des enfants s'égaillant sur la pelouse, autant de choses du quotidien qui lui rappelaient Eli et le vieil homme y puisait une forme de réconfort.

Par contre, l'odeur d'une chemise propre, celle du café le matin ou du plancher fraîchement ciré ne se rattachaient pas à Eli. Ces odeurs domestiques étaient celles de Maria, comme le ragoût en train de mijoter ou la tarte aux pommes sortant du four, et elles lui rappelaient régulièrement que sous son toit, désormais, vivaient deux êtres solitaires qui cheminaient côte à côte en vieillissant.

Pourquoi s'en contenter ?

Certes, il n'était plus jeune et n'avait pas la prétention de réécrire sa vie. Il n'avait même pas l'ambition de vouloir tomber amoureux une seconde fois. Ce n'était plus de son âge. Mais la solitude lui pesait de plus en plus, et entre Maria et lui existait depuis des années une sorte d'intimité particulière... Après tout, elle lavait ses vêtements, préparait ses repas, écoutait ses jérémiades depuis si longtemps déjà.

Et puis, sa maison était devenue trop grande et son lit était trop froid. Même sa vie lui semblait vide, malgré la présence des enfants et des petits-enfants. Il s'était marié jeune parce qu'il voulait avoir une compagne à ses côtés et c'est ainsi qu'il aimerait finir sa vie, une main abandonnée dans la sienne et deux regards posés sur le même horizon, là où le soleil se coucherait bientôt définitivement.

C'est pourquoi, depuis quelques jours, Chuck prenait le temps de jaser avec Maria, le soir après le souper.

Il discutait avec elle comme il l'avait si souvent fait avec Eli et rapidement, il avait découvert que sous l'apparence effacée qui avait toujours été la sienne, Maria était une femme décidée à l'érudition surprenante.

Il en fut agréablement surpris.

Les conversations s'étirèrent, débordèrent de la cuisine pour se poursuivre dans le salon. Ils parlèrent musique et lecture, cinéma et voyage. Ils partagèrent leurs visions face à l'avenir des petits-enfants que Maria aimait tout autant que Chuck puisqu'elle n'avait jamais eu le bonheur d'être mère.

Devant une telle entente, Chuck décida qu'il avait assez attendu et durant une longue promenade le menant jusqu'au haut de la colline derrière la maison, après avoir fait le bilan de sa vie, il admit qu'il aurait préféré être avec Maria pour faire cette randonnée.

Ce soir au souper, il lui parlerait.

Quand il mit sa main sur la sienne, Maria ne se déroba pas. Elle s'y attendait. N'étant plus très jeune, elle non plus, elle avait eu toute une vie pour apprendre à connaître la nature humaine à travers les gens qu'elle avait côtoyés et ceux qu'elle avait servis. D'une conversation à une autre, d'un regard soutenu à un autre, elle avait deviné que Chuck finirait par se déclarer. Par contre, comme c'était la femme en elle qui était sollicitée, en ce moment, et non la servante, du moins osait-elle l'espérer, elle se permit de redresser les épaules et de regarder Chuck droit dans les yeux avant de demander :

— Est-ce vraiment ce que vous voulez, monsieur ?

Chuck pourtant n'avait mis que sa main sur la sienne, mais Maria avait compris ses intentions.

Était-ce vraiment ce qu'il souhaitait ?

Le vieil homme soutint le regard de Maria durant un long moment.

Malgré le passage du temps, Maria était encore une belle femme. Sa chevelure noire était à peine parsemée de blanc et aux coins de ses paupières, de fines ridules soulignaient le fait qu'elle avait beaucoup souri durant sa vie. La réponse lui parut alors évidente.

— Chuck, dit-il d'une voix grave. J'aimerais que dorénavant vous m'appeliez Chuck.

De façon détournée, Maria venait d'avoir sa réponse.

— D'accord… Je suis d'accord pour vous appeler Chuck.

Et sur le même ton, elle venait de donner son assentiment.

La pression de la main de Chuck sur celle de Maria s'accentua et l'envie d'un peu plus, un peu mieux, devint une priorité pour lui.

Comme prendre ses décisions de façon réfléchie mais rapide lui avait toujours souri, Chuck ne vit pas pourquoi il en irait autrement avec Maria. C'est donc dans cet état d'esprit qu'il lui proposa :

— Nous ne sommes plus très jeunes et nous nous connaissons depuis toujours. Que diriez-vous de rencontrer le révérend dès demain ?

Maria leva un regard surpris.

— Demain ? Est-ce bien judicieux ? Et si nous attendions au mois d'août ?

Nul besoin d'entrer dans les détails, Chuck comprit aussitôt que Maria faisait référence à la date soulignant l'anniversaire du décès d'Eli.

— Je ne vois pas pourquoi il faudrait attendre.

Les mots auraient pu ressembler à de l'indifférence si cela n'avait été de la voix tremblante qui les avait prononcés.

— Il y aura toujours ici une femme du nom d'Elizabeth, précisa-t-il en se pointant le cœur mais tout en regardant Maria droit dans les yeux pour qu'il n'y ait entre eux aucune équivoque. Je veux que vous le sachiez. Mais je veux que vous sachiez aussi qu'il reste suffisamment d'espace pour vous. Alors ? Que dites-vous de demain après-midi pour rencontrer le révérend ?

— Je m'en remets à vous.

Maria était déjà debout et elle avait commencé à empiler la vaisselle.

— Laissez…

— Non monsieur, coupa Maria par habitude.

Puis elle rougit faiblement.

— Pardon, Chuck. Si je dis oui à votre proposition, c'est parce que vous êtes un homme de cœur et qu'au fil des années, j'ai appris à vous apprécier. Je tiens, cependant, à ce que ma vie ne change en rien.

Maria ouvrit grand les bras en regardant autour d'elle comme si elle voulait embrasser toute la cuisine.

— J'aime cette maison, déclara-t-elle en reportant les yeux sur Chuck. J'en connais les moindres recoins comme si elle m'appartenait. Je veux continuer à m'en occuper. C'est ma vie et je l'aime.

Ces quelques paroles plurent à Chuck. D'une certaine façon, Maria venait de tracer le schéma de ce que pourrait être leur vie commune et ce schéma lui agréait. Depuis des années, maintenant, il ne voyait que de loin à l'entreprise familiale, ses deux fils ayant pris la relève, et la perspective de s'occuper, ici, à la maison, ne lui déplaisait pas. D'un bref signe de tête, il approuva.

— À votre guise. Permettez, par contre, que je vous aide un peu. Depuis que je suis trop vieux pour les longues chevauchées, je trouve parfois le temps bien long.

Maria esquissa un sourire qui lui donna un petit air de jeunesse.

— Pourquoi pas ?

Sur ce, Chuck se releva à son tour et contournant la table, il vint se placer derrière Maria et posa ses deux mains sur ses épaules. Elles étaient fermes et rondes sous sa paume, même si Maria semblait s'être tassée sur elle-même avec les années et Chuck sentit le désir naître en lui. Il se dit alors que c'était le travail qui avait fait se courber son ancienne gouvernante, et non l'âge, comme on aurait pu le croire. Il ne l'en admira que davantage. Alors il se pencha pour poser sa joue rêche contre la sienne dans un geste de grande tendresse malgré son côté un peu maladroit.

C'est à ce moment que la porte de la cuisine s'ouvrit à la volée sur Maureen. Venue inviter son père à passer la soirée avec eux, elle resta sur le pas de la porte, sidérée par l'image qui s'offrait à elle, n'osant entrer dans la pièce.

— Dad ! What are you doing ?

Chuck leva une main pour intimer à sa fille de se taire. Ce n'était pas dans sa nature de s'embarrasser de fioritures alors, sans ambages, il annonça :

— Avant que tu n'ailles plus loin et ne prononces des paroles regrettables, je veux que tu saches que Maria et moi, nous allons nous marier. J'aurais aimé l'annoncer avec un peu plus de décorum, mais comme tu es là…

— Vous marier ?

Le regard de Maureen passait du visage de son père à celui de Maria, incapable de concevoir que son père allait se remarier. Avec la servante, de surcroît. Pour elle, c'était inacceptable et extrêmement inconvenant étant donné que sa mère était à peine décédée. Aussitôt de grosses larmes lui montèrent aux yeux. Larmes de colère, de déception et de tristesse entremêlées.

— Pourquoi ? Je ne comprends pas. Mom est à peine…

— Laisse Eli en dehors de ça, veux-tu ?

La voix de Chuck n'avait rien de chaleureux. Comme trop souvent hélas, Maureen se mêlait de ce qui ne la regardait pas, un peu comme Eli l'avait fait au cours de sa vie dès que quelque chose concernait ses enfants. Ce n'était pas parce qu'il aimait sa femme que Chuck avait été aveugle pour autant et certains défauts d'Eli ne faisaient pas partie de ce dont il s'ennuyait.

— Ta mère n'a rien à voir avec ce qui me reste de vie, ajouta-t-il en passant ses bras autour des épaules de Maria et en les croisant sur sa gorge pour que sa fille comprenne bien qu'il ne s'agissait pas d'une lubie. C'est triste à dire, mais c'est ça.

Maureen reprenait sur elle. D'un geste vif, elle s'essuya le visage, soutenant durement le regard de son père.

— Et comme trop souvent avec toi, ce n'est pas discutable, n'est-ce pas ?

— Non, ce n'est pas discutable, d'autant plus que ça ne te regarde pas. Si tu te donnais la peine de réfléchir, tu comprendrais.

— C'est ton dernier mot ?

— C'est notre dernier mot, à Maria et moi.

— Dans ce cas...

Maureen fit demi-tour et ressortit de la cuisine en claquant la porte derrière elle. S'il fallait couper les ponts pour faire entendre raison à son père, elle allait couper les ponts. Et Adrien comme Michelle n'auraient pas le choix d'en faire autant. Sachant à quel point il aimait la petite Michelle, peut-être bien, après quelques semaines à se faire battre froid, que Chuck finirait par comprendre où étaient ses véritables intérêts.

Quand elle rentra chez elle, il ne restait plus que la colère qui faisait vibrer Maureen. La tristesse et la déception s'éloignaient déjà et à l'instant où elle mit le pied dans la cuisine, ils ne furent plus que de vagues souvenirs de ce qu'elle avait ressenti en voyant son père enlacer leur servante.

Depuis quand durait leur idylle ? Chuck et Maria avaient-ils eu au moins la décence d'attendre qu'Eli soit décédée ?

La colère de Maureen n'avait d'égal, en ce moment, que le désabusement qu'elle ressentait devant un père qui trahissait tout ce qu'avait été leur vie familiale.

À l'instant où sa mère entra dans la pièce, Michelle comprit d'un seul regard que quelque chose n'allait pas. Assise à la table, la petite fille faisait ses devoirs.

— Qu'est-ce qui se passe, maman ? Tu as l'air en colère... Grand-père ne vient pas ?

— Non, grand-père ne viendra pas.

La voix de Maureen était sourde et les mots tombaient sèchement.

— Ah bon… Et pourquoi il vient pas, grand-père ?

— Disons qu'il est malade.

Une lueur d'inquiétude traversa aussitôt le regard de Michelle. Perdre sa grand-mère pour cause de maladie, c'était une chose qui avait croisé sa vie sans trop de dommages. Mais perdre son grand-père…

— Malade comment ? demanda-t-elle d'une toute petite voix. Comme grand-mère avant que… avant qu'elle soit morte ?

Le mot fit naître l'image d'Eli dans sa tombe, dans un coin du salon, à l'ancienne, comme elle avait demandé que cela se fasse. Un long frisson secoua les épaules de Maureen.

— Non, pas comme ça, concéda-t-elle avec une pointe de tristesse dans la voix. Et ça ne regarde pas les petites filles comme toi. Va, Michelle, va dans ta chambre. Il faut que je parle à ton père.

Quand Maureen avait à discuter avec Adrien, Michelle savait qu'il ne servait à rien d'insister. Délaissant cahiers et crayons, elle fila vers sa chambre, dont elle ferma la porte. Puis, sans hésiter et sans faire de bruit, elle s'installa par terre, l'oreille collée sur le battant de bois.

Michelle ne comprit pas grand-chose de tout ce que sa mère confia à Adrien d'une voix feutrée, qui était curieusement colérique en même temps, sinon qu'il ne faudrait plus aller dans la grande maison blanche pour un bon moment.

— Et je ne veux sous aucun prétexte qu'il entre ici !

Pas besoin de lui faire un dessin, Michelle comprit immédiatement que sa mère parlait de son grand-père.

Puis la porte de la chambre de ses parents se referma avec fracas.

Michelle attendit encore quelques instants pour être bien certaine que sa mère ne ressortirait pas. Quand elle fut rassurée sur ce point, elle se dirigea vers la cuisine sur la pointe des pieds. Assis au bout de la table, les coudes appuyés sur le bois verni, son père se tenait la tête à deux mains.

— Papa ?

Adrien leva la tête. De toute évidence, Michelle était bouleversée. Adrien repoussa sa chaise et lui tendit les bras.

— Viens ici, toi ! Je sais bien que tu es une grande fille, maintenant, mais en ce moment, c'est moi qui ai envie d'un câlin !

Michelle ne se le fit pas dire deux fois, elle s'élança vers son père, s'assit sur ses genoux, puis, pendue à son cou, elle demanda :

— Qu'est-ce qu'il a, grand-père ? Est-ce que c'est grave, sa maladie ?

Adrien avait toujours trouvé déplorable cette manie qu'avait Maureen de trafiquer parfois la vérité sous prétexte que Michelle était encore bien jeune. Lui, il ne l'avait jamais fait, même si à l'occasion la situation était grave. C'est pourquoi, cette fois-ci encore, il avoua en reculant son visage pour pouvoir regarder sa fille droit dans les yeux :

— Non, ce n'est pas grave, rassura-t-il. En fait, grand-père n'est pas malade. Il ne faut pas que tu t'inquiètes pour lui. Au contraire, il va très bien. Il va même se marier.

Michelle ouvrit tout grand les yeux.

— Grand-père ? Se marier ? Ah bon… Il n'est pas trop vieux pour ça ?

Michelle regardait fixement son père. Maintenant, elle

fronçait les sourcils, visiblement interloquée par la nouvelle.

Adrien esquissa un sourire malicieux.

— On n'est jamais trop vieux pour aimer, Michelle.

À ces mots, le visage de Michelle se décontracta.

— C'est vrai, tu as raison… Avec qui il va se marier, grand-père ?

— Avec Maria.

Aussitôt, un large sourire éclaira la physionomie de la petite fille.

— Mais c'est une bonne nouvelle, ça ! approuva-t-elle joyeusement. Je l'aime beaucoup, Maria. Je comprends grand-père de vouloir se marier avec elle, fit-elle finalement avec un sérieux qui amusa Adrien. Maria est très gentille… Pourquoi, d'abord, maman est pas contente ?

— Peut-être parce qu'elle s'ennuie encore beaucoup de sa maman… Qu'est-ce que tu en penses, toi ?

Michelle resta silencieuse un bon moment. Puis elle leva les yeux vers Adrien.

— Je pense qu'elle a pas raison, maman. On peut continuer d'aimer quelqu'un pis aimer quelqu'un d'autre en même temps. Comme moi je t'aime toi, pis que j'aime maman ou grand-père en même temps que toi. En plus, grand-mère est morte. Elle ne reviendra jamais… Alors elle n'aura pas de peine en voyant grand-père qui aime Maria… Est-ce que ça se peut, ce que je viens de dire là ?

— Ça se peut très bien. Même que c'est ce que je pense, moi aussi.

— Pourquoi, d'abord, maman pense pas comme nous ? Pis est-ce que c'est vrai qu'on n'aura plus le droit d'aller voir grand-père à cause de ça ?

— N'écouterais-tu pas aux portes, toi, par hasard ?

Michelle se mit à rougir comme une pivoine.

— Je… Oui, j'ai écouté parce que j'étais inquiète à propos de grand-père… Mais je comprends pas. Pourquoi on a pas le droit d'aller chez lui ? Pourquoi maman veut plus qu'il vienne nous voir ici comme il le fait tous les jours ?

Ce fut au tour d'Adrien de rester silencieux durant un bref moment. Comment expliquer à une enfant de huit ans que parfois les adultes éprouvent un ressentiment si fort qu'il devient alors rage et colère, qu'il pousse même, en certains cas, à poser des gestes inconsidérés ?

Avant qu'il ait trouvé le mot, la phrase ou l'image qui sauraient expliquer sans blesser qui que ce soit au passage, Michelle glissait en bas de son perchoir.

— Je fais finir mes devoirs dans ma chambre, annonça-t-elle en ramassant ses cahiers… Je… Je comprends pas maman d'être en colère après grand-père pour quelque chose qui devrait la rendre heureuse. Tant pis… Ça arrive souvent que je comprends pas maman. Mais moi, par exemple, je veux pas rester au Texas si je peux plus voir grand-père aussi souvent que j'en ai envie. Je l'aime beaucoup et s'il fallait que je le regarde juste de loin, c'est moi qui serais trop triste… Est-ce qu'on peut retourner vivre à Montréal, papa ?

— Mais voyons, Michelle…

Devant les larmes qui brillaient dans les yeux de sa fille, Adrien se tut brusquement. Michelle avait-elle à être le témoin malheureux d'une telle brouille, elle qui aimait tant son grand-père ?

— D'accord, Michelle, concéda-t-il au bout d'une courte réflexion. Si c'est ce que tu veux, on va aller à Montréal, acquiesça-t-il sans argumenter davantage. Mais tu termines d'abord ton année scolaire, d'accord ? On partira tout de suite après tes examens. On passe l'été avec grand-maman Vangéline et on avise ensuite. Peut-être bien que ta maman aura compris et que la chicane sera finie.

Michelle analysa ce que son père venait de dire. Puis elle hocha la tête.

— D'accord… On fait comme tu dis…

Michelle quittait déjà la pièce quand elle ralentit l'allure et se retourna vers son père, de toute évidence perplexe et inquiète.

— Papa ?

— Oui ?

— Est-ce que je vais avoir le droit de dire bonjour à grand-père avant qu'on parte pour Montréal ?

— Promis, Michelle.

La réponse d'Adrien avait fusé spontanément.

— Tu vas pouvoir lui dire tout ce que tu as envie de lui dire.

Adrien n'osa ajouter que lui, ce serait dès le lendemain qu'il irait voir Chuck. Pour l'instant, il ne servirait à rien de faire naître de faux espoirs, d'autant plus que Michelle semblait se contenter de sa réponse.

— Ah bon…

Michelle offrit un petit sourire à son père.

— Tant mieux si je peux lui parler, ajouta-t-elle, parce que je voudrais pas qu'il pense que moi aussi je suis en colère après lui… Maintenant, je vais finir mes devoirs.

CHAPITRE 9

Je suis un gars ben ordinaire
Des fois j'ai pus le goût de rien faire
Je fumerais du pot, je boirais de la bière
Je ferais de la musique avec le gros Pierre
Mais faut que je pense à ma carrière
Je suis un chanteur populaire

Ordinaire
(PAROLES : MOUFFE / MUSIQUE : P. NADEAU /
R. CHARLEBOIS)

Montréal, lundi 11 mai 1970

É vangéline ne savait plus à quel saint se vouer et dans son
cas, ces quelques mots étaient beaucoup plus qu'une
simple locution.

Depuis quelques semaines, tous les matins ou presque,
Évangéline se rendait à l'église de la paroisse, non pour entendre une de ces cérémonies à gogo dont était friand le jeune
curé, messe qui tapait allègrement sur les nerfs d'Évangéline,
il faut bien l'avouer, mais bien pour consulter tous ceux que
l'Église considérait comme étant assis à la droite du Père et
qu'on appelait communément les saints du paradis.

D'un matin à l'autre, Évangéline se confiait à eux un peu
au petit bonheur la chance, qu'ils soient reconnus pour
trouver les objets perdus ou protéger les voyageurs n'ayant

que peu d'importance à ses yeux. Saint Antoine de Padoue et saint Christophe faisaient partie de sa liste privilégiée, qu'elle consultait comme on consulte un oracle, saint Jude étant son préféré puisqu'on lui reconnaissait la propriété de régler les causes désespérées.

Et son cas était vraiment un cas désespéré !

Comme ce matin le curé avait décidé de leur donner un petit concert de guitare pour introduire son sermon, Évangéline en profita pour fermer les yeux. « Voir que le Bon Dieu aime ça regarder un de ses représentants sur terre jouer de la guitare de même, pensa-t-elle dans un premier temps, exaspérée. On dirait un vrai Beatle ! Voyons don ! Ça manque de sérieux, son affaire… Si au moins c'était de la grande musique ! Faudrait surtout pas qu'y' s'imagine que c'est comme ça qu'y' va remplir son église… C'est même le contraire qui arrive. C'est depuis qu'y' est devenu le nouveau curé de la paroisse qu'y a de moins en moins de monde qui vient à la messe. C'est comme Noëlla, quins ! A' vient pus jamais à la messe icitte pasqu'a' trouve, finalement, que notre nouveau curé est encore plus insignifiant que celui de sa paroisse, à l'autre boutte de l'île. Ça fait que c'est de sa faute à lui, le joueur de guitare, si chus toujours tuseule, le dimanche midi, quand j'ai envie de manger un casseau de patates frites au casse-croûte de monsieur Albert. Viarge que je m'ennuie de notre bon curé Ferland ! Je me demande ben ce qu'y' est devenu, lui, d'ailleurs. Me semble que le nouveau curé pourrait nous en parler, des fois. Chus sûrement pas la seule à m'en ennuyer. »

Le temps d'une courte prière pour le vieil homme qui devait, lui aussi, s'ennuyer mortellement de sa paroisse, cloîtré dans sa pension pour anciens curés où tout devait se vivre de façon feutrée par les bonnes sœurs, comme se plaisait à l'imaginer Évangéline, puis elle se tourna résolument vers saint Jude. De là-haut, nul doute que ce Jude-là devait avoir une merveilleuse vision de sa vie. « Meilleure que la mienne, entécas ! »

En effet, pour l'instant, tout n'était qu'ombre et déception autour d'elle.

« Noirceur pis ennui, viarge ! Vous pourriez pas m'aider, saint Jude ? Vous pourriez pas, vous, inspirer mon bon ami Roméo Blanchet pour que la brillante idée de m'appeler y passe par la tête ? Me semble que ça doit pas être trop dur à faire pour vous, ça, rapport que vous êtes en communication directe avec le Bon Dieu… À moins que mon Alphonse à moé soye pas trop loin pis que ça soye lui qui vous empêche de m'exaucer. Ça se pourrait-tu, une affaire de même ? Comme le dirait Bernadette, bâtard que c'est compliqué toute ça. Pourtant, saint Jude, toute ce que je veux, moé, c'est recommencer mes p'tites randonnées dans les marchés avec Roméo. Pis prendre ensemble nos p'tites collations de l'après-midi, comme de raison. Je veux rien d'autre, pasque j'ai compris que ça serait pas convenable à nos âges… Me semble que ça serait raisonnable, ce que je vous demande là, non ? Mais je peux toujours ben pas appeler monsieur Roméo pour y proposer ça, après ce qui s'est passé l'autre jour ! J'aurais l'air d'une vraie folle. De toute façon, ça se fait pas, une femme qui appelle un homme pour y donner un rendez-vous. Ça manquerait de classe, pis y' pourrait se faire des accroires… Ça fait qu'y' reste juste vous, saint Jude, pour essayer de ben l'inspirer, le Roméo. Pis petête aussi, pour calmer les craintes de mon Alphonse, des fois qu'y' serait dans vos parages pis qu'y' serait malheureux de la situation. Faudrait surtout pas qu'y' pense que je l'ai oublié, lui là, pasque ça serait pas vrai pantoute. Faudrait petête juste y rappeler… Bon, je pense que je vous ai toute dit, saint Jude. Merci ben gros à l'avance pis… pis ben, amen pour toute. »

Quelques instants plus tard, assez fière d'elle-même et de sa prière, plutôt que de se rendre à l'avant de l'église pour la communion, Évangéline en ressortit la tête haute. Si ce matin saint Jude n'avait rien compris à sa supplique, c'était que lui-même était une cause désespérée et elle devrait réviser son catéchisme.

— Astheure, les patates, murmura-t-elle en quittant le trottoir précautionneusement, un pied après l'autre bien lentement, car depuis quelque temps, ses genoux détestaient la moindre marche, à monter ou à descendre d'ailleurs, et lui faisaient parfois l'affront de bloquer au moment où elle avait le plus besoin d'eux, comme en ce moment, alors qu'elle s'apprêtait à traverser l'intersection où il y avait de plus en plus de trafic. Évangéline jugeait qu'elle ne pourrait jamais être trop prudente. Comme elle l'avait expliqué à Bernadette l'autre jour : « J'ai beau être vieille, je tiens encore à la vie ! »

Le temps de traverser la rue à petits pas précautionneux, puis elle reprit son allure normale, clopinant jusqu'à la maison. Elle avait promis à Bernadette de préparer un bon bœuf braisé pour le souper, avec des patates et des carottes cuites dans le bouillon. Comme il faisait beau et que la vision de sa rue avait toujours eu un pouvoir apaisant sur elle, Évangéline décida de s'installer sur la galerie pour préparer les légumes. Un sac rempli de pommes de terre et de carottes à sa gauche, un bol sur ses genoux pour recueillir les pelures et un chaudron rempli à moitié d'eau froide à sa droite. Cela lui avait pris trois voyages de la cuisine au balcon pour s'installer, mais le dérangement en valait la peine : il faisait une splendide journée de printemps !

S'obligeant à effacer le nom de Roméo de sa pensée — Y a pas juste lui dans ma vie, viarge ! —, Évangéline commença par goûter à la douceur de la brise et s'amusa durant un instant à écouter le chant des oiseaux.

— À défaut de madame Anne, que j'ai pas entendue jouer depuis une éternité, râla-t-elle en prenant conscience que cela faisait des mois et des mois qu'elle n'avait pas vu sa voisine, on va dire que les moineaux vont faire l'affaire. Après toute, c'est le printemps !

Malheureusement, il suffit de ce nom et d'un regard en oblique vers l'autre bout de la rue pour qu'Évangéline ait l'impression que le soleil venait de se voiler.

Dire qu'Antoine y allait maintenant quasiment tous les jours...

De là à s'imaginer qu'entre ces deux-là...

D'un coup de talon énergique, Évangéline donna une erre d'aller à sa chaise berçante et le couteau économe commença à cliqueter.

— Ça va toutes leur faire du bien, un bon souper comme ça, jugea-t-elle à mi-voix. Y' en ont pas mal besoin, pasque depuis un boutte, j'ai l'impression que pus personne est dans son assiette, dans c'te famille-là. À commencer par Bernadette...

Évangéline poussa un long soupir et tout en pelant sa pomme de terre, elle dodelina de la tête.

— Pauvre Bernadette ! Elle, c'est vrai qu'a' file un mauvais coton, par les temps qui courent. Surtout depuis une petite semaine... Je sais pas trop ce qui se passe avec ma bru, mais on dirait qu'a' l'en perd des bouttes, c'est pas mêlant !

Comme c'te manie de me demander, à tout bout de champ, si ma sœur Estelle va ben, si a' m'a parlé ! C'est quoi c'te nouvelle manie-là ? A' serait-tu en train de perdre la mémoire, la Bernadette ? À son âge, ça serait ben le boutte ! Je sais ben qu'Estelle prend ses vacances durant le gros du *renippage* de l'épicerie pis qu'a' la voit moins souvent, mais c'est pas une raison suffisante pour m'en parler à tous les jours, viarge !

Arrêt brusque de la chaise. Évangéline coupa la pomme de terre en deux et la jeta dans le chaudron à sa droite avant de se pencher vers la gauche pour tendre la main vers le sac de papier brun. Elle en tira une grosse carotte d'un orangé soutenu. Autre coup de talon pour remettre la chaise en branle et le couteau repartit de plus belle en même temps que la vieille dame reprenait son monologue.

— C'est vrai, par exemple, que Bernadette pourrait dire qu'avec l'inauguration qui s'en vient pour betôt, a' l'a toutes les raisons du monde d'être sur les nerfs ! La Fête de Dollard, c'est pas loin pantoute, mais en même temps c'est une saprée bonne idée de prendre c'te fin de semaine-là, une fin de semaine de congé, pour faire les derniers préparatifs. Pis le mardi matin… Bingo ! La nouvelle épicerie va être prête pis on ouvre les portes avec du bon café à offrir aux clients pis un p'tit pot de moutarde en cadeau… J'ai ben hâte de voir comment c'est que le monde va trouver ça, une épicerie d'importations, comme dit Laura. En plusse d'offrir l'ordinaire de par icitte, comme de raison. Si ça ressemble vraiment aux dessins qu'Antoine a faites, ça va être beau en p'tit péché. C'est ben certain que le monde va venir de partout pour faire ses commissions dans une belle place de même… Ouais, chus sûre de ça, moé !

Second arrêt et la carotte, en grosses rondelles, s'en fut

rejoindre les morceaux de patates dans le chaudron. L'instant d'après, Évangéline attaquait vigoureusement une deuxième pomme de terre, malgré la douleur qui commençait à irradier dans ses jointures.

— Mon pauvre Marcel peut ben être vert de fatigue, poursuivit-elle pour elle-même, continuant à analyser leur situation familiale. C'est depuis les fêtes qu'y' se désâme comme un bon pour arriver à toute faire ! Sa maudite grippe peut ben continuer à avoir le dessus sur lui. Y' a pus une once d'énergie pour combattre ses microbes, le pauvre garçon ! Mais je peux-tu dire que chus tannée de l'entendre tousser ? Pis la nuit, c'est encore pire. Quand l'épicerie va être ouverte pis que ça va commencer à ben rouler, m'en vas le traîner de force chez le docteur, si y' faut ! Même si y' haït ça ben gros, les docteurs. Pis j'vas amener Antoine avec lui, par la même occasion ! J'ai l'impression qu'y' a maigri sans bon sens depuis l'hiver, notre Antoine. Une bonne dose de vitamines, ça y ferait pas de tort pantoute. C'est vrai, par contre, qu'y' arrête pas, lui non plus. Les livraisons le jour, les travaux le soir avec son père, pis son exposition qui s'en vient, comme de raison… Los Angeles, toé ! Après une grande ville comme New York, mon p'tit-fils va aller montrer ses peintures au monde de Los Angeles, de l'autre bord du continent. J'en reviens juste pas !

Évangéline en oubliait ses légumes. Le couteau pointé vers le ciel, elle rêvait de grands espaces et d'océan avec, en filigrane, le sourire d'Antoine, fier de lui.

— Mon Antoine, murmura-t-elle émue. Je peux-tu dire que moé avec chus fière de lui ? À part sa manie d'aller voir la musicienne un peu trop souvent à mon goût, on a pas grand-chose à y reprocher, à c'te grand garçon-là. Mais ces maudites visites-là… Que c'est le monde de la rue va dire ? Y' est quasiment rendu là tous les jours. Me semble qu'aux dernières nouvelles, madame Anne était pas veuve, viarge! Ça me fatigue, ça. Ben gros. C'est comme pour notre Charles, quins! Lui avec, y' me fatigue ben gros…

Second soupir d'inquiétude.

— Pauvre enfant! Y' a grandi trop vite, je cré ben. Du dehors, y' a l'air d'un homme, mais en dedans, c'est encore un p'tit gars. Pis un p'tit gars qui a pas l'air de savoir pantoute où c'est qu'y' s'en va dans la vie. C'est ben dommage, pasqu'y' est pas plusse bête que les deux autres. Si au moins y' voulait nous parler, à ses parents pis à moé. Ben non! Y' fait juste passer en coup de vent dans la maison, pis j'ai comme l'impression, à voir les notes qu'y' avait dans son dernier bulletin, qu'y' fait juste traverser l'école en coup de vent, là avec!

Évangéline se demanda, durant un court instant, si le fait de ne pas avoir été élevé par son vrai père pouvait avoir changé quelque chose dans le comportement de son dernier petit-fils. Après tout, c'était Adrien le père de Charles et non Marcel.

À peine cette folle idée formulée, Évangéline se mit à secouer furieusement la tête pour la faire mourir. Marcel avait été un bon père pour Charles, aucun doute là-dessus, et Adrien n'aurait probablement pas fait mieux. Charles avait sûrement ça dans le sang, de jouer les fanfarons.

— Un fameux galopin, ouais, murmura Évangéline, comme si y' avait de la graine de mauvaise herbe en lui. Un peu comme Marcel au même âge, finalement. Par bouttes, j'aimerais ça pouvoir encore me fier sur mes jambes. Comme ça, je pourrais suivre Charles comme je l'ai déjà faite pour Antoine, pis je finirais par en avoir le cœur net. Je saurais où c'est qu'y' se cache à longueur de journée, le grand flanc mou, pis petête que je pourrais l'aider comme j'ai déjà aidé Antoine. Pasqu'à part les quèques heures qu'y' passe en bougonnant en arrière de la caisse de l'épicerie, j'ai l'impression qu'y' fait pas grand-chose, le pauvre enfant ! Ouais, j'aimerais ben ça pouvoir le suivre… Au lieu de quoi, chus pognée icitte à me faire du sang de nègre pour lui. Pour ça avec, c'est pas drôle de vieillir. Pas drôle pantoute. Chus même pus libre de mes allées et venues, viarge !

Avant de commencer à se morfondre pour de bon, avant de se mettre à en vouloir à la vie qui avait passé un brin trop vite et à la terre entière qui l'avait laissée faire à sa guise, Évangéline regarda autour d'elle pour se changer les idées.

Les petites feuilles du printemps dessinaient une dentelle aux branches des quelques arbres qui avaient survécu au passage des années et qui ombrageaient encore la rue. Elle trouva que c'était joli. Les oiseaux profitaient du beau temps pour préparer leurs nids en piaillant à qui mieux mieux et elle s'amusa à les écouter. Puis, déposant devant elle son bol à épluchures, comme elle l'appelait, Évangéline s'accota sur la rampe du garde-fou. Juste à sa droite, en bas du balcon, la vieille auto de Bernadette chauffait sa carcasse au soleil de mai. Un soleil généreux qui éclaboussait la rue de ses rayons lumineux. À la vue de l'auto déglinguée, Évangéline esquissa son inimitable sourire de guingois.

— Pas sûre qu'a' va toffer encore ben ben longtemps, c'te vieille minoune-là, analysa-t-elle. Pis est même pus propre, est rouillée de partout… Une chance qu'a' l'est beige pis brune, ça paraît un peu moins. N'empêche que notre pauvre Bernadette mériterait pas mal mieux que ça…

Évangéline se recula sur sa chaise et ferma les yeux sur ces derniers mots. Puis elle croisa puérilement les doigts malgré la douleur qu'elle ressentait à faire ce simple geste.

— Faut que ça marche, leur projet! murmura-t-elle. Y a pas de doute là-dessus, faut que ça marche! Faut que le monde vienne de partout, pis qu'y' reviennent encore pis encore. Pasque je m'en vas dire comme Marcel: avec l'emprunt qu'y' ont été obligés de faire à la banque, va falloir que l'argent rentre par les portes pis par les fenêtres, astheure!

Lorsqu'elle ouvrit les yeux pour se remettre à la corvée des patates, Évangéline aperçut Laura qui revenait d'un pas alerte vers la maison. Le sourire lui revint aussitôt. La jeune femme, elle, n'avait aucun doute quant au succès du projet familial et elle en parlait toujours avec beaucoup d'enthousiasme. Évangéline leva le bras pour la saluer joyeusement.

À l'autre bout de la rue, n'ayant pas vraiment le choix de faire autrement, Laura leva la main à son tour pour rendre le salut à sa grand-mère. Un œil avisé aurait cependant vite constaté que le cœur n'y était pas et que la jeune femme avait instinctivement ralenti le pas.

Depuis une semaine déjà, et tel qu'elle l'avait promis à Bébert et à Cécile, Laura avait tout dévoilé à sa mère.

— Tout ce que l'on souhaite, Bébert et moi, c'est de nous marier. Ses parents sont au courant et bien d'accord avec notre projet. On n'a plus vingt ans, on veut une famille, je crois qu'il est temps d'agir. Septembre nous paraîtrait un bon mois, d'autant plus que l'épicerie devrait avoir commencé à fonctionner à plein régime.

— Ouais… En septembre, tu dis?

De toute évidence, Bernadette cherchait à camoufler une émotion qui la dépassait. Laura, sa Laura venait de lui annoncer qu'elle voulait se marier.

Enfin!

Par contre…

— C'est une ben belle nouvelle, ça, ma fille, avait-elle déclaré d'une voix hésitante. Pis je vois pas ton père dire quoi que ce soit de négatif face à ça. Avec Bébert… Remarque ben qu'on a jamais rien eu contre les Gariépy, ton père pis moé. Le problème, c'est ta grand-mère, pis je pense que tu le sais, non ? Bien qu'avec le temps…

Bernadette s'était tue brusquement et elle était restée silencieuse un long moment, fixant le bout de ses doigts. Elle se sentait tout à coup aussi vieille qu'Évangéline. Puis elle avait levé les yeux vers sa fille.

— C'est donc ça qui te travaillait, avait-elle prononcé avec un petit sourire ému qui accompagnait à merveille l'eau qu'elle avait dû essuyer au bord de ses paupières.

Le geste était allé droit au cœur de Laura, qui avait aussitôt regretté de ne pas s'être confiée à elle plus tôt.

— Me semblait aussi, que t'avais changé, avait poursuivi Bernadette… Chus contente pour toé, ma grande. Chus contente de ce que tu viens de m'annoncer, ma Laura. Ben contente. Mais tu dois ben te rendre compte que c'est pas gagné d'avance, hein ?

— Crains pas, moman, ça fait des mois et des mois qu'on vire ça dans tous les sens, Bébert et moi. Je le sais que la pilule va être difficile à avaler pour grand-moman.

— Difficile, tu dis ! J'espère juste qu'a' vous dira pas que c'est impossible.

— Tu penses vraiment qu'elle pourrait dire ça ?

— Avec Évangéline on peut s'attendre à toute ! A' s'est ben remis à parler pis à marcher après une attaque que les docteurs disaient sévère… Ouais, avec elle on sait jamais à quoi s'attendre. Par contre, c'est une femme juste pis généreuse…

Sur ce, Bernadette avait bruyamment soupiré.

— Je sais pas quoi te dire, ma pauvre enfant. Sinon que dans une grande ville comme Montréal, y' a fallu que tu tombes en amour avec le seul gars qui cause possiblement problème.

— Moman !

— Va pas plus loin, Laura, avait sommé Bernadette en levant la main pour interrompre sa fille. Pas besoin de me dire que t'as pas faite exprès, je sais toute comment ça marche ces affaires-là. Chus quand même pas née de la dernière pluie. N'empêche que…

À ces mots, Bernadette avait replongé dans un silence méditatif que Laura s'était bien gardée de troubler.

— Chose certaine, ma belle, c'est que j'vas en parler à ton père, avait-elle enfin promis. Pis pas plus tard qu'à soir, à part de ça. Savoir que notre plus vieille a l'intention de se marier, c'est une bonne nouvelle, pis chus sûre que ça va y faire plaisir. Mais pour le reste…

Sur ces mots, Bernadette s'était brusquement interrompue et elle avait fixé Laura intensément.

— Pour le reste, je pense ben qu'on va s'en remettre à la tante Estelle, avait-elle finalement déclaré tout d'une traite.

— La tante Estelle ?

Laura avait semblé un peu surprise.

— Pourquoi elle ? Grand-moman pis sa sœur passent leur temps à s'obstiner ! Moi, vois-tu, j'avais plutôt pensé à Angéline. Avec l'expérience qu'elle a comme psychologue, je me disais que…

— Non, non ! Angéline a rien à voir là-dedans pis je pense que ça serait une grosse erreur de passer par elle, avait décrété Bernadette, coupant encore une fois la parole à sa fille. Ta grand-mère pourrait t'en vouloir ben gros, pis pendant ben longtemps, tu sais, de pas y en avoir parlé avant.

— Ouais, ça aussi je me le disais… Pourquoi la tante Estelle, d'abord ?

— Pasque je vois personne d'autre que la tante Estelle pour faire entendre raison à ta grand-mère, ma pauvre Laura. Après toute, c'est un peu à cause d'elle si la chicane a commencé entre les deux familles, non ? À elle, astheure, de désembrouiller ça.

Et c'est en repensant à cette discussion que Laura avait ralenti l'allure.

En passant devant la maison de briques brunes qui appartenait aux Gariépy, elle se demanda si la tante Estelle avait finalement parlé à sa grand-mère et si oui, pourquoi celle-ci n'avait pas encore réagi.

« Mais peut-être, aussi, que la tante Estelle n'a encore rien dit », pensa-t-elle ensuite alors qu'elle arrivait devant la demeure de Gérard et Marie Veilleux.

Quand elle monta sur la première marche de l'escalier qui menait au balcon, Laura ne savait plus sur quel pied danser.

Évangéline l'accueillit avec son habituel sourire.

— Ben contente de te voir ! D'où c'est que tu viens d'aussi de bonne heure, à matin ?

— De l'épicerie. Popa avait des petites affaires à me montrer avant que l'ouvrier finisse les étagères… Pis toi ? Quoi de neuf ? On s'est pas vues durant la fin de semaine, tellement j'étais occupée à l'épicerie… Pis comment va la tante Estelle ? Elle aussi, ça fait un bon bout de temps que j'ai pas eu de ses nouvelles.

Évangéline leva un œil mauvais et inquisiteur au-dessus de sa carotte.

— Que c'est que vous avez toutes, de ce temps-citte, à me

demander des nouvelles de ma sœur? cracha la vieille dame de toute évidence agacée par la question. Je le sais-tu, moé, comment c'est qu'a' va, ma sœur? A' m'a fait dire par sa fille, l'autre matin, qu'a' l'avait envie de tricoter durant ses vacances pis qu'a' me le ferait savoir si a' l'avait envie d'aller se promener... Moé qui me faisais une joie d'avoir de la compagnie pour passer mes après-midis, je me suis retrouvée le bec à l'eau. En attendant, c'est toute ce que je sais de ma sœur Estelle pour astheure. Ça fait-tu ton bonheur, ça, Laura?

— Je... Oui. Ça va. Je m'excuse, grand-moman. Je ne pensais pas t'offusquer en te demandant ça.

— Ça m'offusque pas, ça m'achale. Quand c'est pas toé, c'est ta mère ou ben ton père qui me posent la même question... Ça devient fatigant, à la longue. Si vous voulez savoir tant que ça comment c'est qu'a' va, Estelle, allez y demander à elle, pas à moé... Astheure que c'est dit, va don te chercher un couteau, à place de radoter, pis viens m'aider à finir de peler les légumes. Je commence à avoir mal aux articulations pis chus loin d'avoir fini.

Laura ne se le fit pas dire deux fois et sans rien ajouter, elle fila à la cuisine, le cœur gros. Sa réponse, elle venait de l'avoir: de toute évidence, la tante Estelle ne savait par quel bout de la lorgnette regarder la situation et elle n'avait toujours pas parlé à Évangéline. Avait-elle même l'intention de le faire?

— On n'est jamais si bien servi que par soi-même, bougonna Laura en ouvrant le tiroir pour y prendre un couteau.

Puis, devant l'armoire qui contenait les bols à mélanger, elle entendit la voix de Cécile qui lui recommandait:

— Parle à ta mère comme tu viens de le faire avec moi.

C'est exactement ce que Laura avait fait, lundi dernier.

Et finalement tout s'était très bien passé avec Bernadette.

Le lendemain matin, Marcel lui avait même fait un petit clin d'œil de connivence.

Quand elle referma la porte de l'armoire avec un gros bol à la main, Laura entendit Cécile qui ajoutait:

— Tu n'es plus une enfant pour t'en remettre aux autres pour décider de ta vie… Votre projet à Bébert et toi est tout ce que l'on voudra sauf ridicule.

Alors?

Alors Laura en avait assez d'attendre.

— Robert Gariépy m'a contaminée, murmura-t-elle, un brin railleuse, tenant devant elle un bol et un couteau.

Quand elle rejoignit sa grand-mère sur le balcon, sa décision était prise.

Le temps de peler une première pomme de terre, sans trop porter attention à ce qu'Évangéline lui racontait parce qu'elle essayait de calmer son cœur en émoi, puis Laura déclara d'une voix tendue, sans oser lever les yeux vers sa grand-mère:

— Grand-moman, faut que je te parle. C'est très important pour moi et j'espère que tu vas me comprendre.

Sans plus attendre, prenant à tâtons un second légume dans le sac de papier brun, Laura répéta les quelques phrases qu'elle commençait à savoir par cœur. Lorsqu'elle eut fini, elle glissa un regard en coin vers Évangéline qui avait cessé de se bercer dès les premiers mots qu'elle avait prononcés.

La vieille dame regardait fixement devant elle.

Et elle était blanche comme un drap. À un point tel que Laura eut peur de la voir faire une autre attaque.

Le regard vrillé sur les feux de circulation qui se balançaient au coin de l'intersection, juste au bout de la rue, Évangéline attendait que son cœur s'assagisse avant de répliquer quoi que ce soit.

Comment Laura pouvait-elle s'imaginer qu'elle, Évangéline Lacaille, allait accepter une telle aberration sans sourciller ?

Évangéline inspira difficilement, la gorge nouée sur un maelström d'émotions qu'elle aurait été bien en peine de décrire, tellement il y en avait.

Sa vie, toute sa vie ou presque, avait été logée à l'enseigne d'une incroyable injustice, d'une rebuffade qui continuait encore aujourd'hui à être douloureuse, et on venait de lui affirmer, en toute candeur, que désormais, on n'en tiendrait plus compte.

C'était en effet ce qu'Évangéline avait compris du bref discours de sa petite-fille : celle-ci ne lui demandait aucune permission, aucun conseil. Elle se contentait de la mettre devant un fait accompli.

— Je l'aime grand-moman et pour moi, c'est tout ce qui compte.

Voilà ce que Laura venait de lui dire.

Laura, sa Laura allait marier un Gariépy !

Quand Évangéline se décida enfin à ouvrir la bouche, la voix qui en sortit était plus rauque que jamais et sa respiration était sifflante.

— Tu m'excuseras Laura si chus pas débordante de plaisir à l'annonce de ton mariage, mais c'est comme ça.

Évangéline respirait de plus en plus difficilement.

— Pis ? Astheure que c'est dit, que c'est que t'attends de moé ?

Laura avala sa salive avant de parler.

— Pas grand-chose, grand-moman, fit-elle d'une voix très douce. En fait, tout ce que je te demanderais, c'est d'ouvrir ta porte à Bébert pour que tu puisses apprendre à le connaître. Tu vas voir ! C'est un homme qui est...

— Pas question ! tonna alors Évangéline, faisant sursauter Laura. Y a pas un maudit Gariépy qui va mettre les pieds dans ma maison, tu m'entends ? Pas plus ton Bébert que Francine dans le temps où t'étais jeune. Pis si jamais y' avait l'intention de me défier, tu pourras y dire que la seule chose qui ferait en sorte que la chicane se règle, en partie du moins, entre lui pis moé, c'est que sa grand-mère, la grosse Arthémise, a' vienne s'excuser en personne pour toute le tort qu'a' nous a faite, à nous autres les Lacaille. Petête qu'après ça, pis je dis ben petête, ton Bébert pourra venir me rencontrer. Je me ferai une opinion sur lui à c'te moment-là. Pas avant.

Devant l'intransigeance de sa grand-mère, Laura dut prendre une profonde inspiration pour contrôler le sanglot qu'elle sentait naître en elle.

— Et notre mariage ? arriva-t-elle à articuler malgré le serrement de sa gorge qui menaçait littéralement de l'étouffer.

— Quoi, ton mariage ?

Évangéline haussa les épaules dans un geste qui dégageait aux yeux de Laura une telle indifférence que brusquement ce fut la colère qui monta en elle, remplaçant aisément la tristesse qu'elle ressentait. Mais avant qu'elle puisse répliquer vertement, Évangéline s'écria :

— Tu t'imagines-tu que le jour de tes noces j'vas aller me pavaner devant les Gariépy comme si de rien n'était ? Si c'est ça que tu penses, ma pauvre enfant, c'est que t'as rien compris en toute de ce qu'a été ma vie pis y a petête certaines taloches que j'ai oublié de donner… C'est sûr que je te fermerai jamais ma porte, Laura, pas à toé. Faut que ça soye ben clair entre nos deux. Toé, t'auras toujours le droit de venir icitte. Pis aussi souvent que t'en auras envie. J'ai assez souffert de ce que mes propres parents refusent de me voir quand y' ont su pour Estelle que jamais j'vas faire pareil pour les miens.

— Ben voyons don !

Laura en avait assez d'entendre des inepties à ce sujet-là. Cela faisait des années que cette rancune ridicule colorait les relations entre les deux familles, il était grand temps que cela cesse.

— C'est toi, grand-moman qui as boudé ta famille durant des années, précisa Laura, heureuse de pouvoir faire cette rectification. C'est toi qui as coupé les...

— Ben je t'arrête tusuite, Laura.

Pour la première fois depuis le début de la discussion, Évangéline tourna les yeux vers sa petite-fille. Laura était assise bien droite sur sa chaise et elle soutenait le regard de sa grand-mère sans la moindre gêne. Évangéline eut alors l'impression que Laura la défiait. Probablement que l'esprit des Gariépy commençait à l'influencer. Il était temps de mettre les pendules à l'heure. Reportant les yeux au bout de la rue, Évangéline poursuivit en mordant dans chacun des mots qu'elle prononçait.

— Si c'est ça que tu crois, c'est que t'en as échappé un boutte, là avec. J'ai jamais dit que j'avais coupé les ponts avec les miens, jamais. C'est quand eux autres l'ont faite que j'ai décidé de pus jamais leur parler. C'est pas pareil... De toute façon, c'est pas ça le sujet de notre discussion, c'est toé. Pis toé, rapport que tu veux marier un Gariépy, tu me donnes l'impression que chus trahie encore une fois. Laisse-moé te dire que ça fait mal, ben mal. Me semble, viarge, que t'aurais pu choisir mieux qu'un Gariépy pour faire ta vie. C'est ce que moé, Évangéline Lacaille, j'en pense, pis c'est pas toé, icitte à matin, qui vas venir me faire changer d'avis.

Portant la main à sa poitrine, Évangéline s'interrompit

pour un moment. Son cœur battait tellement fort qu'elle avait la pénible sensation qu'il allait lui sortir de la poitrine. S'il fallait qu'elle fasse une autre attaque !

Évangéline regarda autour d'elle avec épouvante. Une nouvelle comme celle-là, c'était bien suffisant pour déclencher n'importe quoi !

De son côté, sachant qu'elle éclaterait en sanglots, tant d'indignation que de déception, si elle essayait de prononcer le moindre mot, Laura se contenta de renifler en attendant que sa grand-mère poursuive, ce qu'elle fit au bout d'un court instant, voulant en finir au plus vite avec cette désagréable conversation.

— Je peux comprendre que tu soyes triste, Laura, admit-elle froidement, sans la moindre conciliation dans la voix, mais ça change rien à toute ce que je viens de te dire. Ton mariage, j'y serai pas, c'est ben certain, à moins qu'Arthémise se soye excusée. Pis ton Bébert sera le bienvenu icitte dans les mêmes conditions. Un point c'est toute ! Pour le reste, oubliez-moé, je serai pas d'un grand secours dans les préparatifs de c'te noce-là. Que c'est tu veux, j'ai pas le cœur à me réjouir ! Pas pantoute. Astheure, tu vas m'excuser, mais chus fatiguée, Laura, ben ben fatiguée. M'en vas me retirer dans ma chambre. Toé, faudrait que tu finisses de peler les légumes pis vers trois heures, après-midi, tu les mettras dans la rôtissoire avec la palette de bœuf que j'ai mis dans le fourneau t'à l'heure.

Déposant son bol sur le plancher, Évangéline se releva péniblement. Traînant ses chaussons sur le vieux bois décoloré par l'hiver qui venait tout juste de finir, elle quitta le balcon sans un seul regard pour Laura et regagna lentement sa chambre.

La vieille dame se laissa lourdement tomber sur son lit.

Elle qui croyait avoir tout vu, avoir tout entendu, elle qui pensait bien naïvement que sa banale histoire avec monsieur Roméo était de la toute première importance et qu'une fois ce petit problème réglé, il ne resterait plus que de belles et bonnes choses devant elle, que de la joie et du plaisir pour les quelques années qu'elle avait encore à passer sur cette terre, elle venait de comprendre que la vie lui avait vicieusement réservé une désagréable surprise de dernière minute.

Même si elle aimait profondément Laura et ne voulait que son bonheur, elle ne pouvait accepter de gaieté de cœur de la savoir mariée à un Gariépy.

— Voir que je peux accepter ça ! ronchonna-t-elle en frappant le matelas avec ses deux mains de chaque côté d'elle. À quoi c'est qu'a' l'a pensé, notre Laura, coudon ? Me semble que c'est une fille prévenante, d'habitude. Pis de bon jugement... Je pense que j'ai jamais été aussi déçue par quelqu'un de toute ma vie !

Pour une des rares fois de sa vie, Évangéline aurait aimé être capable de pleurer pour diminuer l'oppression qu'elle ressentait à la poitrine, mais elle n'y arrivait pas. Trop d'émotions se bousculaient impitoyablement dans sa tête et dans son cœur pour qu'elle puisse attraper au passage celle qui déclencherait l'ondée bénéfique.

— Je voudrais don ça, avoir juste de la peine, murmura-t-elle dans un souffle en s'allongeant sur le couvre-lit. Mais chus pas capable. Ça fait trop longtemps que je les déteste, toute c'te gang-là, pour pas ressentir de colère envers eux autres. Pis moé, la rage au cœur, ça m'a jamais faite brailler... J'ai l'impression que c'est encore la grosse Arthémise qui est en arrière de ça, pis qu'a' l'a toute manigancé pour venir me narguer jusqu'icitte, dans ma propre maison. Viarge que je l'haïs, celle-là ! Pis le pire, c'est que Laura va faire les frais de mon ressentiment, même si a' le mérite pas. Mais comment c'est que tu veux que je réagisse autrement ? Chus pas capable de passer l'éponge comme ça, juste pasque ma petite-fille a décidé de se marier avec Bébert. Chus pas capable pantoute… Bébert ! Tu parles d'un nom ! Ça fait pas sérieux pantoute.

Évangéline inspira bruyamment parce qu'elle avait le souffle court et qu'elle avait l'impression de devoir faire de gros efforts pour que l'air arrive enfin, salvateur, jusqu'à ses poumons.

— Viarge que chus pas ben en dedans, haleta-t-elle… Des plans pour que j'haïsse encore plus les Gariépy au grand complet ! Quand je disais, avec, que c'est toujours à cause d'eux autres qu'on avait des problèmes, hein ! J'avais-tu raison ou ben j'avais-tu pas raison ! Maudite race de racailles, aussi !

Bouleversée par les émotions que Laura avait suscitées, épuisée par la fureur aveugle qui ravageait tout en elle, Évangéline se tourna sur le côté et ferma les yeux en glissant les pieds sous l'édredon qui restait plié en permanence au bout de son lit. Si jamais Laura venait à entrouvrir la porte de sa chambre, et elle était bien capable de la relancer jusque dans sa retraite pour reprendre la discussion, elle la croirait endormie. Il le fallait parce qu'Évangéline n'aurait pas la force de poursuivre encore longtemps ce marathon de paroles et d'émotions.

Et parce qu'elle avait besoin de réconfort, juste pour une fois, juste pour aujourd'hui, Évangéline permit à l'image de sa main emprisonnée sous celle de Roméo Blanchet de refaire surface et même de s'imposer. Son cœur battait peut-être toujours aussi fort mais au moins, à travers le souvenir d'un bref instant de complicité, la vieille femme meurtrie ressentait une certaine chaleur, une forme de consolation qui atténuerait peut-être sa souffrance.

* * *

À l'image de Laura quand elle était venue la voir il y a deux ans, Alicia remontait la lande en inspirant profondément l'air chargé d'odeurs de fleurs des champs et de foin fraîchement coupé. Contrairement à son amie, ce n'était pas pour faire connaissance avec le pays qu'elle marchait ainsi, le nez en l'air, mais pour emmagasiner des souvenirs.

Ce soir, Alicia venait faire ses adieux à ce petit coin du monde qu'elle chérissait depuis toujours.

Complice de ses recherches, de ses questionnements, de ses coups de cœur et de ses déceptions, le soleil l'accompagnait dans cette ultime promenade. Alicia aurait donc droit à ces ombres interminables qui sillonnaient les dunes, dessinant des tableaux abstraits fantastiques qui l'avaient toujours fascinée, même quand elle était enfant. Un peu plus tard, elle pourrait assister à l'embrasement du ciel, là-bas, juste au-dessus de la colline, dans cette débauche d'orangé et de violet qui, parfois, lui tirait des larmes. Tant mieux, parce que son chagrin était intense et elle aurait ainsi le droit de l'exprimer sans la moindre gêne.

La décision avait été difficile à prendre mais maintenant que c'était fait, Alicia ne la regrettait pas et elle se sentait plus légère.

Pourtant, Dieu sait qu'elle avait tenté de découvrir une raison, une seule, qui justifierait son envie de rester ici.

Si elle n'avait rien trouvé, c'était que dans le fond, il n'y avait plus rien pour la retenir au pays des Winslow.

Et Alicia le savait fort bien, même si elle s'était farouchement refusé de l'admettre jusqu'à maintenant.

Néanmoins, au décès de grand-ma, Alicia avait commencé à s'ennuyer.

Quand Charlotte était repartie, l'ennui s'était transformé en lassitude.

Pourtant, elle n'était pas seule, en Angleterre. Elle avait des amis, de lointaines cousines et tantes. Même qu'après le départ de sa mère, voyant qu'Alicia était profondément bouleversée, son ami Jacob lui avait proposé un voyage en Écosse où sa famille possédait une maison secondaire. « Le temps de faire le point, disait-il, de te remettre enfin de toutes tes émotions. »

Ils y avaient passé tous les longs mois d'hiver, en tête-à-tête.

Alicia, si prude, avait même couché avec Jacob, essayant de se convaincre que l'amour naîtrait peut-être de cet abandon et qu'ainsi elle aurait toutes les raisons du monde pour continuer à vivre dans le village anglais qui l'avait vue naître. Ils avaient vite compris, l'un comme l'autre, qu'ils ne seraient jamais que de bons amis. Entre eux, la passion n'était pas au rendez-vous.

Pas plus qu'elle semblait faire partie de la nature de Marc Lavoie, son père.

Quand Alicia était venue chercher sa mère à la gare, surprise de cette visite annoncée, et qu'elle avait vu Marc à ses côtés, la jeune femme avait tout de suite compris la raison de sa présence et dans l'instant, intimidée, horriblement mal à l'aise, elle avait admis intérieurement que sa mère avait peut-être eu raison de ne pas vouloir lui dévoiler le nom de son père. Pas tant parce que Marc était son oncle, le mari de sa tante Émilie, ou pour souscrire à une vieille promesse datant de ses jeunes années, qu'à cause de l'indifférence qui avait toujours teinté leurs relations.

Comment cet homme-là avait-il pu être si froid et si distant avec elle alors qu'il savait qu'Alicia était sa fille ?

Comment un père digne de ce nom pouvait-il ne rien ressentir du tout face à un enfant à qui il avait donné la vie ?

La jeune femme ne comprenait pas. D'autant plus qu'avec sa famille, même avec Dominique, son fils aîné qui avait été adopté, Marc était chaleureux et attentif. La comparaison entre elle et eux avait été difficile à accepter. Une nuit à ressasser ses émotions et les sentiments de cet homme qu'elle connaissait depuis toujours avait suffi à lui faire comprendre qu'elle avait eu tort de tant insister.

C'est elle qui l'avait voulu, n'est-ce pas ? À elle de se résigner, maintenant. Même si la potion était amère, elle n'aurait pas le choix de la boire jusqu'au bout.

Mais autant elle avait voulu connaître l'identité de celui qui était son père, autant elle avait regretté de le savoir.

Les quelques jours qu'ils avaient passés à trois sous le toit de la maison de grand-ma avaient été marqués par de longs silences, des regards en coin, des paroles malhabiles et des gestes retenus. Seule la longue promenade que Charlotte et Alicia avaient faite toutes les deux avait eu un certain charme, un certain sens aux yeux de la jeune femme. À travers les souvenirs partagés et de rares sourires de connivence, le lien fragile qui avait survécu entre elles s'était renforcé. Redeviendrait-il aussi solide qu'avant; la confiance renaîtrait-elle, spontanée et absolue comme elle l'avait déjà été ? Alicia l'ignorait, mais elle gardait espoir qu'un jour sa mère serait de nouveau celle à qui elle aurait envie de confier tous ses secrets.

Malgré cela, Alicia avait poussé un long soupir de soulagement quand Charlotte et Marc étaient repartis. Par un matin de grisaille, elle avait regardé le train se faire de plus en plus petit à l'horizon, puis elle s'était précipitée chez son ami Jacob pour être consolée.

Le lendemain, ils étaient partis pour l'Écosse où elle avait vécu trois mois aux côtés d'un homme merveilleux qui était le pendant masculin de ce que Laura avait toujours été pour elle. Elle avait vécu trois mois de réflexion, sans contact avec les siens, aux côtés d'un homme cloué à une chaise roulante à la suite d'un accident et qui lui avait fait comprendre à quel point elle s'ennuyait des hôpitaux et des patients. Et comme ici, son cours n'était reconnu qu'à moitié, Alicia avait admis que si elle voulait aller au bout de ses rêves, elle n'aurait plus le choix : il lui faudrait repartir vers Montréal et y rester.

C'est pourquoi ce soir, elle se préparait à quitter l'Angleterre pour ne plus y revenir autrement qu'en touriste.

Unique héritière de grand-ma, Alicia avait occupé les derniers mois à remettre la maison en état. Elle avait signé une procuration à une jeune femme du village qui s'occuperait de la vendre en son nom tandis qu'une grosse malle remplie des effets qu'elle voulait conserver l'avait précédée sur un cargo, en route pour Montréal.

En ce moment, assise contre la grosse roche creuse qu'elle avait découverte avec sa mère alors qu'elle n'était qu'une toute petite fille, Alicia laissait les larmes ruisseler sur son visage sans retenue aucune.

Ici, elle s'était appelée Alicia Deblois avant de devenir Alicia Winslow, mais à l'époque, elle avait été étrangère à tous ces bouleversements qui marquaient sa vie. Elle était trop jeune, bien trop jeune, pour se le rappeler. Par contre, elle se souvenait fort bien que la petite Alicia Winslow avait été heureuse aux côtés de sa mère et qu'Andrew avait été un bon père, un père qu'elle avait sincèrement aimé. Elle avait longuement pleuré la mort de ce dernier. L'arrivée de Jean-Louis Leclerc dans leur vie, alors que sa mère et elle avaient choisi de vivre à Montréal, avait permis de cicatriser la blessure et peu de temps après, elle avait pris le nom d'Alicia Leclerc.

C'était toujours ce nom qu'elle portait et ce soir, face aux collines qui commençaient à s'embraser, les larmes coulant abondamment sur ses joues, Alicia admettait qu'elle en était fière.

Il lui tardait de revoir Jean-Louis. Il lui tardait de revoir sa petite sœur Clara qui devait avoir beaucoup grandi. Il lui tardait de retrouver l'odeur de l'hôpital.

Alicia attendit que le soleil soit disparu derrière l'arrondi de la petite colline pour se relever. Elle savait que l'Angleterre ferait toujours un peu partie d'elle. Malgré tout, les larmes qu'elle venait de verser lui avaient fait du bien, car si elles étaient l'expression de sa tristesse à quitter le pays de son enfance, elles étaient aussi l'incarnation de l'espoir qu'elle sentait grandir en elle.

Ce soir, Alicia avait l'impression d'assister à sa propre naissance. Une vie, la sienne, s'offrait à elle dans tout ce qu'elle pouvait avoir de beau et de bon, de défi et de succès. À elle de savoir le reconnaître et de l'accueillir à bras ouverts.

Avant d'entrer dans la maison, Alicia fut attirée par le jardin où elle cueillit un somptueux bouquet de roses. Celles de juin avaient toujours été les plus odorantes et elle se disait que ce serait peut-être ce bouquet, posé en évidence sur la table de la cuisine, qui ferait vendre la maison.

Pourtant, elle n'était pas du tout certaine d'avoir envie que la maison se vende même si elle savait que voir à l'entretien d'un vieux bâtiment comme celui-là, avec la distance, serait difficile à concilier avec sa vie de jeune médecin.

Après un long détour qui l'amena dans chacune des pièces de la maison, Alicia regagna sa chambre.

Ses adieux à Jacob ayant déjà été faits, dans les larmes et les promesses de se revoir sans faute, demain, elle n'aurait plus qu'à refermer sa valise et elle serait prête à partir.

CHAPITRE 10

Les assis sur le statu quo
Nous disaient d'avancer
Vers l'arrière pour ne pas
Voir venir l'avenir.
Nous reculions vers l'avant,
Puis nous nous retournions
Pour regarder les statues
De l'histoire en pleine face
Et parfois leur lancer les
Tomates de la dérision.

L'infonie: le boutt de toutt
Raôul Luôar Yaugud Duguay
(L'Infonie)

Montréal, mercredi 17 juin 1970

Depuis un an, Antoine avait l'agréable sensation que sa vie avait enfin atteint un certain équilibre. Fragile, soit, mais suffisamment présent pour qu'il n'essaie plus de toujours chercher ce qui pouvait se cacher derrière un sourire, un geste ou une parole.

Enfin, la vie lui souriait en lui faisant le cadeau de nombreuses réussites, de projets emballants, de présences amicales.

La perspective d'exposer ses toiles sur la côte ouest était assurément la réalisation d'un beau rêve. Il y travaillait avec acharnement, très tard le soir, quand il revenait de l'épicerie où il avait travaillé avec son père, ou très tôt le matin, avant d'y retourner, quand la lumière du soleil envahissait le salon du petit appartement qu'il occupait au rez-de-chaussée de la maison de sa grand-mère.

Cet horaire épuisant, il ne l'aurait pas changé pour tout l'or du monde. À vingt ans passés, il commençait à connaître son père et c'était grâce aux travaux effectués ensemble depuis janvier que le miracle s'était produit. Mais aussi, bien entendu, grâce aux plans qu'il avait soigneusement dessinés pour lui.

— Calvaire, mon gars, on dirait quasiment une photo tellement c'est précis ton affaire, avait murmuré Marcel quand il avait découvert les plans.

Lunettes au bout du nez, Marcel avait lentement feuilleté la pile de croquis qu'Antoine venait de lui remettre, approuvant tout ce qu'il voyait de brefs mais vigoureux signes de tête.

— Je comprends, astheure, pourquoi le monde achète tes peintures. C'est juste pasque c'est beau en calvaire, ce que tu fais. Bravo, Antoine !

Jamais compliment n'avait sonné aussi triomphalement aux oreilles d'Antoine. Son père, le rustre Marcel Lacaille, celui qui s'était moqué allègrement de ses dessins d'enfant qu'il qualifiait de gribouillages, aimait ce qu'il faisait ! Mieux, il l'avait même félicité.

Inutile de dire qu'Antoine s'était porté volontaire quand le même Marcel avait demandé, un bon soir durant le souper, si ses fils étaient prêts à l'aider pour faire le gros de l'ouvrage dans la rénovation de l'épicerie.

— Pas de trouble, le père, tu peux compter sur moi.

Charles par contre avait décliné l'invitation.

— J'ai trop d'étude, avait-il marmonné la tête dans son assiette.

Marcel avait alors contracté les mâchoires, visiblement irrité par la réplique de son plus jeune fils. Après une bruyante inspiration, il avait rétorqué :

— Viens pas nous casser les pieds icitte, toé là, avec tes études. Avec le bulletin que t'as eu avant Noël, j'ai pas l'impression que tu te fatigues ben gros à étudier. Que tu soyes pas intéressé par l'école, c'est une chose, pis je peux le comprendre, rapport que j'étais comme toé. Moé non plus, j'aimais pas ça, l'école. Mais viens pas nous mentir en pleine face en disant que t'étudies pis que c'est à cause de ça que tu peux pas nous aider, Antoine pis moé. Dis don, à place, que ça te tente pas, ça serait petête plusse proche de la vérité pis je serais pas mal plusse à l'aise avec une réponse comme celle-là. Moé, les menteurs, tu sauras, Charles Lacaille, j'ai ben de la misère avec ça, calvaire !

C'était ainsi que Marcel et Antoine s'étaient retrouvés tout au long de l'hiver, trois soirs par semaine, à scier, clouer et visser pour fabriquer des îlots et de nouvelles étagères pour l'épicerie avant de passer à la peinture et au revêtement du plancher qui avait grand besoin d'être rafraîchi. Un ébéniste était venu fignoler les derniers détails.

Alors, oui, le projet de l'épicerie avait de l'importance pour Antoine, au même titre que pour Laura, même si depuis quelques semaines, à cause de son projet de mariage dont on ne parlait pas encore vraiment, les présences de sa sœur s'étaient faites plus rares au commerce. Ce qui ne les empêchait pas, l'un comme l'autre, de se sourire avec complicité quand Laura traversait l'épicerie, pour une raison ou pour une autre, et que du bout du doigt, elle caressait le bois verni des étalages.

— Quand tu seras prête, Laura, c'est sûr qu'y a une place pour toé à l'épicerie, avait lancé Marcel l'autre soir, défiant sa mère du regard. On prendra même pas le temps de voir comment le monde va réagir, calvaire ! Après toute, l'idée de c'te genre d'épicerie-là, c'est toé qui l'a eue, non ? Pis à vue de nez, comme ça, juste après une couple de semaines, on dirait ben que ça fait jaser, pis plus loin que dans le quartier, à part de ça. C'est bon signe ! C'est un calvaire de bon signe, ça !

Laura, toute souriante, avait répondu que oui, cela l'intéressait et qu'elle leur ferait bientôt signe. Avant, elle avait certaines décisions à prendre.

Et elle aussi, à ce moment-là, elle avait défié Évangéline mais avec un peu moins d'insistance que son père, cependant. Si la vieille dame se disait blessée, il en allait de même pour Laura qui ne comprenait pas qu'on puisse être aussi entêté devant quelqu'un qu'on disait aimer. Antoine et elle en avaient longuement parlé, l'autre soir.

Quand certaines allusions à l'éventuel mariage de Laura se glissaient malencontreusement dans une conversation et qu'Évangéline n'était pas loin, personne n'était à l'aise. Antoine, pour sa part, jugeait que c'était déplorable. Il connaissait Bébert depuis des années et il savait que c'était un homme de cœur sur qui Laura pourrait toujours compter. Il avait même tenté de raisonner sa grand-mère, mais au regard foudroyant qu'elle lui avait jeté, il s'était replié dans son atelier sans demander son reste. De toute façon, sa situation ne vaudrait guère mieux aux yeux de sa grand-mère, alors il taisait tout ce qui pouvait se rapprocher, de près ou de loin, à Anne Deblois.

Mais que dire de madame Anne, comme il l'appelait encore parfois pour le plaisir de la taquiner !

Leur relation était à ses yeux comme une dentelle précieuse, faite de fils entrelacés, fragiles et solides, tout à la fois, et tout comme l'objet précieux que l'on met sous verre pour le protéger, Antoine refusait de parler de sa relation avec Anne.

Sans jamais en avoir discuté ouvertement, il devinait qu'entre la jeune femme et lui, tout allait pour le mieux.

Comme si elle savait lire dans sa tête, Anne n'avait plus jamais tenté le moindre rapprochement avec lui. Ni accolade, ni main qui s'égare sur un bras ou une épaule pour signifier le soutien, l'amitié ou la fierté. Entre eux, tout se jouait dans les regards et les sourires, tout se jouait dans les clairs-obscurs.

Et quand l'envie d'elle se faisait trop forte, irrépressible, Antoine s'enfermait encore dans la salle de bain de son petit logement, en pensant amoureusement à celle qu'il aimait et en se demandant si parfois, elle aussi… Après tout, Anne avait déjà été mariée et le plaisir devait sûrement lui manquer. Peut-être, alors, pensait-elle à lui, car, même si Robert Canuel était toujours vivant, depuis un an, pour Antoine, il n'existait plus.

Et Anne n'en parlait jamais…

Ce matin, avant de quitter la maison pour l'épicerie, Antoine avait prévenu sa mère qu'il ne mangerait pas avec eux, ce soir.

— Une invitation, avait-il dit sans plus, une lueur de plaisir au fond des prunelles.

Malgré l'évidente curiosité qui avait aussitôt traversé le regard de Bernadette, elle n'avait pas questionné son fils. Ce dernier était un homme maintenant, à lui de gérer sa vie comme il l'entendait.

— Pis tant mieux, si lui avec, y' nous arrive, un de ces matins, avec des projets de mariage en bonne et due forme, avait-elle marmonné en le regardant s'éloigner dans la rue alors qu'il se dirigeait vers l'épicerie où il allait faire ses livraisons. Petête ben, bâtard, que ça améliorerait le caractère de la belle-mère pis que ça l'aiderait à accepter les projets de Laura. Pauvre Laura ! Voir que c'est normal de battre froid à une bonne personne comme elle. Le pire, je pense, c'est que Marcel pis moé, on peut rien faire, là-dedans. On peut rien dire. Si on vivait ailleurs, ça serait petête différent, mais pour astheure… Laura a beau nous répéter de pas nous en faire avec ça, que Bébert pis elle vont finir par trouver une solution en attendant qu'Arthémise se décide à présenter des excuses, rien n'empêche que c'est pas juste… Même la tante Estelle a pas réussi à faire bouger la belle-mère. Maudit verrat ! Des fois, elle…

Comme Antoine tournait le coin de la rue, Bernadette ramena ses pensées vers son fils avant de recommencer à déblatérer sur Évangéline comme elle avait la fâcheuse manie de le faire depuis quelques semaines.

— Tant mieux si toute va ben pour mon Antoine, murmura-t-elle en jetant un regard au fond de sa tasse de thé qu'elle avait décidé de boire sur le balcon, juste pour se donner l'illusion d'un moment de détente.

Voyant qu'elle était vide, Bernadette se releva.

— Si en plusse de ses visites à madame Anne pour y donner un coup de main dans sa maison, y avait quèqu'un d'autre dans sa vie, ajouta-t-elle en jetant un dernier regard au bout de la rue où il n'y avait plus que le passage incessant des autos et des passants, ça serait une bonne affaire. À moins qu'Évangéline aye de quoi à dire, là avec… A' finit toujours par avoir de quoi nous reprocher, la vieille… Bon ça suffit. Astheure, le lavage! Chus toujours ben pas restée icitte, à matin, pour casser du sucre sur le dos de la belle-mère! Pis tant mieux si Antoine arrive à ronner sa vie sans l'avoir dans les pattes!

Bernadette n'aurait su si bien dire!

Effectivement, si Évangéline avait vraiment su ce qui faisait débattre le cœur de son petit-fils, peut-être bien, oui, qu'elle aurait eu des tas de choses à dire sur la situation. Mais sans être totalement naïve, elle ne pouvait s'imaginer jusqu'où allait l'attachement d'Antoine pour la musicienne qui habitait, seule, au bout de leur rue. Elle ne pourrait jamais concevoir que pour son petit-fils, une invitation comme celle d'aujourd'hui lui mettait bien plus que le cœur en fête. Aux yeux d'Antoine, c'était un peu comme la projection, durant quelques heures, de ce que sa vie pourrait avoir l'air si Anne était libre.

S'il avait su, cependant, qu'Anne avait fermé la procure plus tôt et qu'elle avait passé deux heures au fourneau, il aurait peut-être été inquiet, car il savait que sa voisine détestait tout ce qui se rapprochait de la vie domestique. Lavage, ménage et cuisine ne suscitaient aucun engouement chez elle, ne provoquaient aucun écho.

Par contre, ce soir, pour Antoine, pour célébrer le nouveau contrat qu'il venait d'obtenir à l'autre bout des États-Unis et pour lui annoncer une nouvelle qu'elle jugeait d'importance, car celle-ci allait probablement changer le cours de sa vie, Anne était prête à bien des concessions, à bien des sacrifices.

Et se tenir devant un poêle chauffé à blanc, le nez plongé dans un livre de recettes, faisait intégralement partie des sacrifices auxquels elle ne consentait pas souvent. C'était sa façon bien personnelle de lui dire merci pour tout ce qu'il faisait pour elle.

C'était sa façon, un peu maladroite, de dire au jeune homme qu'elle l'aimait et de plus en plus.

Cela faisait maintenant deux ans et demi que son mari avait quitté la maison. Anne avait fait plus que son possible pour maintenir leur barque familiale à flot. Le pari était énorme pour elle. Malgré cela, Anne avait tenu bon et elle l'avait gagné. Elle était fière d'elle, mais elle savait rendre justice à ceux qui le méritaient : si elle avait réussi à s'en sortir, c'était grâce, aussi, à Antoine qui l'avait secondée de mille et une façons.

À commencer par sa simple présence, qui comblait le fossé que Robert s'employait à creuser un peu plus profondément, chaque fois qu'elle le voyait.

À chacune des visites qu'elle faisait à son mari, Anne en ressortait un peu plus meurtrie.

Selon les médecins, Robert Canuel, dans un réflexe d'autoprotection tout à fait naturel, disaient-ils, refusait de se montrer diminué devant son épouse, alors, comme il arrivait difficilement à articuler, il avait choisi de se taire obstinément en sa présence. Pourtant, par les infirmières et les thérapeutes qui le côtoyaient, Anne savait que Robert arrivait à communiquer. Laborieusement peut-être, mais il y arrivait, et de plus en plus clairement, tandis qu'avec elle, il gardait obstinément les lèvres closes.

— Essayez de comprendre, madame ! C'est difficile pour un homme comme lui de se voir aussi démuni face à la femme qu'il aime.

C'était bien mal connaître Anne que de croire qu'elle allait s'apitoyer sur le sort de son mari. S'il l'aimait encore, tel qu'on le prétendait, à lui de le montrer. Elle n'était pas exigeante. Un sourire même un peu de travers, une main qui prend la sienne, quelques mots qui n'appartiendraient qu'à eux... Elle, malheureusement, tant que Robert s'enfoncerait dans son silence indifférent, elle ne pouvait faire plus que de s'occuper d'une procure qui l'ennuyait prodigieusement et voir à garder en bon état leur petite maison qui lui semblait aujourd'hui bien grande.

Les mois avaient ainsi passé sans changement. Anne travaillait comme une forcenée, négligeant souvent son piano au profit du commerce et Robert, lui, continuait de se taire.

De journalières qu'elles étaient, les visites d'Anne s'étaient faites plus rares. Une ou deux fois par semaine lui semblait amplement suffisant puisque maintenant, il arrivait régulièrement que Robert n'ouvre même pas les yeux.

C'était ainsi que les visites s'étaient faites plus courtes, de plus en plus courtes, avant de devenir hebdomadaires, puis mensuelles...

Et ce soir, Anne allait annoncer à Antoine que la procure était à vendre.

Elle avait bien pesé les pour et les contre, et sa décision était maintenant irrévocable. Même son père, qui habitait au Connecticut, avait été d'accord avec elle quand elle l'avait appelé pour lui faire part de sa décision.

— Je suis heureux de voir que tu t'ennuies du piano.

— Et des concerts aussi, tu sais !

Anne avait fini de croire qu'un jour, Robert reviendrait à la maison ou s'assoirait derrière la caisse du magasin. On ne peut passer sa vie à croire aux miracles, se répétait-elle régulièrement. Et un retour hypothétique de Robert dans le monde des vivants faisait partie, justement, des miracles improbables qui peuvent parfois survenir dans la vie de quelqu'un. Anne n'y croyait plus du tout et c'était ce qu'elle avait dit à son père.

Elle n'avait plus pour son mari qu'une certaine tendresse fatiguée.

Et elle n'avait que trente-deux ans…

Voilà pourquoi, ce soir, elle tentait bien maladroitement de cuisiner un festin pour Antoine. C'est avec lui qu'elle avait envie de souligner ce qu'elle voyait comme la décision la plus importante qu'elle eût prise depuis longtemps. Avec un peu de chance, dans quelques semaines, avec le profit généré par la vente du commerce, Anne allait pouvoir payer toutes ses dettes. Par la suite, elle se remettrait au piano. Même de banals contrats dans de petites boîtes enfumées avaient des allures de paradis à côté de la vie insipide qu'elle menait actuellement.

Quand Antoine se présenta à sa porte, embarrassé par la folle idée qu'il avait eue de lui acheter des fleurs, Anne dut se retenir pour ne pas l'embrasser sur la joue, comme elle aurait pu le faire avec quelqu'un d'autre.

— Merci, Antoine, elles sont superbes… Viens, je vais les mettre dans l'eau. Elles vont merveilleusement bien garnir notre table.

Dans la cuisine, le couvert avait été soigneusement dressé. Il y avait même des bougies et une bouteille de vin qui attendait d'être ouverte.

— Tout ça, juste pour mon contrat ? demanda Antoine, de plus en plus mal à l'aise. T'aurais pas dû, Anne. C'est ben que trop.

— Non, monsieur, ce n'est pas trop. Après tout ce que tu fais pour moi, c'était la moindre des choses. Et puis, ça me fait plaisir.

— Dans ce cas-là…

Une soupe un peu trop salée fut servie après qu'Anne eut ouvert la bouteille de rouge.

— C'est moi qui la débouche ! Tu es mon invité, Antoine Lacaille !

Antoine hésita un long moment avant de porter le verre de vin à ses lèvres. Il n'en avait pas bu souvent mais à chaque fois, c'était la même chaleur qui l'envahissait, la même barrière qui tombait. Habituellement, Antoine en tirait un certain plaisir. Ce soir, cela lui faisait peur. À cause de la présence d'Anne dont il sentait le parfum qui se faufilait malicieusement jusqu'à lui — « Un parfum de fougère et de fleurs », pensa-t-il aussitôt —, réussissant même à escamoter l'odeur un peu forte du rôti trop cuit, Antoine n'osait goûter au vin.

Indécis, il s'était donc concentré sur son potage, mais curieusement, dans le miroitement du plafonnier sur le liquide brûlant, il revit un éclat de soleil traversant un verre de vin rosé.

C'était il y a deux ans, quand il se trouvait au Portugal chez son ami Miguel et son père Gabriel. Pour la première fois, il venait de goûter à du vin et la détente qui s'était ensuivie avait été, pour lui, comme une révélation. Ce soir-là, en s'endormant, il s'était dit que si un jour il avait besoin de sentir toutes ses barrières personnelles tomber, ce serait avec un verre d'alcool dans le sang qu'il pourrait peut-être y arriver.

Le lendemain, il avait fait une toile où le soleil jouait de tous ses éclats sur la robe abricot d'un verre de rosé. La jeune femme que l'on voyait de dos et qui tenait le verre ressemblait à s'y méprendre à Anne Deblois.

Antoine leva les yeux.

Tête baissée, Anne était concentrée sur sa soupe, qu'elle mangeait de façon méthodique, petite cuillérée après petite cuillérée, sans faire de bruit.

Antoine sentait son cœur qui battait à tout rompre, envoûté qu'il était par cette image d'une grande banalité mais aussi d'une grande familiarité.

Une image de tous les jours qu'il aurait voulu contempler tous les jours.

Pourtant, ce n'était pas la première fois qu'il était assis ici, à cette table, face à sa voisine.

Pourquoi cette tension, alors ? Pourquoi ce soir ?

À cause des chandelles qui feutraient l'atmosphère ou du vin qu'il finirait bien par boire, n'est-ce pas ?

Pour se donner une certaine contenance, Antoine reporta machinalement les yeux sur son verre de vin.

Le liquide pourpré scintillait doucement dans la clarté mouvante de la flamme des bougies. Par réflexe, Antoine souleva la coupe pour la tenir à contre-jour de la lampe qui brillait faiblement au-dessus de la table.

— Rouge de garance et violet de cobalt, avec une pointe d'ocre pour les reflets, nota-t-il alors pour lui-même.

— Le peintre n'est jamais bien loin, n'est-ce pas ?

De l'autre côté de la table, Anne l'observait gentiment tout en lui souriant. Antoine lui rendit son sourire.

— Non seulement y' est pas loin, constata-t-il, mais je pense qu'y' est toujours là, ben présent, voyant le monde en même temps que moi, avec les mêmes yeux que moi. Les couleurs font partie de ma vie comme pour toi les notes de musique.

— Je comprends…

À son tour, Anne souleva son verre en le tenant par le pied et l'approchant de celui d'Antoine, elle vint le toquer.

— À toi, Antoine ! À ton exposition de Los Angeles.

— Ben voyons don !

Rougissant, Antoine tenait son verre devant lui sans oser en prendre une gorgée.

— C'est toujours ben juste une exposition de plusse, précisa-t-il gauchement, comme si un tel événement ne méritait pas qu'on s'y attarde. Faut s'y faire, tu sais, ma vie va être une suite d'expositions comme celle-là.

— Et alors ? Ce n'est pas une raison pour banaliser tes réalisations… Tu as toutes les raisons du monde d'être fier de toi…

— Ouais, vu de même.

Antoine esquissa un sourire timide.

— C'est vrai que chus fier de moé, concéda-t-il.

— Bon ! Tu vois ! Et maintenant, à mon tour… J'ai une nouvelle à t'apprendre : je mets la procure en vente.

Antoine en ravala son sourire.

— La procure ? En vente ? Ben voyons don, toé… C'est ton gagne-pain ! Me semble que tu l'as dit assez souvent… De quoi tu vas vivre, une fois que ça va être faite ?

— De mes concerts, comme toi tu vis de tes peintures.

Anne dégageait une tranquille assurance qui fit en sorte qu'Antoine n'eut d'autre choix que de la croire.

— Ben ça, par exemple. Je l'avais pas vue venir, celle-là !

— Pourtant… S'il y en a un qui savait à quel point je trouvais ça lourd ! J'en avais assez, Antoine. Je ne suis pas une vendeuse dans l'âme, ni un administrateur. Je suis une musicienne, une pianiste.

— D'accord, je comprends, fit alors Antoine. Mais ton mari, dans tout ça ? Que c'est qu'y' en pense, lui ? Y' est-tu au courant, au moins ?

Anne soutint le regard d'Antoine un long moment avant de répondre d'une voix sourde :

— Je ne le sais pas, ce que Robert en pense, parce qu'il ne me parle jamais. Mais ne crains pas, je lui en ai parlé, moi, et deux fois plutôt qu'une. Malheureusement, il n'a pas réagi...

Anne fixa la nappe durant un court moment puis elle secoua la tête avant de ramener les yeux sur Antoine.

— Je sais que c'est la meilleure chose à faire, décréta-t-elle d'une voix assurée. La seule en fait, sinon je vais finir par mourir à petit feu... Alors, on trinque ?

Et pour la seconde fois, elle leva son verre. Après une dernière hésitation, Antoine copia son geste et avant de prendre une première gorgée, parce qu'il savait depuis le tout début du repas qu'il finirait par boire, il lança :

— À tes concerts, Anne ! Je t'en souhaite beaucoup parce que, comme ça, tu vas être obligée de jouer de ton piano de plus en plus souvent. Et je sais que ça va te rendre heureuse ! À ton bonheur !

Et c'est en se dévisageant intensément, qu'ils prirent ensemble cette première gorgée de vin, recherchant peut-être dans le regard de l'autre une justification de le faire.

Une simple coupe de vin suffit à faire tomber les habituelles barrières d'Antoine. Une deuxième lui ramena l'agréable euphorie, celle qui faisait invariablement miroiter la multitude de possibilités qui s'offraient à lui.

La vie semblait tellement facile à Antoine quand il était enveloppé de ce cocon chaud et ouateux.

Décontracté, appuyé contre le dossier de sa chaise, il regardait Anne aller et venir dans la cuisine, volubile, affairée à couper le rôti, à porter les plats sur la table.

— Je m'excuse, comme d'habitude c'est trop cuit !

Anne avait l'air désolée.

Antoine, pour lui plaire, aurait mangé un rôti calciné avec le sourire !

Il la trouvait jolie avec ses joues rosies par l'alcool et sa longue jupe paysanne qui balayait le sol.

En ce moment, il ne voyait plus que la femme en elle, à peine masquée derrière la voisine et la musicienne.

Une femme qui lui semblait plus accessible, moins intimidante, comme s'il n'y avait plus qu'un voile diaphane entre elle et lui.

Le voile de sa jupe, peut-être.

Même à cette pensée, Antoine en oublia de rougir.

Anne Deblois était là, tout près de lui, servant banalement son souper.

Cette femme qu'il aimait depuis tellement longtemps déjà.

Quand elle posa l'assiette devant lui et que la manche de son chemisier frôla son bras, Antoine sentit son pouls s'accélérer et dans un geste de taquinerie, il tira sur le ruban de couleur qui agrémentait le bord du poignet.

Merveilleux vin qui permettait toutes les audaces !

Anne, témoin de multiples chassés-croisés amoureux au temps où elle jouait dans les bars, répliqua d'une petite tape amicale sur le bout de ses doigts.

Ils mangèrent en silence.

Au moment de desservir, Anne posa délicatement la main sur l'épaule d'Antoine.

Il y eut un petit flottement dans l'air puis, lentement, le jeune homme pencha la tête et y déposa la joue.

Les longs doigts de la pianiste sentaient la sauce du rôti et le parfum à la fougère. Antoine les frôla de ses lèvres en fermant les yeux.

Merveilleux vin qui donnait toutes les permissions.

Devant ce geste, Anne déposa l'assiette qu'elle avait à la main et prit celle d'Antoine pour l'obliger à se lever.

Elle savait très bien quel risque elle prenait.

Ou Antoine allait décider de la suivre pour monter à sa chambre comme elle en rêvait depuis des mois.

Ou alors, au contraire, il s'en irait sans un seul regard derrière lui pour ne plus jamais revenir la voir.

Et Antoine la suivit...

Ce fut plus tard, beaucoup plus tard, en s'éveillant au milieu de la nuit, qu'Antoine prit la mesure de tout ce qui venait de se passer.

Il avait réussi. Il avait su faire l'amour à Anne qui, elle, avait su le guider amoureusement. Ils s'étaient aimés tendrement, lentement, sans faux-fuyants ni remords.

Et sans culpabilité, surtout. C'était là entre eux, inscrit probablement depuis la nuit des temps. L'ombre malsaine de monsieur Romain n'avait pas réussi à l'atteindre et celle de Robert était si pâle...

Antoine sentait le souffle d'Anne sur son bras et il serait resté ainsi sans bouger jusqu'à l'aube.

Pourtant, malgré l'envie, il ne le pouvait pas. Ce soir, il devait rentrer chez lui pour éviter les faux pas et les questions.

Mais demain matin, il reviendrait et ensemble, à deux, ils prendraient les décisions qui s'imposaient.

Anne lui avait dit qu'elle l'aimait et pour l'instant, c'était suffisant pour avoir l'impression que son cœur battant la chamade était trop grand pour sa poitrine.

Antoine laissa un petit mot sur la table de la cuisine sans savoir qu'à quelques rues de là, Laura, elle, avait pris la décision contraire et qu'en ce moment, elle dormait à poings fermés dans les bras de Bébert. Ils en avaient longuement parlé durant la soirée et elle avait décidé, en toute connaissance de cause, de rester dormir chez lui.

— Chez nous, lui avait murmuré Bébert à l'oreille, la guidant amoureusement vers la chambre.

Tant pis pour le mariage, tant pis pour les parents.

— De toute façon, avec l'épicerie, même si tout semble vouloir prendre le dessus et que la clientèle est de plus en plus nombreuse, mes parents ne nagent pas dans l'argent. Je ne vois pas comment ils pourraient arriver à préparer une noce. Pas pour l'instant.

Toutes les raisons étaient bonnes pour que Laura se sente justifiée d'agir comme elle le faisait.

— On verra à la noce plus tard, ajouta Bébert.

— Exactement ! On verra à la noce plus tard.

— De toute façon, on ne serait pas les seuls à vivre ensemble sans être mariés.

— Non, pas les seuls… Demain, je parlerai à moman et popa. Ils vont comprendre. Grand-moman ne veut pas de mariage, eh bien, y en aura pas de mariage.

— Pas pour l'instant.

— Pas pour l'instant.

*   *   *

Incapable de se rendormir, Évangéline s'était levée et à pas de loup, elle avait regagné le salon.

Elle venait de faire un cauchemar où la grosse Arthémise, Noëlla et monsieur Roméo la poursuivaient en ricanant et en l'accusant de rendre tout le monde malheureux autour d'elle.

— Laura, je veux ben croire, soupira la vieille dame, mais tout le monde… Pis chus sûre que monsieur Roméo me dirait jamais des affaires de même. Y' est trop ben élevé pour ça. Je viens encore d'en avoir la preuve.

Hier, contre toute attente, Roméo Blanchet s'était enfin décidé à l'appeler pour prendre de ses nouvelles.

— Devant un si long silence, chère dame, je pensais que vous étiez malade... J'espère que tout va bien et que je ne vous dérange pas trop.

Évangéline s'était empressée de le rassurer, l'avait invité à visiter la nouvelle épicerie — cette fois-ci l'invitation ne prêtait pas à équivoque ! — et en raccrochant, elle s'était promis de faire brûler un lampion pour remercier saint Jude.

Pour la première fois depuis de longues semaines, quand elle s'était couchée, elle s'était endormie la tête à peine posée sur l'oreiller.

Il avait fallu que la grosse Arthémise s'en mêle !

— Même dans mes rêves, viarge. Ça se peut-tu ! A' pourrait pas me laisser tranquille, elle, un peu !

Par habitude, elle vint à la fenêtre, sachant qu'elle ne verrait rien à trois heures de la nuit. Néanmoins, elle comptait sur sa rue pour la calmer, pour peut-être la ramener vers le sommeil.

Effectivement, ce fut très calme durant un bon moment. Puis, à l'autre bout de la rue, dans l'éclat de la lumière d'un réverbère, il y eut une porte que l'on ouvrait et une silhouette qui se détachait sur l'ombre de la nuit.

Toute en longueur, avec une démarche un peu fuyante, mais indécise et lente en même temps... Les yeux au sol, la silhouette se dirigeait bien calmement vers elle.

Le cœur d'Évangéline fit un bond douloureux.

Pas lui, c'était impossible. Elle avait mal vu.

Pourtant, Évangéline savait qu'elle ne se trompait pas.

C'était bien Antoine qui venait de sortir de chez madame Anne au beau milieu de la nuit. Leur voisine qui était toujours une femme mariée.

Sans vouloir alerter qui que ce soit, Évangéline sortit du salon silencieusement et descendant l'escalier, elle vint l'attendre à la porte du petit logement. Son petit-fils, même devenu un homme, avait des explications à lui donner.

Elles furent succinctes.

— Je regrette, mais ça te regarde pas, grand-moman. Maintenant, j'aimerais ça aller me coucher.

Malgré la rougeur qui lui était montée au visage, Antoine était bien décidé. Le souvenir des quelques heures passées auprès d'Anne lui donnait une assurance inébranlable.

Et cette fois-ci, le vin n'y était pour rien.

— Antoine ! Sois poli, mon garçon !

Agrippée à la rampe de l'escalier, Évangéline suivait Antoine à la trace en haletant bruyamment.

— C'est pas une manière de parler à sa grand-mère, tu sauras. Pis tant que tu vas vivre icitte, je…

— Non, grand-moman.

— Ben voyons don, Antoine ! Madame Anne ! Que c'est que t'as pensé, pour l'amour du saint ciel ?

Même si Évangéline chuchotait, on entendait la colère dans sa voix.

— Une femme mariée ! Pis elle, viarge, a' l'a pas de cœur, ou quoi ? J'aurais jamais pensé ça d'elle.

Arrivé sur le balcon, Antoine se tourna vers cette vieille dame qu'il aimait tendrement, à qui il devait tant. Malgré cela, il allait tenir son bout. Personne, jamais, ne viendrait salir le nom de celle qu'il aimait.

— Dis pas ça, grand-moman. Tu sais pas de quoi tu parles.

Pis tu viendras pas ternir mon bonheur, précisa-t-il, les larmes au bord des paupières. S'il te plaît… Ça fait trop long-temps que je l'attends. Bien que trop longtemps. Maintenant, j'aimerais ça aller me coucher, chus fatigué.

À son regard éperdu, même si le ton était ferme, Évangéline comprit qu'Antoine était désolé. Sans dire un mot, elle se glissa sur le côté pour le laisser passer. Quand il eut refermé la porte sur lui, elle se traîna jusque sur sa chaise en osier et s'y laissa tomber avec la sensation que son mauvais rêve était en train de se concrétiser.

Et si Arthémise avait raison ?

Laura qui lui en voulait et maintenant Antoine...

Évangéline renifla une première envie de pleurer. Pas ici, pas sur le balcon alors que tout le monde de la rue pouvait la voir et l'entendre.

La vieille femme ferma les yeux d'épuisement pour les rou-vrir aussitôt, remplie d'épouvante. La voix d'Arthémise et ses ricanements hystériques la poursuivaient jusque sur sa galerie.

Était-elle donc méchante à ce point ?

Pourtant, Évangéline n'en avait pas l'impression. Tout ce qu'elle faisait, tout ce qu'elle disait, c'était pour le bonheur des siens.

— Voyons don ! Comment ça qu'y' comprennent pas ça ? demanda-t-elle au moment où, au bout de la rue, le feu de cir-culation venait de tourner inutilement au rouge.

Au même instant, une auto tourna le coin pour s'engager dans l'impasse. La curiosité l'emporta durant un court moment sur l'ensemble des inquiétudes et des questionne-ments d'Évangéline.

Qui donc, dans le quartier, pouvait rentrer chez lui à une heure aussi tardive ?

Puis Évangéline porta les deux mains à sa poitrine.

Cette auto, unique en son genre, et qui avait déjà fait l'envie de bien des gens qui habitaient la rue, cette petite auto bleu ciel, décapotable, il n'y en avait qu'une et c'était celle de son fils Adrien.

Nul doute, c'était le ciel qui l'envoyait.

Sans se poser plus de questions, Évangéline se releva brusquement et aussi vite que le permettaient ses jambes, elle descendit l'escalier pour venir au devant de son fils qui aidait présentement sa fille Michelle à sortir de l'auto.

— Adrien, lança alors Évangéline, en tendant les deux bras devant elle, sans se soucier cette fois-ci de ceux qu'elle pourrait réveiller. Mon Adrien ! Si tu savais comment c'est que chus contente de te voir ! C'est sûrement saint Jude qui t'envoie !

À suivre…

Tome 11

Bernadette, la suite
1970 —

À Claudine, ma grande petite-fille,
une femme que j'admire et que j'aime tendrement.

NOTE DE L'AUTEUR

On ne peut tout contrôler dans la vie. À commencer par certains impondérables qui nous échapperont toujours, aussi banals soient-ils que la température... ou l'envie irrépressible de manger un gros morceau de gâteau au chocolat ! Non, on ne peut pas tout contrôler et c'est très bien qu'il en soit ainsi. Ça laisse de la place aux surprises, au hasard, aux imprévus, aux coups de chance. Il faudrait bien qu'Évangéline finisse par le comprendre. Les Gariépy seront toujours les Gariépy, elle n'y pourra rien changer, mais ce n'est pas la faute de l'un d'eux qui contamine automatiquement tout le reste de la famille. Voilà ce qu'elle devrait comprendre et accepter, notre chère vieille dame. La rancune ne sera jamais une attitude garante de bonheur, pour elle comme pour les autres, et si Évangéline est trop bornée pour l'admettre, il faudrait peut-être que Bernadette ouvre les yeux et prenne certaines décisions à sa place, surtout celles concernant ses enfants. Mais que voulez-vous, pour l'instant, la pauvre Bernadette ne voit qu'une seule et unique chose : l'épicerie ! À la voir aller, se démenant à droite, s'égosillant à gauche, on pourrait facilement imaginer que c'est un cas de vie ou de mort pour elle !

Pauvre Bernadette !

Je me répète, je le sais, mais c'est exactement ce qui me vient en tête quand je la rencontre : pauvre Bernadette ! Et ils ne datent pas d'hier, ces quelques mots qui s'imposent spontanément quand je pense à elle. Dès les premiers instants où nous nous sommes croisées, elle et moi, au printemps 1954, j'ai eu de la difficulté à entrer en communication avec elle. Pourtant, toutes les deux, nous aimons notre famille, nous faisons notre possible pour mener notre barque à bon port, nous espérons semer un peu de bonheur autour de nous. Alors ? Pourquoi sommes-nous aussi distantes l'une envers l'autre ? Je ne le sais pas. Si au début de la série je la trouvais trop molle, trop conciliante, elle a beaucoup changé au fil des pages et des années. Ce travers ne devrait donc plus m'agacer. Non, c'est autre chose que je n'arrive pas à saisir et qui fait en sorte que je ne me sens pas attirée vers elle. Pourtant, Dieu m'est témoin que je l'ai admirée quand elle s'est taillé une place avec ses produits Avon et elle m'a bien fait rire quand elle a décidé de s'ouvrir un compte à la banque.

Peut-être tout simplement le manque de temps de part et d'autre a-t-il contribué au fait que nous n'avons jamais vraiment essayé de nous parler ?

On n'avait pas le temps ! Quelle belle excuse, n'est-ce pas ?

Je vais donc profiter de ce livre pour être à l'écoute comme jamais je ne l'ai été pour l'un de mes personnages. Je vais m'obliger à faire les quelques pas qui nous séparent, ceux qui me permettraient probablement de mieux comprendre cette femme qui carbure aux bonnes intentions ! Il le faut car sa vie est dense, remplie de générosité, d'ambition, d'amour et j'ai envie de partager tout cela avec vous. Dans un certain sens, à travers les épreuves, les secrets, les réussites, c'est peut-être Bernadette qui a le plus évolué depuis le début de cette série.

Et c'est peut-être sa vie à elle, tant intérieure que quotidienne, qui est la plus riche.

Si je peux arriver à la faire asseoir un moment, devant un café-filtre, tiens, de ceux qu'elle prépare maintenant dans sa belle cafetière en porcelaine blanche offerte par Évangéline, je suis persuadée qu'on devrait trouver assez facilement un sujet de conversation qui nous touche l'une comme l'autre. Les enfants, la carrière, les amours… À partir de là, le reste devrait couler de source. Après tout, elle comme moi, nous savons que l'essentiel de notre vie se joue autour de la famille. Ça va suffire pour arriver à créer des liens, j'en suis persuadée. J'ai envie de discuter avec elle de Laura et d'Antoine, deux jeunes adultes à la croisée des chemins comme certains de mes enfants. J'aimerais aussi avoir l'occasion de la mettre en garde devant la société qui évolue vite, trop vite, et qui pourrait amener son fils Charles à prendre de fâcheuses décisions. Elle devrait rester vigilante face à lui. Je veux l'entendre me parler d'Adrien et de Marcel, les deux hommes de sa vie, d'Évangéline et de son Roméo, de la petite Michelle et de son grand-papa Chuck resté au Texas…

Oui, je vais m'installer au bout de la table de sa cuisine, à la place d'Évangéline, et je suis certaine qu'au moment où elle va entrer dans la pièce, Bernadette va me faire remarquer, entre deux coups de torchon, que je serais mieux de m'asseoir ailleurs si je ne veux pas essuyer les foudres de la vieille dame. À partir de là, je trouverai bien quelque chose à répliquer.